Micha Krämer
Sand im Schuh

W0222606

Im Verlag CW Niemeyer sind bereits folgende Bücher des Autors erschienen:

Tod im Lokschuppen
Krähenblut
Tod im Elefantenklo
Über deine Höhen
el toro
GEMẠ TOD
Romeo
TOD IN ROT

Bibliografische Information der Deutschen Nationalbibliothek
Die Deutsche Nationalbibliothek verzeichnet diese Publikation in der Deutschen Nationalbibliografie; detaillierte bibliografische Daten sind im Internet abrufbar über http://dnb.ddb.de.

© 2016 CW Niemeyer Buchverlage GmbH, Hameln
www.niemeyer-buch.de
Alle Rechte vorbehalten
Umschlaggestaltung: C. Riethmüller
Der Umschlag verwendet Motiv(e) von 123RF.com
Druck und Bindung: Nørhaven, Viborg
Printed in Denmark
ISBN 978-3-8271-9527-2

Micha Krämer

Sand im Schuh

CW Niemeyer

Der Roman spielt hauptsächlich in einer allseits bekannten Region an der Nordsee, doch bleiben die Geschehnisse reine Fiktion. Sämtliche Handlungen und Charaktere sind frei erfunden.

Über den Autor:

Micha Krämer wurde 1970 in Kausen, einem kleinen 700 Seelen Dorf im nördlichen Westerwald, geboren. Dort lebt er noch heute mit seiner Frau, zwei mittlerweile erwachsenen Söhnen und seinem Hund. Der regionale Erfolg der beiden Jugendbücher, die er 2009 eigentlich nur für seine eigenen Kinder schrieb, war überwältigend und kam für ihn selbst total überraschend. Einmal Blut geleckt, musste nun ein richtiges Buch her. Im Juni 2010 erschien „KELTENRING", sein erster Roman für Erwachsene, und zum Ende desselben Jahres folgte sein erster Kriminalroman „Tod im Lokschuppen", der die Geschichte der jungen Kommissarin Nina Moretti erzählt. Was als eine einmalige Geschichte für das Betzdorfer Krimifestival begann, hat es weit über die Region hinaus zum Kultstatus gebracht. Inzwischen findet man die im Westerwald angesiedelten Kriminalromane in fast jeder Buchhandlung im deutschsprachigen Raum.

Neben seiner Familie, dem Beruf und dem Schreiben gehört die Musik zu einer seiner großen Leidenschaften.

Mehr über Micha Krämer auf www.micha-kraemer.de

Prolog

Sand war ein toller Baustoff. Da gab es gar keine Diskussion. Gab man nur ein klein wenig Zement und Wasser hinzu, konnte man mit Sand die größten Gebäude der Welt bauen. Ein weiterer Vorteil war, dass sich in Sand wunderbar graben ließ. Große und tiefe Löcher konnten mit wenig Aufwand und einer guten Schippe sehr schnell ausgehoben werden. Man sah das ja auch immer wieder, Sommer für Sommer, an den Stränden, wo selbst Fünfjährige es problemlos schafften, ihre Väter einzugraben, die einfach nur friedlich dalagen, in der Sonne dösten und den Rausch der letzten Grillpartie ausschlafen wollten. Vermutlich, so munkelte man jedenfalls, war der eine oder andere Verschüttete dann erst wieder während der Winterstürme aufgetaucht, genau dann, wenn das Meer den Sand davonspülte, um ihn an einer anderen Stelle wieder anzuschwemmen. Sand war nämlich, ohne die Zugabe von besagtem Zement, recht wanderfreudig. Ergo musste das Loch, das er hier zwischen den Dünen grub, zumindest so tief sein, dass die Stürme die Leiche nicht schon im nächsten Winter wieder freilegen würden. Was natürlich äußerst ungünstig wäre.

Er unterbrach die Arbeit und ließ seinen Blick über den nahen Strand schweifen. Die Nacht war sternenklar und im Schein des fast vollen Mondes erkannte er im Westen die Umrisse der Strandkörbe. Im Osten hingegen war alles menschen- und strandkorbleer.

Eine der Fragen, die er sich schon fast sein ganzes Leben gestellt hatte, war, ob er es sich nur einbildete oder ob das Meer nachts tatsächlich noch viel lauter und heftiger brandete als am Tage. Er lauschte nach anderen Geräuschen. Auf Zeugen seiner nächtlichen Arbeit hatte er keine Lust, da das, was er tat, mit Sicherheit nicht ganz legal war. Aber es war nun mal wie es war und musste gemacht werden.

Der Wind kam heute von Osten her und trug leises Gelächter mit sich. Es hörte sich so an, als würde sich nur einige Hundert Meter von ihm ein junges Pärchen amüsieren. Sollten sie doch. Er stach die Schaufel erneut in den weichen Sandboden und grub weiter, bis das Loch ungefähr hüfttief war. Bis der Wind diese Stelle in einigen Jahrzehnten wieder freigepustet hätte, würde von den sterblichen Überresten nicht mehr übrig sein als ein paar Knochen. Er zerrte den in eine Decke eingeschlagenen Körper von dem Fahrradanhänger, mit dem ansonsten die Koffer der Inselbesucher vom Bahnhof abgeholt wurden, in die Grube und begann dann unverzüglich damit, dieselbige wieder zuzuwerfen. Er musste gestehen, dass die Arbeit ihn doch mehr anstrengte, als er es zugeben würde. Als er fertig war, wischte er sich mit dem Handrücken den Schweiß von der Stirn, dekorierte das Dünengrab noch mit einigen Büscheln Strandhafer und sprach ein kurzes Gebet, weil sich so etwas einfach gehörte. Dann schwang er sich auf sein Fahrrad und radelte zurück in Richtung des Dorfes. Auf Höhe der Dünen-Oase, wie der kleine Imbiss am Rande der einzigen Ortschaft hieß, kam ihm eine Gestalt entgegengewankt. Käpt'n Piet Dönges brauchte für den Nachhauseweg wie so oft die komplette Straße und zwang ihn somit zum abrupten Abbremsen seines Gespanns.

„Ach, du büst dat", lallte der pensionierte Kapitän und tätschelte ihm noch im Vorbeigehen die Schulter.

Als er schon fast an seinem Anhänger vorbei war, blieb er jedoch plötzlich stehen.

„Sach ma, min Jong. Wat machst du denn um die Zeit mit der Schippe in die Dünen, hast du etwa wieder 'ne Leiche verbuddelt?", wollte der Betrunkene wissen und lachte dabei rau.

„Ja, hab ich!", antwortete er wahrheitsgemäß. Er hasste es, unnötig zu lügen, noch dazu bei Piet, der wirklich ein sehr feiner Kerl war.

„Wenigstens tief genug ... du weißt ja ... wegen die Sturm und so", gab der alte Kapitän zu bedenken.

„Klar, ich bin ja nicht doof", antwortete er trotzig.

Piet nickte, wankte einen Schritt zurück und klopfte ihm erneut auf die Schulter.

„Ja, denn is ja ma gut. Gute Nacht, mein Jung, und schlaf schön", verabschiedete er sich und schlurfte davon. Wie gesagt, der Piet war wahrlich ein sehr feiner Kerl.

Kapitel 1

Freitag, 7. August 2015
A29 Norddeutschland

„Ich hab es dir doch gleich gesagt! Wir hätten mit der Bahn fahren sollen!", meckerte Klaus und verschränkte trotzig wie ein Dreijähriger, der sein Gemüse nicht aufessen wollte, seine Arme vor der Brust.

„Und wie bitte schön hätten wir den ganzen Krempel dann mitnehmen sollen?", entgegnete Nina ihm und trat gegen das platte Vorderrad des betagten VW Käfers.

„Was weiß ich? Ich brauche den ganzen Kram ja nicht. Schließlich war es deine Idee hinter dem Ferienhaus zu zelten. Wir hätten nämlich auch wie normale Leute mit kleinem Gepäck reisen und im Haus schlafen können. Aber nein, Frau Moretti muss ja unbedingt ihren Dickkopf durchsetzen", erklärte er und blickte sie fast streitlustig an.

„Ich, dickköpfig ...? Da wüsste ich aber was von. Wer wollte denn unbedingt mit der ganzen Sippschaft in den Urlaub? Ich habe mich nicht darum gerissen mit deiner moralisch verwahrlosten Schwester für zwei Wochen auf dieser doofen Insel zu campieren", schrie sie nun beinahe.

Klaus seufzte und senkte den Kopf. Nina wusste genau, was jetzt kam.

„Lass uns bitte nicht streiten, Schatz. Das bringt doch nichts. Wir wechseln jetzt einfach den kaputten Reifen und gut is", lenkte Klaus wie immer als Erster beschwichtigend ein.

Nina spürte sofort, wie seine Worte sie beruhigten und sie ebenfalls ganz langsam herunterfuhr. Klaus besaß diese Gabe, ihr jedes Mal wieder den Wind aus den Segeln zu nehmen. Sie beide waren seit nun einem Jahr verheiratet, beinahe fünf Jahre ein Paar und kannten sich bereits seit der Grundschule. Er war ein wenig jünger als sie. Um es genau zu sagen: zwei Jahre und zweiundvierzig Tage. Ein Altersunterschied, der mit Mitte dreißig keine Rolle spielte. Dies war natürlich nicht immer so gewesen. Als sie ihn zum ersten Mal traf, am Tag seiner Einschulung, war Nina gerade in die dritte Klasse gekommen. Klaus war der kleine Bruder ihrer besten Freundin und Klassenkameradin Lara Schmitz. Es war eine unumstößliche Tatsache, dass große Mädchen, zu denen Drittklässlerinnen ja bereits gehörten, sich nicht für kleine Jungs interessierten. Ganz besonders nicht, wenn es sich bei dem i-Dötzchen um den jüngeren Bruder der besten Freundin handelte. Nun gut, die Zeiten hatten sich geändert. Klaus war kein i-Dötzchen mehr, sondern mittlerweile ein Gymnasiallehrer, sie beide nun ein Paar und Lara Schmitz zwar immer noch seine Schwester, aber nicht mehr ihre Freundin! Schlimmer noch, bereits der Gedanke an diese liederliche Zicke reichte aus, um Nina regelmäßig zur Weißglut zu bringen. Böse Zungen behaupteten, das läge an Ninas südländischem Temperament. Was natürlich vollkommener Quatsch war. Denn, nur weil ihr Papa aus Italien stammte und sie mit ihren langen, dunklen Locken ein wenig einer Südländerin glich, hieß das doch noch lange nicht, dass sie temperamentvoller war als irgendeine andere Frau. Nein, die Tatsache, dass sie sich ständig über Lara Schmitz aufregte, lag eindeutig an ihrer beider Vergangenheit. Dass Lara eine Schlampe war, hatte Nina schon länger gewusst. Dennoch waren sie beide auch über die Schulzeit hinaus Freundinnen geblieben und hatten sogar während des Studiums einige Jahre zu zweit in einer WG gewohnt. Sie hatten alles geteilt. Sogar Ninas damaligen Freund Robert. Nur leider hatte sie blöde Kuh es nicht gemerkt, dass zwischen ihm und ihrer Mitbewohnerin etwas lief. Nina war nicht altmodisch und schon gar nicht spießig. Nein, auf gar keinen Fall. Sie glaubte sogar von sich selbst sagen zu können, dass sie ein sehr toleranter Mensch war. Doch was zu weit ging, ging zu weit. Als sie herausbekam, dass die beiden sich hinter ihrem Rücken regelmäßig miteinander vergnügten, war sofort Schluss gewesen. Sowohl mit Robert als auch mit Lara, dieser Schlange. Der Gipfel der Unverfrorenheit war dann noch Laras letzter Spruch. Ihre Worte „Jetzt hab dich mal nicht so, das war doch nur mal so zum Spaß" hatten dem Ganzen noch die Krone aufgesetzt. Nun gut, im Nachhinein betrachtet war es weder um Robert noch um Lara schade. Am meisten ärgerte Nina sich bei all dem noch über sich selbst, weil sie all die Jahre auf diese doofe Ziege hereingefallen war. Damals schwor sie sich, jeglichen Kontakt mit ihr ein für alle Mal einzustellen. Und dann ... ja, dann war Klaus in ihr Leben gepoltert. Das i-Dötzchen von damals und der allerliebste Mensch, der ihr je begegnet war. Obwohl sie beide sich fast schon ihr ganzes Leben kannten, hatte es heftig zwischen ihnen gefunkt. Das Doofe am Verliebtsein war allerdings, dass der neue Partner meist auch neue Freunde und eine Familie mit in die Beziehung brachte. Bei diesem Umstand dachten die meisten Leute immer sofort an den bösen Schwiegerdrachen. Doch bei Nina war das anders. Ihr Verhältnis zu ihrer Schwiegermutter war sehr gut und beinahe sogar herzlich. Das zu ihrer neuen Schwägerin hingegen eher ... nicht vorhanden. Dass Nina mit ihr nun die Ferien verbringen musste, gar ein Albtraum.

Aber was tat man nicht alles um des lieben Friedens willen. Die Idee zu der Reise hatte Isabell, Ninas Schwiegermama, gehabt. Zuerst hatte Nina sich auch riesig gefreut, als sie und Klaus am Heiligabend den Gutschein ausgepackt hatten. Zwei Wochen Insel Langeoog in einem Ferienhaus der Spitzenklasse mit eigenem Pool, einer Sauna und laut Prospekt nur unweit vom Meer zwischen malerischen Dünen gelegen. Kost, Unterkunft, Anreise, alles inklusive. Ein Traumurlaub ... hätte das werden können. Als Nina jedoch erfuhr, dass Lara und ihr derzeitiger Macker das gleiche Weihnachtsgeschenk von Isabell bekommen hatten, hatte sie spontan beschlossen, die Einladung auszuschlagen und nicht mitzufahren. Klaus hatte mit Engelszungen auf sie eingeredet und dabei, wie so oft in solchen Situationen, diesen treuen Hundeblick aufgesetzt. Schlussendlich hatte er es dann doch wieder geschafft sie zu überreden. Außerdem wäre es ja auch wirklich unhöflich und unfair gegenüber ihrer Schwiegermama gewesen, nicht mitzufahren. Nina wusste nur zu gut, wie Isabell unter den ständigen Streitereien zwischen den einstigen Freundinnen litt. Vermutlich verfolgte sie mit der gemeinsamen Reise sogar den Plan, dass Nina und Lara sich wieder näherkommen könnten. Ein utopischer, nicht realisierbarer Wunsch. Nina würde ihn dennoch respektieren und versuchen, Lara in den nächsten zwei Wochen zumindest nicht die Augen auszukratzen oder sie in der Nordsee zu ersäufen. Nein, sie würde es irgendwie schaffen diese doofe Ziege einfach zu ignorieren ... wenn sie und Klaus denn jemals auf Langeoog ankommen würden.

Zurzeit sah es eher nicht so aus. Sie befanden sich nämlich derzeit auf einem Parkplatz an der A29 kurz hinter dem Autobahndreieck Ahlhorner Heide. Bis zum Hafen von Bensersiel waren es noch gut und gerne hundertzwanzig Kilometer, was einer Fahrzeit von ungefähr anderthalb Stunden entsprach. Der rechte Vorderreifen war platt und in ziemlich genau zwei Stunden legte die letzte Fähre zur Insel für den heutigen Tag ab. Entschlossen zog sie die Kofferraumhaube ihres VW Käfers auf und begann damit, das Ersatzrad aus der Reserveradmulde zu wuchten.

„Würdest du mir bitte mal helfen?!", fauchte sie Klaus an, der irgendwie unbeholfen neben ihr stand und dabei zusah, wie sie hier schuftete.

„Ähm ... ja ... klar, Schatz. Sag mir, was ich tun muss."

Nina riss das Rad mit einem Ruck aus der Mulde heraus und stellte es gegen die Stoßstange. Dann deutete sie auf den Wagenheber und den silberfarbenen kreuzförmigen Radschlüssel.

„Du kannst schon mal die Schrauben an dem platten Rad lösen", gab sie ihm klare Anweisung.

Klaus machte jedoch keine Anstalten das Werkzeug auch nur eines Blickes zu würdigen. Stattdessen nahm er das Reserverad, hob es an und ließ es noch einmal auf den Boden titschen.

„Hast du auch 'ne Luftpumpe für das Ding? So brauchen wir den nicht wechseln. Der ist ja genauso platt wie der andere", stellte er fest, was Nina nun selbst sah.

Enttäuscht ließ sie sich auf die Stoßstange sinken. Natürlich besaß sie keine Luftpumpe. Sie schloss die Augen und versuchte ihre Gedanken zu sammeln. Heute war nicht ihr Tag! Nein, überhaupt nicht! Für die dreihundert Kilometer von Betzdorf, der kleinen Stadt am Rande des Westerwaldes, bis hierher hatten sie beinahe acht Stunden gebraucht. Ein Umstand, der nichts mit Maggiolino zu tun hatte, wie sie ihren über vierzig Jahre alten Käfer immer schon nannte. Nein, selbst mit einem neuen Ferrari wären sie an einem Tag wie heute, an dem gleich vier Bundesländer in die großen Ferien starteten, nicht schneller vorangekommen. Allein zwischen dem Westhofener und dem Kamener Kreuz hatten sie geschlagene drei Stunden im Stau gestanden. Es schien tatsächlich so, als wären an diesem Wochenende sämtliche Einwohner Deutschlands auf der Autobahn unterwegs, um in den Urlaub zu fahren.

„So ein verfluchter Mist", schimpfte sie und sah zu Klaus hinauf. „Gestern, als ich zur Tanke fuhr, hab ich noch daran gedacht, dass ich unbedingt den Luftdruck des Reserverades überprüfen muss", gab sie zu. Dass die Luft aus dem Reserverad entwich, war bei einem VW Käfer vollkommen normal, da über den Druck des Rades bei diesen alten Wagen die Scheibenwaschanlage versorgt wurde. Dummerweise vergaß Nina diesen Umstand ständig.

„Nur dran denken nützt aber nix", unkte Klaus jetzt auch noch, kratzte sich dabei verlegen am Hinterkopf und sah sich auf dem Rastplatz um. Schließlich packte er entschlossen das Ersatzrad und zog, ohne noch etwas zu sagen, von dannen. Nina blickte ihm hinterher und beobachtete, wie er von einem Wagen zum andern ging und mit den Reisenden sprach. Hartnäckig war Klaus ja schon, das musste man ihm lassen. Sie erhob sich, ging um die offen stehende Fahrertür herum und ließ sich auf den Sitz sinken, der wesentlich bequemer als die verchromte Stoßstange war. Sie schaltete das Radio an, lehnte sich zurück, schloss die Augen und lauschte Klaus Meine von den Scorpions, wie er leise die Melodie von „Wind of Change“ pfiff. Passend dazu wehte eine kühle Brise durch das heruntergekurbelte Beifahrerfenster. Zum Glück war es nicht mehr so drückend wie in den letzten Tagen. Sie musste zugeben, dass sie sich trotz der etwas widrigen Umstände auf den Urlaub gefreut hatte. Zwei Wochen kein Büro, keine Akten, kein Mord und kein Totschlag. In den nächsten vierzehn Tagen war sie einfach nur sie selbst und nicht die Oberkommissarin der Betzdorfer Kriminalinspektion, zuständig für Delikte am Menschen, wie es immer so schön hieß. Nein, sie würde die Tage mit Klaus am Meer in vollen Zügen genießen. Egal was und wer immer da kommen würde. Nachdem der „Wind of Change“ im Radio abgeebbt war, begann die Dame des NDR damit, endlose Verkehrsmeldungen herunterzubeten. Nina wollte das nicht hören. Sie würden die Fähre eh verpassen. Ohne hinzusehen, griff sie zum Radio, schaltete es wieder ab und lauschte stattdessen eine Weile dem monotonen Rauschen des Verkehrs auf der nahen Autobahn. Sie blinzelte kurz und suchte mit halb geschlossenen Augen den Parkplatz ab. Sie entdeckte Klaus bei einem feuerroten VW Caddy keine fünfzig Meter von ihr weg. Der Besitzer des Wagens war gerade damit beschäftigt, unter den wachsamen Augen seiner weiblichen Begleitung, zweier Halbwüchsiger und Ninas Göttergatten den Inhalt des Kofferraums auszuräumen. Wie es aussah, hatte Klaus also einen Luftpumpenbesitzer aufgetan. Zufrieden erhob sich Nina, ging zurück zum Kofferraum und griff sich Werkzeug und Wagenheber. Vielleicht bestand ja doch noch Hoffnung.

Als sie sich gerade gebückt hatte und den Kreuzschlüssel auf die erste Radschraube steckte, hielt direkt hinter ihr ein Auto.

„Hat dat hübsche Fräulein ein Problemschen?“, hörte sie einen Mann mit eindeutig kölschem Dialekt rufen. Nina ließ den Radschlüssel wieder sinken und drehte sich um. Hinter ihr hielt ein quietschegelber Ford Capri mit blauen Rallyestreifen. Das Beifahrerfenster war heruntergekurbelt, ein Typ Ende vierzig lehnte vom Fahrersitz herüber und grinste sie breit an. Wo der Kerl mit dem unmodernen Langhaarschnitt hingaffte, war ihr sofort klar.

„Nein, kein Problem. Sie können weiterfahren“, antwortete sie. Doch der Kölner schien sie nicht zu verstehen. Bevor sie sich nämlich versah, war Mister Vokuhila aus seinem Wägelchen gestiegen und stand nun unmittelbar neben ihr.

„Sieht aber su aus, als hätten Sie einen Plattfuß“, stellte er fest, was sie selbst schon längst wusste.

Nina überlegte ihm zu antworten, entschied sich dann aber dafür, dass es besser wäre, ihn einfach zu ignorieren. Die Erfahrung hatte gezeigt, dass man aufdringliche Kerle wie den Langhaarigen am besten überhaupt nicht beachtete, weil, tat man es doch und schenkte ihnen auch nur für einen Moment Gehör, dann wurde man diese Vögel so schnell nicht mehr los. Sie ging also wieder in die Hocke, wobei sie ihr Shirt noch einmal sorgsam über ihren hinteren Hosenbund zog, um nicht allzu tiefe Einblicke zu gewähren, und setzte den Radschlüssel erneut an.

„Da ham Se aber noch mal Glück gehabt“, hörte sie ihn nun hinter sich fachsimpeln. Nina hielt kurz inne. Was zum Kuckuck hatte ein plattes Vorderrad mit Glück zu tun? Sie widerstand der Versuchung nachzufragen, wie er darauf kam. Doch wie sie schnell feststellen musste, war dies auch gar nicht nötig, da der Kölner die Erklärung für das angebliche Glück unaufgefordert hinterherschickte.

„Der is ja nur unten platt und nicht dat ganze Autoreifen", erklärte er grammatisch äußerst bedenklich und begann dann schallend zu lachen. Nina wagte einen Blick zur Seite, über den vorderen Kotflügel hinweg. Wie es schien, hatte der Familienpapa, mit dem Klaus zugange war, gefunden, was er suchte und machte sich nun an dem Ersatzrad zu schaffen.

„Wo kommt dat hübsche Fräulein denn her?", erkundigte sich indessen Mister Vokuhila und trat direkt in ihr Sichtfeld, um einen Blick auf ihr vorderes Kennzeichen zu werfen.

„AK, wo is dat dann? Is dat Altenkirchen beim Westerwald?"

Nina antwortete nicht. Stattdessen versuchte sie mit ihrem gesamten Körpergewicht die erste Schraube zu lösen. Schweiß trat auf ihre Stirn und das, ohne dass diese doofe Radschraube sich auch nur einen Millimeter bewegt hätte.

„Kann ich Ihnen vielleicht helfen?", bot sich der Zottelige an.

„Nein, nicht nötig. Ich komm schon zurecht", zischte sie und riss noch einmal mit voller Kraft an dem Werkzeug.

„Schon klar. Dat seh ich, dat Sie zurechtkommen", amüsierte er sich nun auch noch.

Nina zog den Schraubenschlüssel ab, setzte ihn auf eine der anderen Radschrauben und versuchte nun diese zu lösen, doch auch diesmal bewegte sich das Ding keinen Deut.

„Ich will ja net klugscheißern, Fräulein, aber vielleicht versuchen Sie et einfach mal andersrum. Gejen die Uhr“, gab er ihr nun auch noch gute Ratschläge. Nina holte tief Luft. Okay, so wie es aussah, war der Kerl extrem hartnäckig. Nur durch Ignorieren würde sie ihn nicht loswerden. Sie zog den Schraubenschlüssel ab, erhob sich und reichte ihn ihm.

„Bitte schön, wenn Sie meinen, Sie könnten es besser ...“

Der Kölner grinste, griff sich den Kreuzschlüssel, steckte ihn flink auf eine der Radschrauben und trat mit voller Wucht darauf. Mit einem Knirschen bewegte sich die Schraube und bevor Nina sich versah, hatte er auch die anderen drei gelöst.

„Gelernt is halt gelernt, nä“, meinte er blöde grinsend und gab ihr das Werkzeug zurück.

„Sind Sie etwa Automechaniker?“, erkundigte Nina sich nun doch ein wenig neugierig.

„Nä, Fräulein. Ich bin Klempner“, erklärte er schelmisch und bevor sie sich versah, zauberte er aus der Brusttasche seines Hawaiihemdes eine zerknitterte Visitenkarte und hielt sie ihr hin. Zögernd nahm Nina das Kärtchen.

„Wenn ich mich kurz vorstellen darf: Martin von Schlechtinger. Sanitär, Heizung und Schwimmbad technik. Stets zur Stelle, wenn et ma leckt oder Ihnen zu kalt ist“, stellte er sich vor, zwinkerte ihr dabei obszön zu und begann erneut zu lachen, als hätte er einen wirklich sehr lustigen Witz gemacht. Nina lächelte, sie musste zugeben, dass der aufdringliche Typ ihr auf irgendeine Art noch nicht einmal wirklich unsympathisch war. Nein, das nicht. Dieser Martin mit seinem Zottelhaar und dem leichten Kugelbauch sah ein wenig aus wie dieser lustige Schlagersänger ... dieser

... Verflixt, wie hatte der Sänger von den Orthopädischen Strümpfen doch noch gleich geheißen? Nina kam nicht auf den Namen. Sie sah an Martin vorbei, wo Klaus mit dem Reserverad blieb und stellte erleichtert fest, dass ihr Göttergatte sich gerade von dem freundlichen Familienpapa verabschiedete und sich anschickte, samt dem Ersatzrad den Rückweg anzutreten.

„Darf man denn fragen, wo et hingeht?", wollte Martin indes wissen.

„Ähm, ja klar. Wir fahren in den Urlaub. Nach Langeoog", gab Nina zu, da sie ja nicht unfreundlich sein wollte, jetzt, wo der Typ ihr schon die Schrauben gelöst hatte.

„Nach Langeoog! Ja, dat is ja ein Zufall. Da will ich auch hin. Da trifft man sich bestimmt mal", freute sich Martin sichtlich.

„Wo wohnt dat Fräulein denn? Hotel oder Ferienwohnung?", fragte er weiter und Nina kam sich langsam vor wie bei einer Quizshow.

Sie schielte zu Klaus, der nur noch wenige Meter entfernt war.

„Ah, da kommt ja mein Mann", erklärte sie und hoffte inständig, dass Vokuhila-Martin beim Anblick von Klaus das Interesse an ihr verlor. Sie war davon überzeugt, dass er sie sowieso nur deshalb angesprochen hatte, weil er glaubte, sie sei allein. Freiwild sozusagen. Doch Martin schien noch nicht einmal enttäuscht zu sein. Klaus hingegen betrachtete den Typen ein wenig skeptisch.

„Is was?", fragte er, als er bei ihnen stand. Nina schüttelte schnell den Kopf.

„Nein, Schatz, alles in Ordnung. Herr ...", sie zögerte und schielte zum Namen auf dem Visitenkärtchen.

„Herr Schlechtinger war so freundlich, mir beim Lösen der Radschrauben zu helfen.“

„Von Schlechtinger wenn schon“, verbesserte Martin sie und fügte aber dann an: „Ich bin nämlich ein Blaublütiger. Verarmter Landadel, sozusagen. Aber für meine Fründe bin ich nur der Maddin.“ Erneut begann er schallend zu lachen.

Klaus rang sich ebenfalls ein Lächeln ab, stellte das Rad auf den Boden und streckte dem verarmten Landadligen die Hand hin.

„Klaus Schmitz ... und vielen Dank, dass Sie meiner Frau geholfen haben“, stellte er sich sehr höflich vor.

„Keine Ursache, Klaus, man hilft doch gern, wenn man kann“, schlug Martin ein und sah dann auf die Uhr. „Ich muss aber jetzt sehn, dat ich fortkomm, sonst verpass ich die letzte Fähre. Ihr zwei solltet auch hinnemachen. Sonst müsst ihr heut Nacht im Auto schlofen. Also ... nix für ungut. Mir sehn uns“, verabschiedete er sich und hielt dann noch einmal kurz inne, um Nina die Hand zu geben.

„Jetzt weiß ich aber immer noch net, wie die Frau Schmitz mit Fürnamen heißt.“

Nina griff die Hand zögerlich und sagte dann, warum auch immer: „Lara, Lara Schmitz.“

„Ahhh, Lara ... schöner Name. Also dann ... Lara, Klaus, mir sehn uns“, meinte er, rannte dann um seinen Wagen herum, sprang hinein und brauste mit quietschenden Reifen davon.

„Sag mal, spinnst du? Warum lügst du den Typen denn an?“, fragte Klaus sichtlich verwirrt, aber nicht böse. Nina verdrehte die Augen.

„Weil er lästig war. Ich hatte Angst, dass der am Ende noch meinen Namen googelt und ...“, sie winkte ab.

„Und da gibst du dich als meine Schwester aus?"

„Ich hab mich nicht als deine Schwester ausgegeben, sondern mir lediglich ihren Namen geborgt. Das ist ein Unterschied. Mir fiel so schnell nichts anderes ein. Und wie der dann auch noch ‚Schmitz' sagte ... na ... da war das wie 'ne Steilvorlage. Aber ist doch auch egal. Den sehen wir eh nicht wieder", schnaufte sie, stopfte dann die Visitenkarte in ihre Hosentasche und reichte Klaus den Radschlüssel.

Kapitel 2

Freitag, 7. August 2015
Fähranleger / Bensersiel

Der Anblick, wie das Fährschiff Langeoog III, begleitet von einem Schwarm schimpfender Möwen, aus dem Hafen glitt, hatte eindeutig etwas von dem Motiv einer Postkarte. Das Bild wäre vermutlich noch schöner gewesen, wenn Nina und Klaus jetzt in diesem Moment mit an Bord wären und nicht wie zwei Vollpfosten hier auf der Treppe des Fährhauses ständen und dem Kahn hinterherguckten.

„Was für ein blöder Mist", sprach Klaus das aus, was Nina gerade dachte.

„Ich muss jetzt erst mal was essen", entschied sie, da sie die Situation so, wie sie sich nun ergab, eh nicht ändern konnten.

Es brachte sie nicht viel weiter hier am Anleger zu stehen und dem Schiff hinterherzuschauen. Sie würden jetzt schön was essen gehen und dann einfach sehen, wo sie über Nacht bleiben konnten. Hotels gab es in einem Ferienort wie Bensersiel sicherlich reichlich und die Insel lief ihnen schließlich auch nicht davon.

„Was machen wir mit unserem Auto?", wollte Klaus wissen, als sie an dem geschlossenen Fahrkartenschalter in Richtung des Platzes vor dem Fährhaus vorbeigingen, wo Maggiolino stand.

„Was soll mit dem sein? Den lassen wir jetzt erst mal da stehen", antwortete sie beiläufig, da sie den Sinn der Frage überhaupt nicht verstand.

„Du parkst im absoluten Halteverbot", wandte Klaus ein.

Nina verdrehte die Augen.

„Na und? Hier ist doch schon fast keiner mehr. So wie es aussieht, klappen die hier am Hafen nach der letzten Fähre doch die Bürgersteige hoch", versuchte sie ihn zu beschwichtigen.

„Und so was wie du ist Polizistin", schimpfte er und bevor sie sich versah, hatte er ihr den Schlüsselbund entwunden und stapfte zu dem kleinen blauen Käfer. Nina ließ sich auf eine Bank unmittelbar vor dem Fährhaus sinken und beobachtete, wie Klaus den Wagen in einer nun freien Parkbucht keine zwanzig Meter weiter abstellte und dann brav zum Parkscheinautomaten trottete und ein Parkticket löste. Als ob das um diese Uhrzeit noch jemanden interessierte. Aber nun gut ... wenn es ihn beruhigte.

Das Bauernschnitzel mit Bratkartoffeln und Gemüse, das sie anschließend im Restaurant Waterkant aß, war lecker und Nina spürte förmlich mit jedem Bissen, den sie zu sich nahm, wie sich ihre Laune besserte und sich sogar langsam so etwas wie ein Urlaubsfeeling einstellte. Als sie nach dem üppigen Mahl dann sogar noch ein Doppelzimmer mit Blick auf den Hafen im Benser Hof ergatterten, zog sie für einen Moment sogar in Betracht, einfach für ein paar Tage hierzubleiben. Bensersiel war ein hübscher Urlaubsort, das Hotel chic eingerichtet, das Bett okay und das Wetter ein Traum. Wer brauchte da noch eine Insel? Zumal eine, auf der sich in genau diesem Moment schon Lara Schmitz befand. Sie trat aus dem Zimmer auf den schmalen Balkon, lehnte sich an das Geländer und blickte auf die kleineren Schiffchen, die friedlich in der Abendsonne im Hafenbecken dümpelten. Am Kai rechts einige Fischer- und Ausflugsboote. Links mehrere Segelschiffchen und Yachten. In der hinteren rechten Ecke konnte sie das große Fährhaus erkennen. Der Parkplatz davor, auf dem Maggiolino sich während ihres Abendessens ausgeruht hatte, war nun fast gänzlich leer. Auch von dem kleinen blauen Käfer war nun nichts mehr zu sehen, da Klaus ihn, nachdem er alles ausgeladen hatte, noch einmal auf einen der großen Parkplätze für die Inselbesucher umgeparkt hatte. Dort würde ihr geliebtes Wägelchen nun die nächsten zwei Wochen auf sie warten müssen. Wohl war ihr bei dem Gedanken, das Auto so lange auf einem wildfremden Parkplatz zu lassen, nicht.

„Hast du meinen Rucksack auch mitgebracht?", fragte sie ins Zimmer hinein, wo Klaus mit hinter dem Kopf verschränkten Armen auf dem Bett lag.

„Ja, Schatz. Ich hab das gesamte Gepäck ausgeladen und hierher geschleift", antwortete er.

„Auch das Zelt?", hakte sie erstaunt nach.

„Alles, bis auf das Zelt, Isomatten und die Schlafsäcke. Den Kram werden wir wohl kaum hier im Hotel benötigen", verbesserte er sich.

„Aber nicht, dass wir das morgen früh vergessen", gab sie zu bedenken.

Er stöhnte leicht genervt auf.

„Nein, Schatz, ich bin davon überzeugt, dass du es nicht vergessen wirst ... Obwohl mir immer noch schleierhaft ist, was du mit dem Zeug willst."

Nina wandte sich ab, damit er ihr Grinsen nicht bemerkte. Erneut wanderte ihr Blick zum Horizont, wo sich aus dem Meer ein Streifen Land erhob. Im Grunde hatte sie, genau wie Klaus, auch keine Lust, die nächsten zwei Wochen in einem Zweimannzelt auf dem harten Boden zu schlafen. Doch sie hatte es nun mal aus der ersten Aufregung heraus gesagt. Nur zu gut konnte sie sich an ihre Worte am Weihnachtsabend erinnern: „Bevor ich mit Lara unter einem Dach nächtige, würde ich lieber in einem Zelt campieren!"

Klaus hatte natürlich vollkommen richtig vermutet, dass dies nur eine hohle Floskel war und sie daher nachher noch einige Male mit dem doofen Spruch genervt und aufgezogen. Sein entsetztes Gesicht, als sie gestern Abend das alte Zelt aus ihrer Jugend aus dem Keller holte, es ins Auto packte und ihn damit beauftragte, die Schlafsäcke vom Dachboden zu holen, war der Kracher gewesen. Sie würde das jetzt durchziehen. Eine Nina Moretti stand zu dem, was sie sagte, auch wenn es ihr selbst wehtat. Dennoch hoffte sie nun, dass irgendein Umstand, wie ein generelles Zeltverbot auf der Insel, ein Orkan, eine Sturmflut oder was zum Teufel für ein widriger Umstand auch immer, eintreten würde und sie, ohne ihr Gesicht zu verlieren, aus der Nummer wieder herauskam. Dass sie quasi gezwungen sein würde ihr Vorhaben aufzugeben, um in einem weichen, bequemen Bett zu schlafen.

„Magst du auch noch ein Eis?", fragte sie ihn.

„Nee, ich bin satt", kam es sehr leise zurück.

„Sag mal, pennst du schon?", erkundigte sie sich.

„Nein. Tu ich nicht", antwortete er verschlafen.

„Was dagegen, wenn ich mir noch ein Eis hole?".

„Nee, mach nur."

Ohne zu zögern kramte sie ihr Portemonnaie aus ihrem kleinen Rucksack, schnappte sich dann den Schlüssel und verließ den Raum.

*

Martin von Schlechtinger sog genüsslich die salzige Luft ein und ließ den Blick über die sandige, hügelige Landschaft schweifen. Hinter den mit Sanddorn und Strandhafer bewachsenen Dünen erkannte er ein Heer bunter, nummerierter Strandkörbe und die Wellen der Nordsee, die rhythmisch auf den feinen, weißen Sandstrand rollten. Er überlegte, wann er zuletzt am Meer gewesen war. Genau wusste er es nicht mehr, doch es musste nun locker an die zehn Jahre her sein. Er schloss die Augen und rief sich die Bilder von damals in Erinnerung. Er sah Helga, wie sie sich neben ihm im Strandkorb räkelte und den kleinen Kevin, der mit seiner Schwester Gina Marie direkt vor seinen Füßen eine Burg baute. Auf welcher Insel sie wohl damals gewesen waren? Er wusste es nicht mehr. Er war sich lediglich sicher, dass es ebenfalls eine Nordseeinsel gewesen war, jedoch eine, auf der man auch das Auto mitnehmen konnte. Urlaub ohne Auto war für ihn damals und auch heute kaum denkbar. Ein Mann brauchte ein ordentliches Auto, da gab es keine Diskussionen. Die Kinder mussten damals um die zehn und elf gewesen sein. Eine schöne Zeit war das gewesen, als sie noch Papa zu ihm gesagt hatten. Heute, wo die beiden erwachsen waren, schauten sie ihren Vater allerdings noch nicht einmal mehr mit dem Arsch an, wie man in Kölle so schön zu sagen pflegte. Gina Marie hatte er zum letzten Mal vor etwas über einem Jahr gesehen, als sie ihm mitteilte, er werde Großvater und sie bräuchte daher dringend Geld. Als er ihr dann die letzten zwanzig Euro aus seinem Portemonnaie geben wollte, hatte sie ihn angeguckt, als käme er von einem anderen Stern.

„Wat soll dat denn sein?", hatte sie ihn zornig angeblafft. Martin verstand in dem Moment zuerst gar nicht, wie sie das meinte. Als er es begriff und versuchte zu erklären, dass dies sein letztes Geld sei und er damit noch eigentlich einige Tage hätte auskommen müssen, hatte sie ihn lediglich verhöhnt und ausgelacht und war, genauso wie drei Jahre zuvor ihre Mutter, auf Nimmerwiedersehen aus seinem Leben verschwunden. Wobei Helga die zwanzig Euro nicht ausgeschlagen hätte. Die hätte ihm auch noch das letzte Hemd vom Körper gerissen, wenn sie denn die Gelegenheit dazu gehabt hätte. Das Einzige, was er nach ihrem Auszug noch besessen hatte und auch heute noch besaß, waren die Klamotten, die er am Leibe trug, und der alte Ford Capri. Sein erstes Auto. Helga hatte das gute Stück nie gemocht und vermutlich deshalb dagelassen.

Martin ließ sich auf dem Kamm einer hohen Düne nieder und beobachtete, wie die Sonne am Horizont Stück für Stück im Meer versank. Die wenigen Wolken am Himmel schimmerten wunderschön in einer Mischung aus rosa bis dunkelrot. Gerne hätte er jetzt ein Foto gemacht, um diesen Moment für immer festzuhalten. Doch leider besaß er derzeit weder einen Fotoapparat noch ein Handy mit eingebauter Kamera. Was hatte dieses Miststück ihn doch abgezockt. Sein Haus, sein Geld, die Firma ... nichts davon war ihm geblieben. Heute wusste er, dass seine Ex den Ausstieg aus der Familie von langer Hand geplant haben musste. Schon Monate oder gar Jahre zuvor hatte sie damit begonnen sämtliche Konten, Sparverträge und sogar seine Lebensversicherungen zu versilbern und die Kohle in bar beiseitezuschaffen. Für sie kein Problem, da er sich nie um das Finanzielle gekümmert hatte. Das hatte sie nämlich immer getan. Es war wirklich alles weg. Doch einen Martin von Schlechtinger bekam man so schnell nicht klein. Nein! Er hatte seine Firma damals aus dem Nichts gegründet und groß gemacht und er würde es noch einmal schaffen. Wie genau er das anstellen sollte, war ihm noch nicht ganz klar. So ganz ohne jegliches Startkapital war es nämlich wesentlich schwerer. Aber er hatte ein Ziel. Und nur das zählte. Er spürte in den letzten Tagen förmlich, dass er die Talsohle nun durchschritten hatte und dass es kurz davor war, wieder steil nach oben zu gehen. Der Grund seiner euphorischen Stimmung begründete sich in einem eher zufälligen Treffen. Einem Treffen mit Toni Belfinger. Toni und er kannten sich schon immer, also zumindest so lange er sich erinnern konnte. Sie waren bereits zusammen in den Kindergarten gegangen und somit so etwas wie alte Sandkastenkumpels. Als er Toni vor zwei Wochen vor dessen Elternhaus in Köln-Kalk zufällig traf, hatte der ihn zuerst überhaupt nicht erkannt. Nun gut, das war ja auch kein Wunder nach beinahe dreißig Jahren, die sie sich nicht mehr gesehen hatten. Er selbst erkannte Toni sofort, als der direkt vor ihm aus der Mercedes S-Klasse stieg. Dies lag aber einzig und allein an der Tatsache, dass man den Toni gelegentlich schon mal in der Zeitung zu sehen bekam. Toni war sozusagen bekannt wie ein bunter Hund. Der Typ hatte es geschafft, aus dem Nichts heraus ein richtiges Bauimperium aufzubauen und das ganz ohne ein Studium. Nur mit seiner Hände Arbeit hatte er es vom Bauhelfer zum Multimillionär geschafft. Martin war davon überzeugt, dass auch er das Zeug dazu gehabt hätte, wie Toni Karriere zu machen. Seine Heizungsfirma war ja bereits auf dem besten Weg dahin gewesen. Am Schluss beschäftigte er ja sogar schon drei Gesellen und einen Lehrling. Dumm war nur, dass einer der Gesellen sich weniger mit seiner Arbeit, dafür umso mehr mit seiner Helga beschäftigt hatte und Martin diesen Umstand erst bemerkte, als sie mit diesem treulosen Kerl und der gesamten Kohle durchgebrannt war. Ein harter Schlag und das bisherige Ende seines kometenhaften Aufstiegs in die Oberliga des Gas-, Wasser- und Sanitärgeschäfts.

Er wusste nicht, was ihn dazu bewogen hatte, Toni eine Visitenkarte zuzustecken, auf der sich die Nummer seines leertelefonierten Prepaidhandys befand, doch er hatte es getan. Als Toni ihn vor drei Tagen dann tatsächlich anrief und ihm ein super Jobangebot hier auf der Insel machte, hatte er es kaum glauben wollen. Da arbeiten, wo andere Urlaub machten, war schon immer sein Traum gewesen. Des Öfteren hatte er früher von einer Filiale auf Mallorca geträumt, aber leider war ja dann die Sache mit Helga dazwischen ... Nun gut. Es war, wie es war, seine Ex war seine Ex und er jetzt auf dieser Nordseeinsel. Er war gespannt, wie ein Flitzebogen, worin dieser Superjob, den Toni für ihn hatte, bestehen würde. Eine verantwortungsvolle, leitende Tätigkeit hatte er lediglich gemeint und dass er ihm alles Weitere hier auf der Insel erklären würde. Morgen früh würden sie sich zu einem Arbeitsfrühstück in der ostfriesischen Teestube am Hafen treffen.

Martin zog seine Schuhe und Socken aus und ging dann barfuß über den Strand in Richtung der Brandungslinie. Bis auf zwei waren alle Strandkörbe, an denen er vorbeikam, unbesetzt und mit einem Gitter versperrt, an dem ein kleines Vorhängeschloss baumelte. Natürlich, es war schon spät und die Urlauber mit den Kindern, die tagsüber den Strand bevölkerten, lagen größtenteils bereits in ihren Betten. Ein Bett hätte er auch gerne gehabt, doch leider reichte sein Geld nicht mehr für ein Hotelzimmer. Hätte er gewusst, wie teuer ein Zimmer hier auf der Insel war, hätte er die Nacht noch auf dem Festland verbracht, wo es vermutlich deutlich billigere Pensionen gab oder wo er, wie schon so oft in den letzten Jahren, in seinem Wagen hätte schlafen können. So blieb ihm nichts anderes übrig als zu improvisieren. Er blickte sich kurz um und vergewisserte sich, dass die Luft rein war. Dann kramte er seinen Leatherman, wie das Multifunktionswerkzeug sich schimpfte, aus der Hosentasche und öffnete damit in Sekunden das kleine, billige Vorhängeschloss. Nachdem er auch noch das Gitter vor der Sitzfläche entfernt hatte, kramte er seinen alten Schlafsack aus dem Rucksack und nahm im Strandkorb Platz. Martin ließ sich zufrieden zurücksinken und blickte zum Horizont. Es gab wahrlich schlechtere Plätze zum Übernachten als an einem Strand auf Langeoog. Der Wind wehte nur schwach vom Meer her und die Sonne war bereits zur Gänze in den Fluten untergegangen. Zumindest stellte er es sich so vor, dass der riesige Feuerball jeden Abend zischend und mit Getöse im Wasser versank. Seine Mutter sagte immer: „Martin, mein Junge, bewahre dir dein kindliches Gemüt und deine Fantasie so lange es geht. Wenn du nicht mehr denken kannst wie ein kleiner Junge, trifft dich das Leben mit aller Härte." Nun gut, richtig funktioniert hatte es bisher nicht. Wie sollte das Leben ihn auch noch härter treffen? Doch er konnte heute bereits wieder über vieles lachen, was ihm noch vor Jahren den Schlaf geraubt hätte. Er beobachtete ein Pärchen, das auf ihn zukam. Wobei ... näher betrachtet war er sich nicht sicher, ob die beiden tatsächlich ein Paar waren. Sie war ein Rasseweib, das erkannte er sofort. Ein Schuss vor dem Herrn, wie er bei solch einem

Anblick immer gerne zu sagen pflegte. Er schätzte sie auf vielleicht dreißig. Sie trug kurze, weiße Hosen, aus denen zwei wunderbar geformte, lange, braun gebrannte Beine herauslugten. Irgendwie erinnerte sie ihn mit ihrer blonden Mähne ein wenig an eine Barbiepuppe oder noch besser ... an die Monroe, wobei er einmal gehört hatte, dass die gute Marilyn angeblich ja gefärbt gewesen war. Nun gut, an diesem Mädel hier war auch nicht alles echt. Zumindest bei der Mordsoberweite musste der Onkel Doktor mächtig nachgeholfen haben. Doch wen juckte das schon? Martin zumindest nicht. Sein alter Ford Capri besaß ja auch einen Frontspoiler, der im Grunde nichts brachte außer einer schärferen Optik. Das Einzige, was zählte, war das Ergebnis und das konnte sich bei der Blondine, genau wie bei seinem Capri, durchaus sehen lassen. Wenn der Typ, der einige Schritte hinter ihr durch den Sand stolperte, tatsächlich ihr Macker war, dann konnte das nur bedeuten, dass der vermutlich einiges auf der hohen Kante hatte. Warum sonst sollte sich solch ein Weib mit einem Spargeltarzan in Sandalen, weißen Tennissocken und hochgekrempelten Bundfaltenhosen abgeben. Außerdem war der Kerl doch gut und gerne zwanzig Jahre älter als die blonde Maus.

„Lara, Liebling, könntest du bitte ein wenig langsamer gehen", rief der Typ nun und Martin stutzte.

Die blonde Zuckerschnecke hieß Lara, genau wie seine Autobahnbekanntschaft heute Nachmittag. Zufälle gab es. Erst traf man jahrelang keine, die so hieß und dann gleich zwei an einem Tag. Und was für welche! Er sah den beiden hinterher, bis sie zwischen den Dünen verschwunden waren und musste auf einmal an Helga denken. Er dachte noch oft an sie und ärgerte sich dann jedes Mal über sich selbst. Manchmal ertappte er sich sogar bei dem Gedanken, wie er wohl reagieren würde, wenn sie morgen wieder vor seiner Türe stünde. Wobei das doch eigentlich gar keine Frage war. Er würde sie davonjagen, dahin, wo der Pfeffer wächst. Oder doch nicht? Wenn er ehrlich war, wusste er es nicht und vermutlich würde er es auch niemals herausfinden, da Helga eh nie wieder zu ihm zurückkommen würde. Er seufzte und betätigte die beiden Bügel des Strandkorbes, mit denen man die Rückenlehne nach hinten verstellen konnte. Nachdem er die Lehne in Liegeposition gebracht hatte, zog er noch die Fußteile heraus und machte sich dann lang. Morgen würde es aufwärts mit ihm gehen. Morgen würde sich alles wieder zum Besseren wenden.

Kapitel 3

Samstag, 8. August 2015, 7:22 Uhr
Inselparkplätze am Fähranleger / Bensersiel

„Das gibt es doch nicht", schimpfte Nina und starrte auf den leeren Rücksitz ihres VW Käfers, auf dem sich gestern noch das Zelt, die Isomatten und ihre beiden Schlafsäcke befunden hatten.

„Scheiße. Ich versteh das nicht", jammerte Klaus und untersuchte das Türschloss des alten Volkswagens. „Ich bin mir sicher, dass ich abgeschlossen hatte."

Nina deutete auf das kleine Dreiecksfenster der Tür, das weit offen stand.

„Hast du auch das Ausstellfenster geschlossen? Der Dieb hat nämlich vermutlich einfach das Fensterchen aufgedrückt, hindurchgegriffen und das Knöpfchen der Türverriegelung hochgezogen", erklärte sie ihm.

Klaus kratzte sich am Hinterkopf und biss sich auf die Unterlippe. Nina konnte förmlich sehen, wie sein Hirn arbeitete. Er war sich demnach nicht sicher, ob er es richtig geschlossen hatte. Sie öffnete das Handschuhfach und sah hinein. Ein Wust aus Tankbelegen und Musikkassetten quoll ihr entgegen. Obendrauf lag eine Parkscheibe. Die Verriegelung der Kofferraumhaube, die sich bei einem Käfer ebenfalls im Inneren des Fachs befand, war auf den ersten Blick nicht betätigt worden. Ein Dieb würde sich bestimmt nicht die Arbeit machen, nach Betätigen des Hebels den ganzen Kram wieder in das Fach zu räumen. Außer den Campingutensilien vom Rücksitz schien also nichts zu fehlen. Sie schloss das Fach wieder und verriegelte anschließend ordentlich das Dreiecksfenster, sodass niemand es mehr von außen öffnen konnte, und warf die Tür zu. Ihr Blick fiel auf Klaus, der an seinem Smartphone herumhantierte.

„Was machst du da?“, erkundigte sie sich neugierig.

„Na was schon. Ich rufe die Polizei“, antwortete er.

Blitzschnell griff Nina nach dem Handy und entwendete es ihm. Gerade noch rechtzeitig konnte sie den Anruf mit einer Fingerbewegung über das Display beenden.

„Spinnst du? Wegen so einer Bagatelle ruft man doch nicht die 110 an“, zischte sie.

Klaus starrte sie mit großen Augen an.

„Bagatelle? Mensch, Nina, da haben heute Nacht welche unser Auto ausgeräumt. Das muss man melden“, ereiferte er sich.

Nina verdrehte die Augen, gab ihm sein Handy zurück und machte eine schweifende Handbewegung über den Parkplatz.

„Siehst du hier jemanden in Not? Irgendwer verletzt? Gibt es hier einen Überfall? Stirbt gerade einer? Was willst du den Bullen also sagen, wenn du sie wegen so einer Kleinigkeit über den Notruf anfunkst?“, erkundigte sie sich.

Klaus zuckte mit den Schultern.

„Ja nee, aber ich dachte ...“, stammelte er, während er ihr zusah, wie sie das Auto abschloss und den Schlüssel in ihren Rucksack steckte.

„Meinst du, ich hab Bock, mir von meinen norddeutschen Kollegen erklären zu lassen, wie man einen VW Käfer ordentlich verriegelt?“, fragte sie, zog den immer noch verdutzt dreinschauenden Klaus dann zu sich und gab ihm einen flüchtigen Kuss.

„So, Schatz, jetzt gräm dich nicht wegen des ollen Zelts. Weg ist weg. Die Diebe sind vermutlich eh schon über alle Berge. Mir ist das übrigens auch schon passiert, dass die Fenster nicht richtig zu waren", tröstete sie ihn.

Klaus kniff die Augen zusammen.

„Du machst die Dinger zu Hause nie ordentlich zu", meckerte er dann.

Nina lächelte. Natürlich hatte er recht. Sie schloss die Fenster im Grunde nur, wenn es draußen schüttete wie aus Eimern, damit es im Wageninneren nicht nass wurde. Zu Hause im Westerwald würde aber auch lediglich ein Depp auf den Gedanken kommen, den kleinen blauen Wagen ungefragt zu öffnen. Maggiolino war in der Westerwälder Kleinstadt, genau wie Nina selbst, bekannt wie ein bunter Hund. Niemand würde es dort wagen, das Auto der Kriminalbeamtin auch nur anzurühren.

„Los komm, wir müssen los, wenn wir die Fähre nicht schon wieder verpassen wollen", entschied sie und schnappte sich den kleineren der beiden Rollkoffer.

Der Parkplatz war riesig. Als sie so durch die Reihen der unzähligen abgestellten Autos latschten, betrachtete sie diese. Hier war wahrlich vom Nobelhobel bis zum letzten Schrottkarren alles vertreten. Ein Parkplatz ohne soziale Unterschiede. Unweit von Maggiolino entdeckte sie den quietschegelben Ford Capri des Kölner Klempners. Nina musste bei dem Gedanken an den seltsamen Vogel grinsen.

„Ist was?", wollte Klaus prompt wissen.

Sie deutete zu dem alten Sport Coupé und sofort musste auch Klaus schmunzeln.

„Ah, der Typ von gestern. Dieser Guildo Horn-Verschnitt", stellte er belustigt fest.

Nina begann zu kichern, als sie den Namen Guildo Horn hörte. Wie so oft hatte Klaus beim Anblick des Paradiesvogels den gleichen Gedanken wie sie gehabt. Nur dass er direkt auf den Namen des skurrilen Schlagerheinis gekommen war. Man merkte halt, dass er im Gegensatz zu ihr etwas von Musik verstand.

„Da vorne steht auch der VW Caddy von Sybille und Frank", meinte er einige Meter weiter und deutete auf einen roten Kastenwagen.

„Wer zum Kuckuck sind Sybille und Frank?", fragte sie erstaunt.

„Das sind die beiden von gestern, das Pärchen mit den Kindern. Frank hat uns auf der Autobahn doch den platten Reifen aufgepumpt", erklärte er.

Nina wusste, wen er meinte, obwohl sie das Pärchen mit den Kindern nach der gestrigen Begegnung bereits wieder erfolgreich aus ihrem Kopf eliminiert hatte. Was auch kein Wunder war, da sie sich in der Zeit, wo Klaus Autobahnbekanntschaften schloss, mit dem Kölner Klempner rumärgern musste. Als sie an dem roten Caddy vorbeigingen, fiel Ninas Blick auf die große Heckscheibe. Neben einem Werbeaufkleber von Jack Wolfskin standen in großen weißen Lettern die Namen der mitdüsenden Kinder: Amalia Luise und Friedrich Amadeus. Nun gut, über Geschmack ließ sich bekanntlich nicht streiten. Ob die Eltern den Kindern mit diesen Namen einen Gefallen taten, schien ihr fraglich.

Am Gepäckschalter in der Fährhalle herrschte mächtig Betrieb. Wie bei einer Flugreise mussten Nina und Klaus die beiden Rollkoffer an der Gepäckannahme aufgeben. Auf Langeoog würden sie diese dann wieder zurückbekommen. Nur den Rucksack mit dem Kleinkram behielten sie bei sich. Anschließend ging es zur

Fähre, die bereits am Anleger wartete. Da Nina die Luft in den Salons unter Deck nicht wirklich als angenehm empfand, entschied sie, dass sie sich trotz der noch morgendlichen Kälte einen Platz an der frischen Luft aussuchen würde. Die Langeoog III war, wenn man so an Bord herumschlenderte, doch um einiges größer als sie gestern vom Anleger aus ausgesehen hatte.

„Ach guck mal, da sind die beiden ja", meinte Klaus plötzlich und deutete auf ein Pärchen, das direkt an der Reling im hinteren Bereich saß. Der Mann schien Klaus ebenfalls erkannt zu haben und winkte ihnen nun aufmunternd zu, sie sollten zu ihnen herüberkommen. Klaus war ein kontaktfreudiger Mensch, daran bestand kein Zweifel. Ihr Göttergatte besaß die Gabe, immer und überall sofort neue Kontakte zu knüpfen und das, obwohl er von seinem Wesen her eher der ruhigere Typ war.

„Moin, Moin, Frank", begrüßte Klaus den Enddreißiger mit den bereits ergrauten Schläfen, als würden sie sich schon ewig kennen. Nun gut, so eine Panne auf der Autobahn verband ja auch irgendwie. Frank, der genau wie seine bessere Hälfte eine Outdoorjacke mit dem Tatzenlogo trug, erhob sich von seinem Sitzplatz und begrüßte Klaus mit einem Handschlag. Seine Gattin, eine Dürre mit feuerrotem Haar, deren Name Nina bereits wieder entfallen war, lächelte eher gequält. Ninas Blick heftete sich auf die Spitze der recht großen Nase der Frau, die mit einigen Tausend Sommersprossen gesprenkelt war. Ein wirklich sehr hässlicher Zinken, schoss es ihr durch den Kopf. Sie musste an die Redewendung denken, dass einem die Nase des anderen nicht gefiel. Da war irgendwie was dran. Der Riechkolben der Rothaarigen gefiel Nina genauso wenig, wie der Rest an ihrer Besitzerin. So etwas gab es. Man sah einen Menschen und mochte ihn nicht. Bei Nina war dies zwar selten, aber wenn, dann hatte ihr Gespür sie bisher noch nie betrogen. Andersherum funktionierte es allerdings nicht so gut. Viele Leute, die ihr auf den ersten Blick sympathisch erschienen, entpuppten sich im Nachhinein dann leider doch als Deppen. Die Rothaarige wich Ninas musterndem Blick ziemlich schnell aus und schaute stattdessen eher suchend über das Schiffsdeck, auf das nun immer mehr Menschen strömten.

„Amalia Luise, Friedrich Amadeus, würdet ihr bitte ein wenig von der Reling zurücktreten", quakte sie in bestem Hochdeutsch, als sie ihre Brut erblickte, die mit ihren kleinen Füßchen auf der untersten Querstange des Geländers standen und ihre Oberkörper weit darüber hinauslehnten. Nina reichte auch diesmal wieder ein kurzer Blick auf das etwa achtjährige Mädchen, das die gleiche orangefarbene Tatzenjacke wie seine Mutter trug, und den ebenfalls mit einer Bärentatze gebrandmarkten Zehnjährigen, um die Kinder klar einzuordnen. Arschlochkinder! Ganz eindeutig! Für so etwas besaß sie ebenfalls ein Auge. Es gab liebe Kinder, nette Kinder, lustige Kinder und eben auch Arschlochkinder. Diese beiden gehörten eindeutig zur letzten Kategorie. Das hörte sich im ersten Moment vielleicht böse an, war aber nun mal so. Die Kinder konnten bestimmt auch gar nichts dafür. Vermutlich hatten sie die AK-Gene von ihrer Mutter vererbt bekommen. Frank, bei dem es sich wohl um den Vater der beiden handelte, schien ja auf den ersten Blick recht sympathisch. Wobei, wie gesagt, das ja ebenfalls trügen konnte.

*

Martin hatte in seinem Strandkorb besser geschlafen als er es gestern am Abend zu hoffen gewagt hätte. Kurz nach Sonnenaufgang weckte ihn dann aber das wüste Gezeter einiger Möwen. Als er die Augen aufschlug, war der Strand menschenleer gewesen und für einen Moment hatte er sich gefühlt wie Robinson Crusoe auf seiner eigenen kleinen, einsamen Insel. Zuerst hatte er einfach nur dagelegen, nach Osten in die Morgensonne geblinzelt und den Möwen und Strandläufern zugesehen, die an der nun sehr nah herangerückten Wasserlinie im Sand nach ihrem Frühstück suchten. Nachdem er sich einige Male in seinem Schlafsack gereckt und gestreckt hatte, schälte er sich aus demselbigen heraus und schlurfte die wenigen Schritte bis zum Meer durch den Sand. Neugierig beäugten ihn die gefiederten Untertanen seines Inselreichs, als er die Klamotten abstreifte und sich spontan und so, wie Gott ihn geschaffen hatte, in die Fluten stürzte. Das Wasser war saukalt, aber herrlich erfrischend. Er kraulte einige Meter hinaus und ließ sich dann von den Wellen zurück an den Strand tragen. Als er aus dem Wasser stieg, entdeckte er eine Joggerin, die im lockeren Laufschritt auf dem vom Wasser geglätteten Sand unmittelbar an der Wasserlinie entlang auf ihn zukam. Als sie ihn erblickte, verlangsamten sich ihre Schritte ein wenig. Dann schaute sie amüsiert an ihm hinunter, grüßte freundlich und trabte an ihm vorbei. Martin schätzte sie auf um die fünfzig. Sie wirkte schlank und sportlich. Unter einer rosa Strickmütze lugten graue Locken hervor. Er sah an sich herunter. Na ja, ein Adonis war er nun nicht mehr gerade. Außerdem hatte sich sein bestes Stück, bedingt durch das kalte Wasser, ziemlich rargemacht. Trotzdem, zumindest glaubte er das, schien der ollen Schrulle das, was sie gesehen hatte, gefallen zu haben. Er raffte seine Klamotten zusammen, stapfte zurück zu seinem Strandkorb und begann sich, in Ermangelung eines Handtuches, mit seinem bereits getragenen T-Shirt abzutrocknen. Gleich zu seinem Geschäftstermin würde er das frische Hemd anziehen, das seine Mutter ihm gestern extra noch gebügelt und eingepackt hatte. Wenn ihm vor zehn Jahren jemand gesagt hätte, dass er mit achtundvierzig noch einmal bei seiner Mutter wohnen würde, hätte er denjenigen für total bescheuert erklärt. Doch er war heute froh, dass er seine Mama noch hatte. Hätte die alte Dame ihn nicht wieder aufgenommen und würde ihn nicht von ihrer spärlichen Rente mit durchfüttern, wäre er vermutlich längst bei den Pennern unter einer der zahlreichen Kölner Brücken gelandet.

Nachdem er sich fertig angekleidet hatte, verließ er den Strand in Richtung des großen Wasserturms. Als er an einem Mülleimer vorbeikam, der in den Dünen rechts des Weges stand, entdeckte er einige leere Getränkedosen, die aus dem überquellenden Behältnis hervorlugten. Ohne lange zu zögern, ging er hin, griff sich die Dosen und drehte sie in der Hand. Es handelte sich eindeutig um Pfanddosen, die irgendwelche Blödiane einfach achtlos weggeworfen hatten. Kurzerhand krempelte er seine Ärmel hoch und begann in dem Abfallkorb zu wühlen. Immer mehr leere Dosen und Plastikflaschen kamen zum Vorschein. Weiter unten stieß er auch noch auf eine zusammengeknüllte Plastiktüte, in der er seine Schätze abtransportieren konnte. Er zählte insgesamt sieben leere Dosen und fünf PET-Einwegflaschen. Alle mit dem Pfandlogo. Das waren nach Adam Riese immerhin drei Euro, die er in nicht mal fünf Minuten verdient hatte. Wenn man es mal hochrechnete, ein beachtlicher Stundenlohn. Als er den überschüssigen Müll wieder zurück in den Behälter gestopfte hatte und sich anschickte weiterzugehen, entdeckte er nur einige Meter weiter, auf dem Kamm einer Düne, die Joggerin von vorhin, die ihn nun neugierig beobachtete. Er spürte, wie Scham in ihm aufkam. Die Frau würde bestimmt denken, er wäre ein Landstreicher oder so ein obdachloser Tippelbruder.

„Guten Morgen, Gnädigste", hörte er sich laut sagen und kam sich dabei plötzlich noch dämlicher vor. Die Angesprochene lächelte und nickte ihm knapp zu. Dann verschwand sie im Laufschritt hinter einigen Sträuchern.

Martin setzte seinen Weg in Richtung Inselbahnhof fort. Unterwegs kam er bei einem kleinen Backladen vorbei, der gerade öffnete und in dem er das Leergut erfolgreich gegen einen Coffee-to-go und ein einfaches Brötchen eintauschen konnte. Wenn das mal kein herrlicher Morgen war! Der Start in sein neues Leben lief doch wie geschmiert. Mit der Inselbahn fuhr er zurück zum Hafen. Dort stieg er aus und machte sich auf zur ostfriesischen Teestube, die schon von Weitem sichtbar auf dem Deich nahe des Hafens lag.

Als er dort ankam, musste er feststellen, dass der Laden noch geschlossen hatte. Er kramte die alte Armbanduhr seines Vaters aus dem Rucksack und sah darauf. Es war erst kurz vor halb acht. Der Termin mit Toni Belfinger zum Frühstück war erst um neun. Er fluchte leise. Was zum Kuckuck sollte er noch fast zwei Stunden hier treiben?

*

Annemarie Hansen ließ sich erschöpft, aber zufrieden, auf die Bank vor ihrem Fischerhaus sinken, das sich am Rande des Dorfes befand. Der morgendliche Dauerlauf am Strand entlang, den sie seit über zehn Jahren jeden Morgen, bei jedem Wetter und zu jeder Jahreszeit absolvierte, schlauchte schon heftig. Aber er gab ihr auch etwas. Früher hatte sie die Jogger immer belächelt und sich zugegebenermaßen auch das eine oder andere Mal über sie lustig gemacht. Doch dem war heute nicht mehr so. Das erste Mal war sie am 20. Oktober 2004 gelaufen. Einen Tag nach der Beerdigung von Heiner, ihrem verstorbenen Gatten. Dabei war es ihr damals nicht um sportlichen Ehrgeiz gegangen. Nein, weit gefehlt. Es war mehr eine Flucht gewesen, vor dem Alleinsein und dem großen Haus, in dem sie viele Jahre glücklich mit ihm gelebt hatte. An diesem Morgen war ihr buchstäblich die Decke auf den Kopf gefallen. Sie hatte rausgemusst an die frische Luft, klar denken und herausfinden, wie es ohne Heiner weitergehen könnte. Sie war also barfuß, nur im Nachthemd bekleidet, über die Dünen hinter dem Haus gegangen und auf das Wasser zugelaufen. Damals war es für sie eine Option gewesen, nicht an der Wasserlinie zu halten, sondern einfach weiterzulaufen und ihrem Leben auf diese Weise ein jähes Ende zu setzen. Dann wäre sie wieder bei Heiner gewesen und aller Schmerz ein für alle Mal vorbei. Doch sie hatte es nicht getan. Kurz vor der Nordsee war sie abgebogen und einfach weitergelaufen. Immer weiter, bis sie nicht mehr konnte und einfach zusammengebrochen war. Seltsamerweise war es ihr, als sie mehrere Stunden später total durchgefroren, aber noch mit eigener Kraft, nach Hause gekommen war, besser gegangen. Viel besser. Der Nordseewind hatte ihr Hirn ordentlich durchgepustet und ihren Kopf um einiges leichter gemacht. Das erste Mal nach beinahe zweiundvierzig

Jahren hier auf ihrer Insel hatte sie begriffen, dass dies ihre Heimat war und sie hierhergehörte. Und dass sie leben wollte. Sie wollte weiterleben und das Beste aus der Situation machen, in die sie, ohne etwas dafür zu können, hineingeschliddert war.

Seit diesem Tag lief sie jeden Morgen kurz nach Sonnenaufgang ihre Runde über den Strand. Natürlich nicht mehr im Nachthemd und barfuß. Nein, irgendwann hatte sie sich dann doch einmal ordentliches Schuhwerk und Trainingskleidung zugelegt. Doch der Effekt war immer noch der gleiche wie damals, ihr Kopf wurde frei und die Last auf ihrem Herzen ein wenig leichter. Sie schnürte ihre Laufschuhe auf und leerte den Sand in einen Kübel, der extra zu diesem Zweck neben der alten Friesenbank stand, auf der schon ihr Groß- und sogar ihr Urgroßvater gesessen hatten. Bei dem Gedanken an den Obdachlosen musste sie, obwohl sie es nicht guthieß, dass solche Leute nun auch schon die Insel bevölkerten, schmunzeln. Doch der Mann war ihr irgendwie nicht unangenehm ... sondern viel eher ... sehr lustig vorgekommen. Die Szene, als er versuchte, sich das Wasser aus den Ohren zu schütteln ... so ganz nackig ... Annemarie musste kichern. Irgendwas an ihm war da gewesen, das sie glauben ließ, der Kerl wäre ... na egal. Sie schob den Gedanken beiseite, klopfte ihre Schuhe noch einmal aus und brachte sie dann in den kleinen Verbindungsraum zwischen Haus und Garage, der ihr als Abstellkammer diente. Ein Auto besaß Annemarie nicht, geschweige denn einen Führerschein. Wozu auch, hier auf Langeoog gab es ja auch keine Autos, außer den beiden Notarztwagen in der Rettungswache und einem Feuerwehrauto. Wer auf der Insel etwas zu erledigen hatte, tat dies mit dem Fahrrad oder einem der Elektrokarren, mit denen schwere oder sperrige Lasten befördert wurden. Sie schlüpfte unter die Brause, duschte ausgiebig und musste zu ihrem Unmut dabei wieder an den nackten Kerl vom Strand denken. Was der wohl hier wollte? Vielleicht betteln? Oder er war ein Dieb, der hergekommen war, um die Urlauber zu bestehlen. Sie würde gleich auf dem Weg in ihr Büro einen Abstecher zur Inselpolizei machen und diese über den Mann informieren. Niemand sollte nachher, wenn tatsächlich ein Verbrechen geschehen sollte, zu ihr sagen, warum sie nicht eher den Mund aufgemacht hätte. Besser einmal zu viel Bescheid gegeben, als einmal zu wenig.

Nachdem sie fertig angekleidet war, ging sie in die Garage, um ihr Fahrrad zu holen. War es nicht schrecklich, dass Menschen im Müll herumwühlen mussten, während andere im Überfluss lebten, kam ihr in den Sinn. Doch, das war schlimm. Sehr schlimm sogar. Annemarie selbst ging es gut. Zwar war sie alleine und Heiner fehlte ihr auch nach der langen Zeit immer noch so schmerzlich, als wäre es erst gestern gewesen, als die Nordsee ihn ihr genommen hatte, aber es ging ihr dennoch gut. Sie hatte ihr Auskommen und musste sich keine Sorgen machen, wie sie über die Runden kam. Im Gegenteil. Sie stand heute sogar besser da als je zuvor. Durch harte Arbeit hatte sie ihr Vermögen in den letzten Jahren noch vermehrt und die Anzahl der Immobilien und Mietobjekte sogar fast verdreifacht. Pausen, Urlaub oder Luxus hatte sie sich nicht gegönnt. Seit Heiners Unfall hatte sie die Insel auch nicht ein einziges Mal verlassen. Dies lag natürlich auch an der Tatsache, dass sie dafür ein Schiff hätte betreten oder in eine der kleinen Propellermaschinen hätte steigen müssen. Doch dazu hatte sie einfach keine Lust. Der Gedanke, über die See zu fahren oder zu fliegen, missfiel ihr. Es war keine Angst, zumindest redete sie sich das ständig selbst ein. Und überhaupt ... was sollte auch schon passieren? Seit ihrer Kindheit war sie bestimmt Tausende Male zum Festland hinüber- und wieder zurückgefahren und nichts war geschehen. Bis zu der Nacht im Oktober 2004. Seitdem war da eine innere Stimme, die sie davon abhielt und dieser immer wiederkehrende Traum. Aber es war keine Angst, wie es ihr alle anderen einreden wollten. Nun gut ... vielleicht ein bisschen.

*

Nina war heilfroh, als das Fährschiff endlich auf Langeoog anlegte. Nicht wegen der Schifffahrt an sich, die hätte wirklich sehr schön sein können. Die See war ruhig, der Himmel kaum bewölkt und die Sonne schien wie frisch poliert. Nein, nervig war ihre zeitweilige Reisebegleitung gewesen. Die Jack Wolfskin-Mama hatte ihr pausenlos versucht weiszumachen, dass es sich bei den beiden Arschlochkindern in Wahrheit um eine hypergescheite Wunderbrut mit einem IQ jenseits von Gut und Böse handelte. Quasi dem Albert Einstein und der Marie Curie des einundzwanzigsten Jahrhunderts. Nina sah das etwas anders, hatte aber des lieben Friedens wegen den Lobgesang der Mama ohne Widerworte über sich ergehen lassen. Für sie waren die beiden Bälger einfach nur hypernervig. Im Grunde mochte sie Kinder und freute sich sogar richtig, wenn gelegentlich ihre Patenkinder Linus und Leah zu Besuch kamen und sie den Babysitter spielen durfte. Aber diese beiden hier waren einfach nur unerträglich. Hinzu kam das altkluge Gequatsche des Zehnjährigen. Zum Fürchten.

Auf dem Weg vom Schiff zur Inselbahn hakte sie sich dann bei Klaus unter und manövrierte ihn geschickt aus dem Dunstfeld seines neuen Freundes Frank. Die Männer hatten sich während der kompletten Überfahrt prächtig unterhalten. Dieser Frank war genau wie Klaus Lehrer an einem Gymnasium und kein Handelsvertreter der Jackenfirma mit der Bärentatze, wie Nina zuerst vermutet hatte. Seine Frau schimpfte sich sogar Oberstudienrätin und unterrichtete an der gleichen Fakultät wie ihr Gatte. Die Arschlochkinder gingen beide noch zur Grundschule, würden aber, so wie es sich anhörte, vermutlich nach den Sommerferien die nächsten fünf Klassen überspringen können, um direkt in der Oberstufe voll durchzustarten, um so in nur wenigen Jahren dann den Nobelpreis abzuräumen.

„Vielleicht gehen wir mal zusammen was essen", rief Klaus seinem neuen Kumpanen noch hinterher, als Nina ihn einfach in einen der Waggons zerrte und die Wolfskins, oder wie immer sie mit Nachnamen auch hießen, nach weiter vorne durchgingen.

„Puh, die wären wir los", schnaufte sie so laut, dass ihr Göttergatte dies auch unbedingt mitbekommen musste.

„Wieso, die waren doch nett?", wollte er prompt wissen.

„Nervig, Schatz, die waren nervig, sonst nix", klärte sie ihn auf.

Klaus verzog das Gesicht.

„Was du immer hast. Also ich fand den Frank echt nett. Du, der macht sogar Musik, genau wie ich", versuchte er sie nun eines Besseren zu belehren.

Nina lehnte sich an seine Schulter und griff nach seiner Hand.

„Mag ja sein, dass dieser Frank ganz nett ist. Aber seine Frau, die geht echt gar nicht."

Klaus schlang den Arm um sie, seufzte, drückte sie an sich und sagte nichts mehr.

Nina schloss für einen Moment die Augen. Irgendwie war die Nacht viel zu kurz gewesen. Aber zum Glück war sie dank des Diebstahls aus der Nummer mit dem Zelt ohne Gesichtsverlust wieder herausgekommen und würde morgen früh wunderbar ausschlafen können.

Kapitel 4

Samstag, 8. August 2015, 9:03 Uhr
Fähranleger / Insel Langeoog

Die ostfriesische Teestube öffnete pünktlich um neun Uhr. Soweit Martin das überschauen konnte, gab es hier aber kein Frühstück, sondern eher Waffeln, Kuchen und natürlich Tee in allen Variationen. Missmutig verzog er das Gesicht, da Süßes am Morgen irgendwie nicht so sein Ding war, und nahm an einem der Tische des ansonsten doch sehr gemütlichen Reetdachhauses Platz.

„Guten Morgen der Herr, was darf ich Ihnen bringen?", erkundigte sich die Bedienung, ein Mädchen von vielleicht achtzehn oder neunzehn Jahren.

Martin sah sich suchend um. Sein Blick fiel auf die Karte. Seine Hand tastete zu seinem Portemonnaie, das sich in seiner vorderen Hosentasche befand. Wenn er sich gestern auf dem Schiff nicht verzählt hatte, besaß er gerade einmal noch vier Euro und fünfundzwanzig Cent. Seine allerletzten Reserven. Von Toni, von dem er hoffte, dass der ihm hier ein Frühstück spendieren würde, war weit und breit noch nichts zu sehen. Wenn der ihn hängen ließ, wäre er voll am Arsch. Aber so was von!

„Ich bin hier bei Ihnen mit enem Jeschäftspartner verabredet, wenn möglich würde ich gerne noch warten, bis der eingetroffen ist. Ich fänd dat sehr unhöflich, jetzt schon zu bestellen ... Sie verstehen dat sicher?", erklärte er vorsichtig und war sogar ein bisschen stolz auf sich, als er das Lächeln des hübschen

Kindes bemerkte. Sie war auf seine List hereingefallen.

„Kein Problem, der Herr", säuselte sie und schwebte hinfort. Martin sah ihr hinterher. Obwohl das Mädchen dem Alter nach seine Tochter sein konnte, gefiel ihm, was er sah. Aber gucken durfte man ja mal.

Während er auf Toni Belfinger wartete, sah er aus dem Fenster auf die Nordsee. Am Horizont war deutlich das Festland zu sehen. Die See selbst war spiegelglatt. In seinen Erinnerungen war die Nordsee immer stürmischer und unruhiger gewesen. Nun gut, an der zur See gewandten Seite, wo er heute Morgen gebadet hatte, hatten sich schon einige Wellen an den Strand verirrt. Er holte die Uhr seines Vaters hervor, die sich nun in seiner Jackentasche befand, und sah darauf. Es war nun zehn nach neun. Was würde er machen, wenn Toni nicht kam? Was, wenn er ihn vergessen hatte? Die Insel war verdammt groß und er besaß weder eine Adresse, geschweige denn eine Telefonnummer des Jugendfreundes. Das Fährticket galt für eine Hin- und Rückfahrt. Dumm war, dass der Tank seines Wagens fast leer war. Ohne eine kleine Finanzspritze würde er nicht wieder zurück nach Köln kommen. Nervös rieb er mit dem Daumen über das doch bereits arg zerkratzte Glas der alten Uhr. Ein Jammer, dass das Armband kaputt war. Den Wert der Uhr würde er mit nicht einmal mehr zwei Euro beziffern. Ein Modell aus den 60ern, wie es sie bestimmt in jedem Kaufhaus gegeben hatte. Sein Vater hatte sie damals getragen und sie ihm zu seinem zehnten Geburtstag geschenkt. So eine Art Notgeschenk, da er den Geburtstag vermutlich vergessen hatte, als er abends wie immer ziemlich betrunken aus seiner

Stammkneipe kam. Um sich nicht zu blamieren, hatte er die Uhr abgezogen, sie Martin geschenkt und war dann ins Bett getorkelt, um seinen Rausch auszuschlafen. Einer seiner leider viel zu seltenen netten Momente. Ansonsten war der Alte nämlich eher ein Tyrann gewesen, der Mama und Martin das Leben zur Hölle gemacht hatte. Er konnte bis heute nicht verstehen, was seiner Mutter einst an dem Trinker gefallen hatte. Nun gut, es war lange her und über Tote sollte man ja nichts Schlechtes denken. Irgendwann würde Martin das Geld haben, um das Armband der Uhr zu reparieren oder es zu erneuern. Wegwerfen würde er das gute Stück niemals.

Draußen auf dem Deich entdeckte er einen Radfahrer, der sich, kräftig in die Pedale tretend, der Teestube näherte. Konnte das sein? Sollte der Selfmade-Millionär Toni Belfinger tatsächlich mit einem alten, klapprigen Fahrrad zu einem Geschäftstermin kommen? Martin starrte zu der Gestalt, die nun am Fahrradständer hielt und das Rad mit einem zornigen Ruck gegen den kleinen Zaun warf, anstatt es ordentlich in dem Ständer abzustellen. Er fluchte dabei wie ein Rohrspatz und trat sogar noch nach dem Drahtesel. Doch Martin war sich nun sicher: Der Typ in dem Kapuzenshirt war eindeutig Toni. Sekunden später flog die Tür der Teestube auf.

„Moin, Moin!“, polterte Belfingers markante Stimme durch den Raum. Mit einer schnellen Handbewegung streifte er die Kapuze ab und sah sich um. Als er Martin entdeckte, hellte sich sein Gesicht für einen kurzen Moment auf.

„Aha, Maddin, du bist schon da. Löblich, löblich. Pünktlich wie die Maurer“, begrüßte er ihn und winkte dann der Bedienung.

„Mausi, würdest du uns beiden Hübschen bitte schön zwei Milchkaffee und zwei frische Waffeln mit Schlagsahne und heißen Himbeeren bringen?“, bellte er, als gehörte ihm der Laden.

Das Mädchen reagierte jedoch überhaupt nicht auf ihn, sondern räumte in aller Ruhe weiter Tassen in einen Schrank hinter einer kleinen Theke.

„Hallo Mausi, ich rede gerade mit Ihnen“, versuchte er es nun etwas eindringlicher.

Das Mädchen drehte sich nun langsam zu ihnen und sah sich gespielt in dem Raum um.

„Entschuldigen Sie, Herr Belfinger, aber hier ist niemand außer uns. Schon gar niemand mit dem Namen Mausi“, erklärte sie ganz ruhig und Martin musste sich nun ein Grinsen verkneifen.

Toni hingegen stand kurz vor der Explosion, das war unübersehbar.

„Trotzdem hätten wir jetzt gerne zwei Kaffee und zwei Waffeln“, schnaufte er.

Die Bedienung nickte und verschwand in einem der hinteren Räume.

„Unfassbar, wie man hier behandelt wird“, schimpfte Toni und wandte sich dann Martin zu.

„Ja, mein Lieber, es ist wahrlich schwer, heutzutage noch ordentliches Personal zu finden. Aber wem sag ich das. Du kennst dich ja selbst mit so etwas aus. Hast ja schließlich auch jahrelang deine eigene Firma geleitet“, erklärte Toni und öffnete den Reißverschluss seines Kapuzenshirts.

Martin musste neidlos anerkennen, dass sein ehemaliger Kumpel sich auch mit Ende vierzig noch verdammt gut gehalten hatte. Er wirkte sportlich und durchtrainiert. Sein Bauch war straff, die kurzen, lockigen Haare waren voll und immer noch pechschwarz. Nicht eine graue Strähne war zu entdecken. Was ein guter Friseur mit so ein bisschen Farbe doch alles anstellen konnte.

„Tja, Maddin, toll, dass du Zeit gefunden hast, um dir meinen Geschäftsvorschlag anzuhören", kam er ziemlich schnell auf den Punkt.

Martin stutzte und hakte dann vorsichtig nach.

„Ähm sorry, Toni ... ich hatte gedacht, du hättest einen Job für mich?"

Toni winkte mit einer lässigen Handbewegung ab und beugte sich zu ihm über den Tisch.

„Das, was wir beide hier auf die Beine stellen werden, ist mehr als nur ein schnöder Job, mein lieber Maddin. Wir beide werden diesem trostlosen Eiland ein neues Gesicht geben. Hier mal richtig aufräumen. Ein zweites Sylt erschaffen. Ach, was sag ich ... Westerland wird gegen unser Langeoog ausschauen wie ein Ghetto", flüsterte er verschwörerisch.

Martin grinste verlegen. Was sollte das? Verarschte Toni ihn hier gerade?

„Ich werde dich zu einem reichen Mann machen, mein Lieber. Du musst mir nur vertrauen", zischte er und sah sich kurz in dem Raum um.

Martin beugte sich nun ebenfalls vor. Zwischen ihren beiden Nasen lagen keine fünf Zentimeter mehr.

„Und was muss ich dafür tun?", fragte er leise.

Toni grinste breit.

„Du musst einfach nur tun, was ich sage. Ich habe alles minuziös geplant, mein Lieber."

*

Klaus entdeckte seine Mutter als Erster auf dem Bahnsteig. Bereits heute Morgen beim Frühstück hatte er Isabell ihre Ankunft per SMS mitgeteilt. Stutzig machte

Nina der Mann, der neben ihrer Schwiegermutter stand und ihnen ebenfalls aufmunternd zuwinkte.

„Sag mal, seit wann hat deine Mutter denn wieder einen Freund? Hab ich da was verpasst?“, zischte sie Klaus zu, da sie bisher immer davon ausgegangen war, dass Isabell sich seit dem Tod von Klaus‘ Vater vor beinahe fünf Jahren nicht mehr neu verbandelt hatte.

Klaus grinste wohl wissend und Nina kam sich, wie so oft in solchen Momenten, ein wenig allein gelassen vor.

„Nee, Schatz, hast du nicht. Ich vermute mal, das ist Harald“, flüsterte er ihr ins Ohr, während sie aus dem Waggon stiegen und zu Isabell und deren Begleitung hinüberschlenderten.

Gerne hätte Nina noch einmal bei Klaus nachgehakt, wer denn dieser Harald sei, doch dafür war es nun zu spät und vermutlich würde sie es eh in einigen Sekunden erfahren. Eine Vermutung, wer dieser Typ war, schwante ihr bereits.

„Hallo, Nina Liebes“, begrüßte ihre Schwiegermutti sie als Erste und drückte Nina so herzlich an sich, als hätten sie sich seit Jahren nicht mehr gesehen. Dabei war es noch nicht einmal eine Woche her, seit sie bei Isabell auf deren Terrasse hinter der Villa am Alsberg gesessen hatten und bei wunderbarem Sonntagswetter Kaffee, Kuchen und den großen Pool genossen hatten. Nach Nina begrüßte sie ihren Sohn ebenso herzlich und deutete dann auf ihre Begleitung.

„Darf ich euch beiden Harald, den Verlobten von Lara, vorstellen“, machte sie sie miteinander bekannt. Nina streckte Harald zur Begrüßung ihre Hand hin, der ergriff sie, verbeugte sich und säuselte mit einer netten Stimme.

„Herzlich willkommen, liebe Nina, ich habe schon viel von Ihnen gehört."

Sofort überschlugen sich Tausende Gedanken in ihrem Kopf. Dieser Harald war dem ersten Eindruck nach ein netter Typ mit Manieren und passte mit Sicherheit nicht in Laras Beuteschema. Er war zu alt, zu spießig gekleidet, schien sogar sehr vornehm und sah auch nicht aus wie der Typ aus der Cola Light-Werbung. Ergo musste es etwas anderes sein, was Lara an dem Mann faszinierte. Im Grunde gab es nur eins, Harald musste Geld wie Heu besitzen. Außerdem hatte er angeblich schon viel von Nina gehört. Vermutlich nur Schlechtes, da sie sich nicht vorstellen konnte, dass Lara auch nur ein gutes Haar an ihr lassen würde.

Gemeinsam gingen sie zur Gepäckausgabe und holten ihre Koffer ab, die Harald auf einem kleinen Anhänger hinten an seinem Fahrrad verstaute.

„Na, das ist ja ein Service", meinte Klaus erstaunt und betrachtete die beiden Räder, die Isabell für Nina und ihn gemietet hatte.

„Da ihr beiden Hübschen so unsportlich seid, habe ich euch natürlich zwei dieser modernen Elektrofahrräder geordert", erklärte sie belustigt und zwinkerte Nina zu. Tja, Isabell kannte halt ihre Pappenheimer.

„Sag mal, Mutti, wo ist eigentlich mein Schwesterherz?", wollte Klaus wissen, als sie losradelten.

„Lara hat Migräne", antwortete Harald schnell, stellvertretend für Isabell, und klang dabei sehr entschuldigend.

„Aha, sie hatte keinen Bock uns abzuholen", kommentierte das kleine Teufelchen in Ninas Kopf, doch sie sagte nichts.

Die Migräne-Nummer hatte Lara schon in der Schule bestens beherrscht. Im Unterricht damals hatte sie häufig solch starke Anfälle bekommen, dass sie sofort nach Hause geschickt werden musste. Bereits Minuten später, nach dem Verlassen des Schulgeländes, waren die Anfälle dann genauso schnell wieder abgeflaut, und Lara hatte sich vor Lachen kaum halten können. An dem wissenden Lächeln, das Klaus' Mundwinkel umspielte, erkannte Nina, dass das Teufelchen in seinem Kopf gerade genau der gleichen Meinung war wie das ihre. Es hatte sich, wie es schien, nichts verändert.

Das Haus war eine Wucht. Nina wollte gar nicht wissen, was die Bude pro Tag wohl kostete. Wie gesagt, Isabell war nicht gerade arm, lebte zu Hause aber für ihre finanziellen Verhältnisse recht bescheiden. Dem Urlaubsdomizil jedoch sah man an, dass sie sich mächtig ins Zeug gelegt hatte, um ihren Kindern und deren jeweiligem Anhang einen fulminanten Aufenthalt zu gönnen.

Lara lag hinter dem Haus neben dem Pool auf einer Rattan-Liege und sonnte sich. Der weiße Bikini, den sie trug, enthüllte mehr als er verbarg. Seitdem Nina sie das letzte Mal so gesehen hatte, waren nun mindestens fünf Jahre ins Land gegangen, und sie war sich sicher, dass seitdem zumindest bei der Oberweite noch einmal ein guter Chirurg nachgeholfen haben musste.

Als sie die Terrasse betraten, hob die Blondine den Kopf, schaute neugierig über den Rand ihrer Sonnenbrille und lächelte dann ihr ziemlich spezielles Lara Schmitz-Lächeln. Ein Gesichtsausdruck, der in keiner Weise deutbar war. Jeder, den sie so anlächelte, konnte ihn frei nach Gutdünken interpretieren. Nina bemerkte, wie Harald strahlte. Er interpretierte also Freude in Laras Mimik. Nina kam es hingegen eher ein wenig höhnisch vor und Klaus schien bei dem Anblick seiner Schwester überhaupt nichts zu denken. Dies sagte zumindest sein saloppes und recht knappes „Hi Schnepfe, was macht die Migräne? Sieht ja aus, als wärst du bereits wieder genesen?“ Anschließend verschwand er, ohne auch nur eine Antwort von ihr abzuwarten, wieder im Haus.

*

Martin saß auf der Mauer am Kai, sah hinaus auf die Nordsee und grübelte. In seiner Hand hielt er den Umschlag mit den eintausend Euro, den Toni ihm eben gegeben hatte.

„Sieh es als Spesen an“, hatte er dabei gemeint und ihm zugezwinkert.

Was sollte er denn jetzt bloß machen? Sollte er auf Tonis Angebot eingehen oder einfach den Umschlag einstecken und die nächste Fähre zum Festland besteigen? Verdammt, er hatte sich doch so auf den neuen Job hier auf der Insel gefreut und jetzt so etwas. Das, was Toni von ihm verlangte, konnte er doch unmöglich tun.

„Jetzt zier dich nicht so“, hatte der Großkotz gemeint, als Martin sich anschickte, ihm seine Bedenken zu erläutern.

Martin versuchte sich an früher zu erinnern, an seine Jugend, an die Zeit, als er und Toni mit ihren Mopeds noch Köln-Kalk unsicher gemacht hatten. War Toni da auch schon so ein rücksichtsloser Rüpel gewesen? Ja, er glaubte schon. Der Kerl war bereits damals immer nur auf seinen Vorteil bedacht. Pah, von wegen ein Job. Das, was Toni verlangte, war weit mehr als ein Job. Andererseits hatte er ja auch nichts zu verlieren. Wenn die Sache schiefging, würde es ihn nicht den Kopf kosten, da das, was Toni plante, im Grunde ja nichts Verbotenes, sondern einfach nur total unanständig und geschmacklos war. Wenn es danebenging, würde er einfach die tausend Euro behalten und mit erhobenem Haupt wieder von der Insel verduften.

Er zog die Uhr aus seiner Jackentasche und sah kurz darauf. Es war bereits kurz vor Mittag. Zeit, einige Besorgungen zu machen. Was er jetzt brauchte, war etwas Ordentliches anzuziehen, eine Rasur und einen neuen Haarschnitt. Zumindest hatte Toni gemeint, dass er unbedingt ein neues Styling, wie er es nannte, benötigte. Eigentlich mochte Martin seine Frisur und sein Outfit, das er seit nunmehr beinahe fünfundzwanzig Jahre fast unverändert trug. Aber er würde es riskieren und sich die Matte einfach abschneiden lassen. Haare wuchsen schließlich wieder nach und seine alten Klamotten könnte er später auch wieder anziehen.

*

„Also, ich geh jetzt erst mal zum Strand, 'ne Runde schwimmen. Kommt jemand mit?", beschloss Klaus nach dem gemeinsamen zweiten Frühstück und sah erwartungsvoll in die Runde.

„Natürlich komm ich mit", antwortete Nina und war gespannt, ob Lara und ihr Lover sie begleiten würden. Sie könnte fast wetten, dass dem nicht so war.

„Nein, geht nur. Harald und ich bleiben hier am Pool und sonnen uns noch ein wenig", erklärte sie, ohne lange zu überlegen, und strich sich mit dem Handrücken über die Stirn. Nina kannte diese Geste. Es war ein untrügliches Zeichen für eine erneut nahende Ich-habe-keinen-Bock-Migräne.

Nina sah zu Harald, der sichtlich betrübt darüber war, den Nachmittag mit seiner Angebeteten am Pool zu verbringen, während der nahe Strand und das Meer lockten. Klaus schien dies ebenfalls zu bemerken. Er ging zu Harald hin, legte ihm, zu dessen Erstaunen, kameradschaftlich den Arm um die Schulter und raunte: „Und du? Bist du dir wirklich sicher, dass du an diesem langweiligen Planschbecken abhängen möchtest und nicht lieber mit deinem zukünftigen Schwager und dessen Frau ein kaltes Bier am Strand trinken willst?“

Die Zweifel in Haralds Gesicht waren mehr als deutlich. Hilfe suchend sah er erst zu Lara und dann zu Isabell.

„Geh doch ruhig mit Klaus und Nina. Ich würde eh gerne noch etwas mit Lara alleine bereden. So von Frau zu Frau“, schaltete Isabell sich nun ein und zwinkerte Harald aufmunternd zu.

Es war Lara überdeutlich anzusehen, dass es ihr missfiel, dass er nicht wie ihr Schoßhündchen spurte und vor ihr kuschte. Der Mann tat Nina plötzlich leid.

Minuten später hatten sie ihre Sachen gepackt und gingen über einen schmalen Dünenpfad zum Meer. Als sie an den weitläufigen Strand traten, hielt Nina den Atem an. Der Anblick war überwältigend. Sie war in ihrem Leben schon oft am Meer gewesen, aber es war jedes Mal wieder ein Erlebnis, wenn sie nach einer langen Zeit der Meeresabstinenz wieder die Wellen sah, das ohrenbetäubende Rauschen hörte und die feine salzige Gischt spürte, die der Wind ihr entgegenwehte. Hastig streifte sie ihre Flip-Flops ab und packte sie in die Badetasche, um barfuß weiterzugehen. Klaus tat es ihr gleich. Bei Harald gestaltete sich das Ganze etwas schwieriger. Amüsiert beobachtete sie, wie er sich auf den Kamm einer kleinen Düne setzte, die Schnürsenkel seiner dunkelbraunen Lederschuhe aufknotete, sie auszog und sich dann seiner Socken entledigte. Diese faltete er ordentlich zusammen, steckte sie in die Schuhe und stellte sie akkurat nebeneinander in den Sand, direkt neben dem Weg. Als er fertig war, bemerkte er Ninas amüsierten Blick und grinste verlegen.

„Sagen Sie nichts, Nina. Es ist halt so eine Marotte von mir. Noch aus meiner Internatszeit", versuchte er sich zu erklären.

Nina winkte ab. „Du musst dich doch nicht rechtfertigen, Harald. Aber was hältst du davon, wenn wir uns einfach duzen, wenn wir schon den Urlaub miteinander verbringen?"

Harald lächelte charmant.

„Gerne, Nina ... das heißt, nur, wenn dein Mann nichts dagegen hat?"

Klaus begann zu lachen.

„Quatsch, Harald, bleibt doch in der Familie." Er reichte ihm seine Hand. „Also, Harald, noch mal von vorn. Ich bin der Klaus."

Harald lächelte und schlug ein.

„Okay, Klaus, dann wollen wir mal los."

Der Strandabschnitt, auf dem sie sich befanden, war nicht so stark bevölkert wie Nina es sich vorgestellt hatte. Weiter drüben im Westen, wo man unzählige bunte Strandkörbe sah, schien dies hingegen anders zu sein. Dort herrschte reges Treiben.

Sie suchten sich einen Platz nahe der Wasserlinie und entledigten sich ihrer Kleidung. Nina hatte sich extra für den Urlaub einen neuen Badeanzug gekauft. Bikini war irgendwie nicht ihr Ding, genauso wenig wie nackt baden. Warum, wusste sie selber nicht, weil, verstecken oder schämen musste sie sich auch nicht. Ihre Figur war bis auf einige minimale Pölsterchen, wie sie glaubte, immer noch ganz passabel, und dass, obwohl sie lieber mit einer Tüte Kartoffelchips auf dem Sofa abhing, als nach Feierabend auch noch Sport zu treiben.

„Sag mal, Harald, ich will ja nicht neugierig sein, aber was treibst du eigentlich sonst so den ganzen Tag, wenn du nicht mit meiner Schwester Urlaub machst?", erkundigte Klaus sich und reichte dem Angesprochenen eine Flasche eiskaltes Bier aus der Kühltasche.

Harald, der genau wie Klaus, in seiner Badehose bleich wie eine Leiche war, ließ sich neben ihn in den Sand fallen. Nina, die sich eigentlich direkt in die Fluten hatte stürzen wollen, setzte sich ebenfalls auf ihr Handtuch. Sie konnte doch unmöglich schwimmen gehen, jetzt, wo es interessant wurde.

„Ich betreibe Forstwirtschaft", antwortete Harald.

„Du bist Holzfäller?", hakte Klaus ein wenig ungläubig nach.

Harald lachte auf.

„Nein, um Himmels willen. Mit der praktischen Arbeit hab ich es nicht so."

Klaus runzelte die Stirn und auch Nina fragte sich, wie man ohne praktische Arbeit, also in der Theorie, Forstwirtschaft betrieb.

„Meine Familie besitzt Wald. Wir leben, wenn man so will, vom Handel mit Holz und von Verpachtungen", erklärte er.

„Und davon kann man tatsächlich leben?", fragte Klaus und prostete Harald mit seiner Bierflasche zu.

„Natürlich. Wenn der Waldbesitz groß genug ist", antwortete der.

Klaus kratzte sich an der Stirn.

„Und ist dein Wald groß genug?“, erkundigte er sich vorsichtig.

Harald zuckte mit den Schultern.

„Na ja, wie man es nimmt. Mir selbst gehört noch gar nichts. Der Wald und das Land gehören noch meinem Vater. Aber irgendwann werde ich es wohl oder übel übernehmen müssen und die Geschäfte alleine weiterführen.“

Klaus nickte wissend, obwohl Nina ihm ansah, dass seine Neugierde noch lange nicht befriedigt war.

„Wo genau liegt denn dein Wald?“, interessierte es sie.

„In der Eifel, in der Nähe von Daun“, verriet er und obwohl Nina nie die Beste in Erdkunde gewesen war, hatte sie eine ungefähre Vorstellung, wo das war.

Zugegebenermaßen verging der Nachmittag am Strand wie im Fluge. Neben einem erfrischenden Bad in der Nordsee erfuhr Nina auch noch so einiges über den Freiherren Harald von Friedwitz. So nämlich hieß Harald mit vollem Namen. Nach der zweiten Flasche Bier war der dann auch gar nicht mehr so stocksteif, sondern eigentlich ein lieber, netter Typ, mit dem man vermutlich auch Pferde stehlen konnte. Es dauerte halt ein wenig, bis man mit ihm warm wurde. Dennoch war sie sich sicher, dass Lara sich den Blaublütigen nur wegen seines Geldes und des Namens wegen angelacht hatte. Freiherrin Lara von Friedwitz, das hatte schon was. Bei Harald lag der Fall anders, der war total verschossen in die Blondine und fand es auch überhaupt nicht lustig, als Klaus nach der vierten Flasche Bier begann, ein wenig über sein Schwesterherz herzuziehen und dabei sogar die Migräneanfälle infrage stellte. Nein, je länger sie da so saßen, war Nina immer mehr die Erkenntnis gekommen, dass Harry, wie sie ihn später sogar nennen durfte, viel zu schade für die blonde Giftnatter war, und sie hoffte inständig, dass er dies selbst noch früh genug merken würde.

Kapitel 5

Samstag, 8. August 2015, 19:12 Uhr
Ferienhaus der Familie Schmitz / Insel Langeoog

„Wusstest du, dass sich das Opossum bei Gefahr tot stellt und Verwesungsgeruch aus seinem Maul ausströmt?", fiel Nina spontan ein, als sie sich über Klaus beugte, ihn wachrüttelte und ihr sein alkoholgeschwängerter Atem entgegenwehte.

„Hhhhmmmm ... was ... nneee. Interessiert mich auch nicht. Geh lieber und lass mich ausruhen", stöhnte er und drückte sich das Kopfkissen auf sein stark gerötetes Gesicht.

„Nix da", schimpfte Nina, zog es ihm aus den Händen und warf es auf den Sessel neben dem Bett. „Wer den ganzen Nachmittag mit seinem neuen Kumpel saufen kann, der kann abends auch mit seiner Familie zum Dinner gehen", meinte sie und musste sich ein Grinsen verkneifen.

Klaus trank selten etwas. Wenn er sich dann mal mit seinen Musikerfreunden das eine oder andere Bier genehmigte, brauchte er dementsprechend auch nicht sehr viel davon, um ziemlich schnell ziemlich betrunken zu sein. Heute kam erschwerend dazu, dass er den ganzen Nachmittag draußen in der prallen Sonne verbracht hatte. Zwar hatte er eine Sonnencreme mit einem hohen Lichtschutzfaktor benutzt, dennoch sah er nun mit seinen roten Augen und der noch röteren Haut ziemlich daneben aus.

„Los, Schatz, wir wollen um acht los und du musst noch duschen. So nehme ich dich nicht mit unter die

Leute", flüsterte sie ihm ins Ohr und versuchte ihn vom Bett zu schubsen.

„Okay, wenn du mich so nicht willst, dann bleib ich eben hier und ruh mich aus", konterte er verschlafen und drehte sich einfach von ihr weg.

Nina sprang auf, ging in das kleine Bad direkt neben dem Schlafzimmer, drehte das kalte Wasser auf und hielt eines der Handtücher unter den Wasserhahn. Die Geschwindigkeit, mit der Klaus aus dem Bett sprang, als das nasskalte Tuch ihn im Nacken traf, war rekordverdächtig.

„So und jetzt mach hin", gab sie klare Anweisung und zerrte ihn mit sich ins Bad.

Eine Dreiviertelstunde später verließen sie alle gemeinsam das Haus und schlenderten in Richtung des kleinen Ortes, der, genau wie die Insel, auf der er sich befand, Langeoog hieß. Nina hatte sich bei Klaus untergehakt. Er roch nun nicht mehr wie ein verwesendes Opossum, sondern richtig gut nach Orangen und Mango. Sie blickte zu Harry, der brav, aber mit ordentlicher Schlagseite, neben Lara hertrottete. Sein Gesicht war, genau wie das von Klaus, krebsrot. Auf der Treppe vor dem Haus hatte er Lara seine Hand hingehalten, doch die hatte ihn einfach ignoriert. Wie es schien, war die angehende Freifrau von Friedwitz nicht eben begeistert von dem nachmittäglichen Umgang ihres angehenden Gemahls mit dem gemeinen Volk und dem daraus resultierenden Alkoholkonsum und ließ ihn ihren Missmut darüber nun spüren.

Beim Nagaya Sami, so hieß das Restaurant, in das Isabell sie heute Abend ausführte, handelte es sich, wie unschwer zu erkennen war, um ein japanisches Fischrestaurant. Ninas Begeisterung darüber hielt sich in Grenzen. Zum einen, weil sie bisher noch nie zuvor in ihrem Leben Japanisch essen gewesen war, zum zweiten, weil Fisch irgendwie gar nicht so ihr Ding war und zu guter Letzt, weil Isabell ihnen unterwegs erklärt hatte, dass das Restaurant einem alten Freund ihres verstorbenen Mannes gehörte. Alle Freunde von Ninas verstorbenen Schwiegerpapa, die sie bisher kennengelernt hatte, waren auf die eine oder andere Weise Gauner. Da sie nicht an Wunder und Zufälle glaubte, ging sie deshalb ganz stark davon aus, dass es sich bei Toni Belfinger, dem Besitzer des Lokals, ebenfalls um einen solchen handelte.

Sie pries es immer wieder als ein großes Glück, dass ihr Klaus so wenige der kriminellen Gene seines alten Herrn abbekommen hatte und von Grund auf eine ehrliche Haut war. Wobei - kriminell im Sinne des Gesetzes waren Schmitz Senior und seinesgleichen nicht unbedingt. Männer wie sie bewegten sich, dank ihrer juristischen Kenntnisse, irgendwie schon immer auf der Seite des Gesetzes. Ähnlich wie viele Politiker, waren sie in Ninas Augen so etwas wie der moralisch verwahrloste Abschaum der Menschheit. Leute, denen es zum Beispiel egal war, wenn am anderen Ende der Welt Kinder bis zum Umfallen arbeiten mussten, nur damit sie hier in Europa noch mehr verdienten.

Isabell hatte ihnen berichtet, dass diesem Toni Belfinger neben etlichen anderen Immobilien auf der Insel auch das Luxusdomizil gehörte, in dem sie gerade ihre Ferien verbrachten. Es blieb also spannend, was der Typ so für eine Kanaille war.

*

Annemarie fühlte sich total erschöpft und ausgelaugt. Der Tag war wahrlich anstrengend gewesen. Gleich vier Bundesländer starteten an diesem Wochenende in die Ferien und der Strom an Urlaubern, den sie heute in ihrem kleinen Vermietungsbüro abfertigte, hatte nicht enden wollen. Dafür waren aber alle ihre Ferienwohnungen und Appartements bis auf das letzte Bett ausgebucht. Nach so einem Tag wollte sie immer einfach nur ihre Ruhe haben. Der Gedanke, heute Abend noch fortzugehen, um mit Leuten zu Abend zu essen, von denen sie erstens die meisten nicht kannte und von denen sie zweitens die, die sie kannte, nicht mochte, missfiel ihr. Viel lieber würde sie es sich vor dem Fernseher mit einem guten Glas Rotwein gemütlich machen. Andererseits war sie aber auch neugierig, warum Toni, der Mann ihrer besten Freundin Rieke, sie zu diesem neuen Japaner eingeladen hatte. Toni war ein Schlitzohr, der tat so etwas nicht ohne Grund. Noch dazu, wenn seine Frau sich gerade im Urlaub befand. Sie hatte sich nach der Arbeit also nur ein wenig frischgemacht und war dann direkt zu dem asiatischen Restaurant geradelt. Dass sich solch ein Lokal auf der Insel überhaupt hielt, grenzte in Annemaries Augen sowieso an ein Wunder. Aber so waren die Leute halt. Da flogen sie Tausende Kilometer in den Urlaub, um im fernen Asien angekommen ein deutsches Bier zu trinken und bayrische Haxen zu mampfen. Und wenn sie dann ausnahmsweise mal Urlaub in Deutschland machten, mussten sie unbedingt zum Asiaten, Italiener oder Inder gehen. Echte friesische Küche hatte es dagegen im eigenen Lande sehr schwer. Viele der Wirte hier kämpften gerade außerhalb der Saison immer wieder ums nackte Überleben. Die Welt war wahrlich ein Tollhaus.

Sie parkte ihren Drahtesel unmittelbar vor dem Restaurant mit dem seltsamen Namen Nagaya Sami und betrat dann immer noch neugierig das Lokal. Im Eingangsbereich verweilte sie kurz und betrachtete die eingerahmten Urkunden an der Wand. Also zumindest glaubte sie, dass es sich um solche handelte. Was darauf beurkundet war, oder welchem Zweck die Papiere ansonsten dienten, verstand sie nicht, da darauf ausschließlich in dieser seltsamen asiatischen Bilderschrift geschrieben war. Der Gastraum war gut besucht. Soweit sie das erkennen konnte, waren alle Tische besetzt. Nur von Toni Belfinger und seiner Gesellschaft, wie er es heute Mittag, als er sie telefonisch einlud, formuliert hatte, war nichts zu sehen.

„Guten Tag, gnädige Frau, haben Sie reserviert?", sprach sie eine junge, hübsche Asiatin in einem Kimono freundlich an.

„Ähm ... nein. Ich bin mit Herrn Belfinger verabredet", erklärte Annemarie und bemerkte sogleich, wie das Gesicht des Mädchens sich aufhellte.

„Ah, dann sind Sie Frau Hansen. Wenn Sie mir dann bitte folgen würden, Frau Hansen. Herr Belfinger erwartet Sie bereits", meinte die Japanerin in akzentfreiem Hochdeutsch und deutete auf eine Tür am Ende des großen Gastraums. Annemarie folgte ihr durch die Tür in einen Flur und weiter in eine Art Hinterzimmer, in dessen Mitte ein kreisrunder, großer Tisch stand, an dem genau sieben Personen saßen. Ihr Blick wanderte über die aufwendig mit honigfarbenem Holz getäfelten Wände, die mit unzähligen wunderschönen Schnitzereien verziert waren. An der Stirnseite des Raumes befand sich ein gigantisches Aquarium, in dem gut ein Dutzend große graugetigerte Fische ihre Bahnen zogen. Alles in allem sehr,

sehr schön gemacht. Dann wandte sie sich den Leuten am Tisch zu. Der Einzige, den sie von den sieben kannte, war Belfinger.

„Ah, Annemarie, schön, dass du doch noch Zeit gefunden hast", begrüßte er sie und erhob sich sogar von seinem Platz, um ihr die Hand zu reichen. Annemarie nahm die Geste an und sah in die Runde. Die Gruppe schien bunt gemischt und sie fragte sich, was das da wohl für Leute waren und was sie hier sollte. Toni war ein Fuchs. Der veranstaltete doch so etwas nicht zum Spaß. Wenn er Leute einlud, dann dachte der sich etwas dabei. Was also verband sie mit diesen Menschen hier? Toni geleitete sie zu dem einzigen freien Stuhl, der sich zwischen einer blonden Dame und einem Herrn mit kurzem Stoppelhaar befand. Beide schienen in etwa in Annemaries Alter zu sein.

„Wenn ich kurz vorstellen darf", sagte er in die Runde. „Frau Annemarie Hansen, meine liebe Nachbarin und eine gute Freundin meiner Gattin, die leider zur Zeit in unserer Finca in Spanien weilt und sich herzlichst entschuldigen lässt."

Annemarie spürte die bohrenden Blicke der anderen Anwesenden. Das Ganze war ihr mehr als unangenehm. Sie hasste es im Mittelpunkt zu stehen. Sie nickte deshalb nur knapp in die Runde, rang sich dabei ein Lächeln ab und setzte sich schleunigst auf ihre vier Buchstaben. Belfinger deutete derweil auf die Dame rechts neben ihr. „Wenn ich jetzt, wo unsere kleine Gesellschaft komplett ist, auch die anderen Herrschaften kurz vorstellen darf: Frau Isabell Schmitz, die Gattin meines leider verstorbenen, langjährigen Freundes Winfried, ihre Tochter Lara und ihr Verlobter und Klaus Schmitz, der Sohn meines Freundes, mit seiner bezaubernden Gattin."

Die Vorgestellten nickten freundlich, während sich die Gedanken in Annemaries Kopf überschlugen. Der Name Winfried Schmitz sagte ihr etwas. Doch die Frau und deren Kinder hatte sie zuvor noch nie gesehen. Sie schielte zu ihrer Rechten. Der Mann mit dem Kurzhaarschnitt kam ihr irgendwie bekannt vor. Neugierig wartete sie, dass Toni auch ihn vorstellte.

„Und zu guter Letzt mein alter Schulfreund Martin von Schlechtinger aus meiner wunderschönen Heimat Köln“, endete Tonis Vorstellungsrunde. Annemarie war ein wenig enttäuscht, hätte sie doch schwören können, dem Mann schon einmal begegnet zu sein. Aber sein Name sagte ihr überhaupt nichts und in Köln war sie noch nie gewesen.

*

Nina hatte zuerst geglaubt, sie hätte sich verhört, als dieser Toni den Namen des fremden Mannes nannte, der da zwischen dieser Frau Hansen und Harald saß. Sie kniff die Augen zusammen und beäugte Martin von Schlechtinger. Der schien ihren fragenden Blick zu bemerken, zwinkerte ihr zu, grinste und deutete mit dem Mittel- und Zeigefinger eine Schere an, die er an seinen Haaransatz hielt und eine schneidende Bewegung machte. Er war es also doch. Da sollte mal einer behaupten, Kleider, oder wie diesem Falle, Frisuren machten keine Leute. Bei dem Typen ihr gegenüber handelte es sich tatsächlich um den Guildo Horn-Verschnitt mit der Vokuhila-Frisur, der ihr gestern beim Radwechsel behilflich gewesen war. Sie musste zugeben, dass ihm sein neues Outfit wesentlich besser stand.

„Ja, meine Herrschaften, ich freue mich, dass ihr alle meiner Einladung gefolgt seid und gemeinsam mit mir, hier in meinem schicken, neuen Etablissement, meinen fünfundvierzigsten Geburtstag feiern möchtet", begann Toni Belfinger eine Ansprache. Nina bemerkte, wie Annemarie Hansen erschrocken zusammenzuckte und sich die Hand vor den Mund hielt. Toni schien dies ebenfalls bemerkt zu haben und lächelte gütig.

„Keine Angst, liebe Annemarie. Du hast meinen Geburtstag nicht vergessen, weil, der ist nämlich tatsächlich erst morgen. Deshalb hoffe ich natürlich, dass ihr alle bis mindestens noch um Mitternacht hierbleiben werdet. Der einzige Grund, sich vorher aus dem Staub zu machen, ist nur, wenn euch das phänomenal gute Mahl nicht bekommen sollte, das Küchenmeister Toshi Sakamoto nur für uns zaubern wird und das in Deutschland seinesgleichen sucht. Doch keine Angst, Sakamoto ist ein Meister seines Fachs, wie es auch die vielen Auszeichnungen bekunden, die er in seiner langjährigen Karriere als Küchenchef in den besten Häusern Tokyos erworben hat", fuhr er fort und grinste süffisant. Dann nahm er wieder auf seinem Stuhl Platz, klatschte in die Hände und sah zur Tür, die sich Sekunden später öffnete. Ein klein gewachsener Asiate in Kochkleidung schob so etwas wie einen großen, zweistöckigen Servierwagen herein.

Zwischen der Wand mit dem überdimensionalen Aquarium und dem Tisch mit den Gästen blieb er stehen. Nina erhob sich ein wenig und drehte ihren Stuhl, um besser sehen zu können, was der Koch hinter ihrem Rücken so trieb. Ihr Blick fiel auf die Fische in dem Aquarium und ihr schwante Übles.

„Guten Abend, liebe Gäste", begrüßte der Mann, bei dem es sich vermutlich um den angekündigten Küchenmeister Toschiba Dingsda, oder wie auch immer er nun heißen mochte, handelte.

„Denkst du, es ist ein Problem, wenn ich mir ein paar Fischstäbchen mit Pommes von Käpt'n Iglu bestelle?", raunte Klaus ihr ins Ohr.

„Erstens heißt das Käpt'n Iglo und zweitens ist der Herr Toschiba dann bestimmt in seiner Ehre gekränkt", flüsterte sie zurück, obwohl ihr der Gedanke mit den Fischstäbchen auch gerade durch den Kopf gegangen war.

„Belfinger-san hat mich gebeten, heute Abend für Sie, geehrte Gäste, das traditionelle japanische Fugu zuzubereiten", offenbarte der Japaner ihnen. Nina stierte auf die langen, kegelförmigen Fische im Aquarium. Sah so ein giftiger Kugelfisch aus? Nein, bestimmt nicht. Kugelfische waren - wie es der Name schon umschrieb - kugelförmig. Diese Viecher waren eher lang und wie ein Kegel.

„Liebe Gäste, vergessen Sie alles, was Sie bisher über Fugu gehört haben. Der Kugelfisch ist kein Killerfisch, wie viele unwissende Dummköpfe uns weismachen wollen, sondern eine Delikatesse wie Sie sie noch nie gekostet haben. Sein Fleisch ist nicht giftig, sondern besonders zart und dennoch bissfest. Das Wichtigste ist die Zubereitung und dass der Fisch auch frisch ist", erklärte er und ging dann zu dem Becken an der Wand. Nina blickte schnell in die Runde. Alle sahen fasziniert dem Japaner zu. Noch immer hegte sie jedoch die Hoffnung, dass der nur einen Spaß machte. Herr Toschiba Dingsda griff sich derweil einen Kescher, öffnete die obere Abdeckung des Aquariums und beäugte die Fische darin skeptisch. Als ein sehr großes Exemplar direkt vor ihm vorbeischwamm, stülpte er den Kescher blitzschnell vom Kopf her über das Tier. Der Fisch begann sich zu schütteln und fast sah es so aus, als bekäme er irgendwie Schnappatmung, während Nina komplett die Luft anhielt und auf die Geschehnisse starrte. Innerhalb von Sekunden blies sich der Fisch regelrecht auf und hatte plötzlich die Form eines Fußballs angenommen. Eine Kugel! Das Ding sah nun tatsächlich aus wie eine Kugel. Der Japaner nahm den zappelnden Fisch aus dem Netz, legte ihn auf den Servierwagen, packte ein großes Messer und schlug mit der stumpfen Seite zweimal hinter den Kopf des Tieres, das daraufhin langsam wieder in seine alte Form zusammensackte. Ninas Entschluss stand fest. Obwohl sie eben noch überlegt hatte, von dem, was der Küchenchef zubereitete, anstandshalber etwas zu probieren, würde sie hier keinen Bissen runterbekommen. Sollte dieser Herr Toschiba doch beleidigt sein! Ihr war es egal. Nach diesem Abend würde sie den Mann eh nie wiedersehen. Sie spürte, wie Klaus unter dem Tisch nach ihrer Hand griff, der Ausdruck in seinen Augen sprach ebenfalls Bände.

Während Meister Toschiba Dingsda den Fisch zerlegte, erklärte er jeden seiner Handgriffe und auch einiges über den Kugelfisch selbst. Die Flossen des Tieres, die er als Erstes entfernte, würde er trocknen und später in Sake, dem japanischen Reiswein, einlegen. Nina hatte kein Problem damit, den Rest des Abends deshalb Cola zu trinken. Dann zog er die Haut ab und nahm den Fisch aus. Fein säuberlich legte er die Innereien, die allesamt hochgiftig waren, auf ein extra Tablett und erklärte sogar die einzelnen Organe. Die Leber des Tieres, die mit zu den giftigsten Teilen gehörte, aber dennoch zu den besten Stücken zählte, legte er auf einen einzelnen kleinen Teller. Dann begann er das Filet des Fisches in hauchdünne, lediglich papierdicke Scheiben zu schneiden, die er in Form einer Chrysantheme auf einem riesigen Teller platzierte, den er, als er fertig war, mittig auf den Tisch stellte. Zu ihrer Verwunderung griffen alle, außer ihr und Klaus, zu. Die Stimmung hatte sogar etwas Ausgelassenes.

„Und was ist, wenn der Fisch doch ein wenig giftig ist?“, fragte Harald besorgt, aber wie Nina fand, berechtigt.

Es wurde plötzlich merklich ruhiger in der Runde. Alle blickten zu Harald, der verlegen lächelte.

„Dann legen wir Sie einfach am Strand in die Brandung. Das haben die Japaner früher auch so bei Fischvergiftungen gemacht. Die haben nämlich geglaubt, dass das rhythmische Branden der Wellen verhindert, dass die Atmung und das Herz aussetzen. Schlaue Leute, diese alten Japaner“, grölte Belfinger, schlug dann lachend mit der flachen Hand auf die Tischplatte und schob sich mit der anderen ein Stück des Fisches in den Mund. Stilecht mit Stäbchen, so wie es sich gehörte.

*

Annemarie Hansen musste zugeben, dass sie sich lange nicht mehr so gut amüsiert und unterhalten hatte. Es war entgegen all ihren Befürchtungen doch noch ein sehr netter Abend geworden. Die Gespräche, die sie mit Tonis Gästen geführt hatte, waren allesamt sehr interessant und unterhaltsam gewesen. Das Essen, so exotisch es auch war, hatte sie nicht wirklich überzeugt. Auch so ein Kugelfisch schmeckte eben einfach nur nach Fisch, da gab es nichts dran zu rütteln. Dass der Küchenchef das Tier vor den Augen der Gäste getötet und ausgenommen hatte, machte ihr als Tochter eines Fischers nichts aus. Sie hatte so etwas schon als Kind Hunderte Male gesehen. Viel von dem seltsamen Fisch hatte sie aber nicht gegessen. Das Risiko, doch etwas von dem Gift des Tieres abzubekommen, war ihr einfach zu groß gewesen. Richtig interessant wurde es beim letzten Gang, der Leber. Der Koch hatte das Organ in acht kleine ein mal ein Zentimeter große Würfel zerteilt. Jeder durfte nur einen einzigen der etwa vier Gramm schweren Würfel kosten. Meister Toshi Sakamoto hatte erklärt, dass die tödliche Dosis der Leber für einen Menschen bei ungefähr zwanzig Gramm lag. Annemarie hatte dankend abgelehnt. Sie liebte ihr Leben so wie es war und wollte gerne noch einige Jahre davon genießen. Die anderen Frauen am Tisch sahen dies wohl ähnlich. Nicht eine hatte davon probiert. Bei den Männern war das anders. Alle außer Klaus Schmitz erklärten sich nach anfänglichem Zögern bereit, die angebliche Köstlichkeit zu probieren. In Annemaries Augen lediglich ein reines Machogehabe. Den Gesichtern nach war es auch nicht so toll und köstlich gewesen, wie die Herren es erwartet hatten. Aber sie hatten ihren Mut bewiesen. Sie musste an Heiner denken, der wäre auch so verrückt gewesen und hätte von der Leber gekostet, nur, um nicht vor den anderen als Feigling dazustehen. Wirklich imponiert hatte ihr von den Männern aber nur dieser Klaus. Er war der Einzige gewesen, der hocherhobenen Hauptes „Nein" gesagt hatte. In ihren Augen gehörte dazu viel mehr Mut, als einfach nur in der Herde der dummen Hammel mitzurennen und das Gift zu fressen. Andererseits war dieser Klaus auch der Einzige, der es nicht nötig hatte, einer der anderen Damen am Tisch imponieren zu wollen. Er und seine Gattin, die ihr ebenfalls sehr sympathisch gewesen war, saßen irgendwie im selben Boot. Annemarie spürte es, wenn ein Paar harmonierte. Die beiden waren sich einig. Ganz anders Toni. Dass die Ehe von ihm und ihrer besten Freundin Rieke eigentlich nur noch auf dem Papier bestand, war auf Langeoog kein Geheimnis. Das pfiffen sozusagen schon die Möwen von den Dünen. Dass Toni sich aber so offensichtlich an diese Lara ranschmiss, noch dazu, wo deren Verlobter direkt danebenhockte, war schon der Gipfel der Unverfrorenheit. Nun gut, wie hieß es doch immer so schön: ein Hund alleine beißt sich nicht. Diese Lara schien nämlich von den Annäherungsversuchen des alternden Casanovas Toni sehr angetan. Der Verlobte des kleinen Luders konnte einem wahrlich leidtun. Der arme Kerl sah sich so in die Enge getrieben, dass er vor allen Augen sogar noch das Stück Fischleber seiner Verlobten verzehrte. Genützt hatte es ihm allerdings nicht, da seine Angebetete die vermeintliche Heldentat einfach ignorierte und weiterhin mit Toni herumschäkerte. Auch der andere Mann, dieser Kölner Unternehmer, hatte die Blondine begafft, als hätte er noch nie eine Frau gesehen, sich aber ansonsten vornehm zurückgehalten. Wenn Annemarie bloß wüsste, woher sie diesen Kerl kannte. Auch sein rheinischer Dialekt war ihr irgendwo schon mal untergekommen. Nun gut, sie hatte tagtäglich mit Touristen zu tun. Viele von denen kamen ebenfalls aus dem Rheinland, oder es war einer dabei gewesen, der ihm ähnelte. Wie auch immer. Sie würde diesen Martin einfach fragen. Und zwar schon heute Abend. Der Kerl hatte sie doch, als sie gehen wollte, tatsächlich ganz spontan auf eine Pizza bei ihrem Lieblingsitaliener eingeladen ... und sie hatte zu ihrer eigenen Verwunderung ganz spontan zugesagt.

Wenige Hundert Meter vor ihrem Haus bog Annemarie aus einer Laune heraus in den Weg ein, der am Lale Andersen-Haus und dem Dünenfriedhof vorbei zum Strand führte. Vor dem Friedhofstor blieb sie kurz stehen. Gerne hätte sie Heiner noch eine gute Nacht gewünscht, doch es war bereits nach Mitternacht und der Ort, an dem auch sie irgendwann ihre letzte Ruhe finden würde, war ihr so manches Mal bei Tage schon unheimlich genug. Was Heiner wohl dazu sagen würde, dass sie sich mit einem wildfremden Kerl zum Abendessen traf? Sie wischte sich mit dem Handrücken eine Träne aus dem Gesicht und ging weiter den Pfad durch die Dünen hinauf. Als sie den Dünenkamm erreichte, blieb sie stehen, schloss die Augen und drehte ihr Gesicht so, dass der Wind, der deutlich zugenommen hatte, ihr ins Gesicht blies. Ihre Wangen fühlten sich ein wenig heiß an. Kein Wunder, sie war seit gestern Morgen kurz nach fünf auf den Beinen und hatte am Abend mindestens vier, wenn nicht sogar fünf Gläser Sekt getrunken. Sie öffnete ihre Augen wieder und blickte hinunter zum Meer. Der Vollmond schien den hellen Sand förmlich leuchten zu lassen. Am sternenklaren Himmel entdeckte sie eine Sternschnuppe. Schnell überlegte sie, was sie sich wünschen könnte. Doch es fiel ihr nichts ein. Der einzige Wunsch, den sie hatte, würde sich nicht erfüllen, da er vor fast elf Jahren in einem Sturm da draußen auf See jäh beendet worden war. Sie wünschte sich also nichts und ließ die Sternschnuppe einfach so verglühen. Vielleicht erfüllte sie ja jemand anderem einen Wunsch? Jemandem, der es nötiger hatte als sie. Sie zog ihre Schuhe aus und ging barfuß durch den Sand bis zum Wasser. Die Wellen brandeten kräftig an den Strand, umspülten ihre Knöchel und schwappten bis hinauf über ihre

Knie. Annemarie drückte ihre Zehen tief in den feuchten Sand. Dann fiel es ihr plötzlich ein. Sie wusste, woher sie Martin von Schlechtinger kannte. Er war der nackte Kerl heute Morgen hier am Strand gewesen. Der Mann, den sie später auch noch an der Mülltonne beobachtet hatte. Nun gut, die zotteligen Haare waren ab und der Dreitagebart rasiert, aber er war es hundert pro gewesen. Das war seltsam. Morgens noch ein Tippelbruder, der leere Pfandflaschen sammelte und abends ein Gentleman im teuersten Lokal der Insel. Wie konnte das sein? Sie blickte hinaus in die Dunkelheit und lauschte der Nordsee. Es schien ihr, als braute sich nicht nur da draußen ein Sturm zusammen.

Als sie sich umdrehte und zurück zum Weg gehen wollte, entdeckte sie weiter östlich eine Gestalt am Strand. Sie kniff die Augen zusammen. Aber die Person war zu weit weg, um sie erkennen zu können. Sie schien zu wanken. Vielleicht ein Betrunkener. Eine Wolke schob sich vor den Mond, tauchte den Strand endgültig in Dunkelheit und verhinderte somit weitere Beobachtungen. Annemarie musste erneut gähnen. Es war wohl an der Zeit ins Bett zu gehen.

Kapitel 6

Sonntag, 9. August 2015, 8:11 Uhr
Ferienhaus der Familie Schmitz / Insel Langeoog

„Guten Morgen", begrüßte Nina ihre ehemals beste Freundin und Mitbewohnerin aus der Kölner Mädchen-WG, als sie die geräumige Küche des Ferienhauses betrat.

Lara antwortete nicht, sondern sah derweil mit glasigen, recht verquollenen Augen aus dem Fenster. Nina zuckte mit den Schultern. Zumindest hatte sie ihren guten Willen gezeigt und die Zicke begrüßt. Mehr konnte man von ihr nun wirklich nicht erwarten. Sie ging, ohne Lara weiter zu beachten, zur Kaffeemaschine und rüttelte an der Thermoskanne. Sie war leer. Na super, noch nicht mal Kaffee hatte die doofe Ziege gekocht. Dunkel konnte Nina sich daran erinnern, dass dies schon zu WG-Zeiten so gewesen war. Lara war immer nur die Erste, wenn es darum ging, den anderen den letzten Schluck wegzutrinken. Neuen Kaffee aufsetzen hatte noch nie so richtig funktioniert.

Nina riss also nacheinander die Hängeschränke auf und durchstöberte sie nach Filtern und Kaffeepulver. Fündig wurde sie, wie so oft, hinter der letzten der weiß lackierten Holztüren.

„Harald ist weg", hörte sie hinter sich die Stimme der ehemaligen Freundin. Nina hielt in ihrer Bewegung inne.

„Was heißt jetzt weg?", erkundigte sie sich ruhig und ohne sich umzudrehen.

„Er ist heute Nacht nicht nach Hause gekommen", schluchzte Lara. Nina drehte jetzt doch den Kopf und sah zu ihr hinüber. Die Blondine hatte geheult, das war eindeutig.

„Versteh ich nicht. Ist er denn nicht mit dir und Isabell gemeinsam nach Hause gegangen?", erkundigte sie sich, da sie und Klaus die Feier bereits um kurz nach Mitternacht verlassen hatten, weil sie beide müde waren und ins Bett wollten. Mit ihnen hatte lediglich Frau Hansen, die Nachbarin des Gastgebers, das Lokal verlassen. Alle anderen hatten noch bleiben wollen.

„Nein, Harald ist irgendwann kurz nach dir und Klaus einfach aufgestanden und rausgelaufen", berichtete sie.

Nina wendete ihr Gesicht wieder der Kaffeemaschine zu, damit Lara ihr Grinsen nicht bemerkte. Nach ihrem Empfinden war es ein Wunder, dass Harry überhaupt so lange geblieben war. Nina an seiner Stelle wäre an dem Abend schon viel früher abgehauen und hätte die Koffer gepackt.

„Na ja, so, wie du mit diesem Toni rumgeschäkert hast, kann man es dem armen Harald ja nicht krumm nehmen, dass er seine Koffer gepackt hat", erklärte sie entschlossen und wagte dann einen erneuten Seitenblick zu der Blondine.

Der Hieb schien nicht wirklich gesessen zu haben. Im Gegenteil, Lara begann erneut zu weinen und nickte sogar sachte mit dem Kopf. Das Geflenne war echt. Nina hatte über die Jahre gelernt, Laras echte von den gespielten Gefühlsregungen zu unterscheiden.

„Das bisschen Flirten mit Toni und diesem anderen Typen, das war doch nur Spaß", hörte Nina und glaubte just in diesem Moment an ein Déjà-vu. Fast genau dies waren Laras Worte gewesen, als sie damals mit Ninas Lebensabschnittsgefährten Robert in der Kiste gelandet war. Wut kam wieder in ihr auf. Sie musste das jetzt klären, ein für alle Mal.

„Sag mal, spinnst du eigentlich? Hast du dir mal überlegt, dass es Menschen gibt, die deine Späße vielleicht nicht verstehen?", schrie sie nun fast.

Lara sah sie erschrocken an.

„Du spielst mit den Gefühlen anderer, als seien sie ein Fußball, den du treten kannst, wie du gerade Bock hast. Ich kann verstehen, dass Harald abgehauen ist und was in dem armen Kerl vorgeht. Und wenn ich noch mal an der Stelle wie damals wäre, würde ich auch wieder die Koffer packen. Du hast so einen netten Typen wie ihn gar nicht verdient", ereiferte Nina sich.

Lara wimmerte nun wie ein Schlosshund und Nina bemerkte Isabell, die regungslos im Morgenmantel in der Tür lehnte und interessiert das Gezeter in der Küche verfolgte. Ihr Auftauchen bremste Ninas Entrüstungssturm. Sie wandte sich wieder der Kaffeemaschine zu und zählte die Löffel mit dem Pulver ab, die sie in den Filter schaufelte. Ihre Hand zitterte. Und so etwas nannte sich Urlaubsstimmung. Genau das war es gewesen, warum sie nicht mit Lara unter einem Dach hatte wohnen wollen.

„Seine Koffer sind noch da", hörte Nina sie nun schniefen.

„Na, dann sei froh, vielleicht kommt er ja doch noch zurück", raunte sie darauf verächtlich.

„Und wenn er sich was angetan hat oder ihm was passiert ist?", entgegnete Lara.

Nina hielt erneut inne und sah zu Isabell. Der Gesichtsausdruck ihrer Schwiegermama war ebenfalls recht besorgt.

„Vielleicht hat Klaus eine Ahnung, wo er sein könnte? Die beiden schienen sich doch gestern recht gut zu verstehen“, schlug Isabell vor.

„Klaus schläft noch“, antwortete Nina.

„Nee, der ist wach“, hörte sie ihn vom Korridor her rufen. „Bei dem Krach, den ihr hier veranstaltet, kann ja kein normaler Mensch pennen.“

Sie blickte zur Küchentür, wo Klaus hinter seiner Mutter auftauchte und ihr einen flüchtigen Kuss auf die Wange drückte. Dann schob er sie sachte beiseite, kam zu Nina und küsste sie ebenfalls.

„Was ist denn los?“, wollte er anschließend wissen.

Nina fasste kurz zusammen, was passiert war, während Lara auf der Eckbank kauerte und stumm zuhörte.

„Na super! Das hast du ja wieder klasse hingekriegt, Schwesterherz“, kommentierte er, als er die wenigen Fakten gehört hatte.

Zu Ninas erneuter Verwunderung gab Lara ihrem Bruder keinerlei Widerworte. Klaus sah zu seiner Mutter, zu Lara und dann zu Nina.

„Na ja, aber der ist ein erwachsener Mensch. Der taucht schon wieder auf“, meinte er dann.

Nina kannte Klaus gut genug, um die Besorgnis zwischen seinen Worten zu hören.

„Du Schatz, was hältst du davon, wenn wir beide uns eben auf die Räder schwingen und ein paar Brötchen zum Frühstück besorgen, solange der Kaffee durchläuft?“, fragte sie.

Klaus sah an sich herunter; er trug lediglich ein T-Shirt und Boxershorts. Seine Haut war immer noch krebsrot.

„Darf ich mich vorher noch anziehen?“, fragte er und tat belustigt.

„Aber nur ausnahmsweise", antwortete sie und beschloss ebenfalls, sich etwas Schicklicheres überzuziehen.

*

Als Martin von Schlechtinger wach wurde, war es draußen vor dem Fenster des Appartements schon hell. Er hatte super geschlafen. Er reckte sich und gähnte noch einmal. Es lief für ihn wie geschmiert. Der gestrige Abend war der absolute Knaller und ein voller Erfolg gewesen. Er hatte, genau wie Toni es von ihm verlangte, seine Leine ausgeworfen und sein Opfer hatte, ohne es zu merken, angebissen. Je mehr er über all das nachdachte, umso simpler kam ihm die Umsetzung des Plans vor. Er sah auf die Uhr, die lässig an seinem Handgelenk baumelte und der er gestern bei einem Uhrengeschäft hier im Ort spontan ein neues Armband spendiert hatte. Es war schon halb neun. Egal, er hatte Zeit. Seine Arbeitszeit begann erst heute Abend gegen halb acht, wenn er Annemarie Hansen zum Dinner abholen würde. Sie war ein leichtes Opfer, das hatte er im Gefühl, wenn die Alte wirklich seit über zehn Jahren allein lebte, würde die sich nach einem jüngeren Kerl wie ihm die Finger lecken. Wobei, so viel jünger war er jetzt auch nicht. Nach dem, was Toni ihm erzählt hatte, war die Frau zweiundfünzig und somit gerade einmal vier Jährchen älter als er. Martin musste kichern. Toni war schon ein durchtriebenes Stück, da hatte der doch heute Nacht tatsächlich mit diesen Leuten auf seinen fünfundvierzigsten Geburtstag angestoßen. Sie beide waren ja in der Schule in derselben Klasse gewesen. Das Aas konnte wirklich lügen wie gedruckt. Martin wagte sogar zu bezweifeln, dass Toni überhaupt Geburtstag gehabt hatte. Wenn ihn seine Erinnerung nicht trog, dann lagen Tonis und sein eigener Geburtstag nämlich nur wenige Tage auseinander. Da Martin drei Tage vor Weihnachten, nämlich am 21. Dezember das Licht der Welt erblickt hatte, konnte Toni also theoretisch heute gar keinen Geburtstag haben. Doch der Trick hatte funktioniert, diese Annemarie hatte ihm den kleinen Schwindel abgenommen, der einzig als Begründung für die Einladung gedient hatte.

Martin erhob sich schwungvoll aus dem Bett, trat ans Fenster und schob die Vorhänge beiseite. Draußen war es irgendwie diesig. Die Fahne am Mast vor dem Hotel flatterte heftig im Wind. Schönes Wetter war anders. Was könnte er denn heute tagsüber bloß treiben? Nur hier im Hotelzimmer abhängen war ja nicht gerade eine sinnvolle Beschäftigung. Am besten ging er erst mal frühstücken, alles andere würde sich dann zeigen. Noch immer hatte er das Gefühl, dass er den seltsamen Fisch von gestern auf seinem Gaumen schmeckte. Am widerlichsten war die Leber gewesen, die er geschickt in seiner Wange deponiert und Minuten später bei seinem Gang zur Toilette entsorgt hatte. Dieser Harald, der Verlobte der blonden Lara Schmitz, hatte tatsächlich zwei von den widerlichen Stücken gegessen. Martin musste grinsen, als er an die andere, die dunkelhaarige Lara Schmitz, denken musste. Er hatte sie natürlich sofort erkannt. Zufälle gab es. Da traf er zwei Frauen an zwei Tagen hintereinander an verschiedenen Orten, die beide auch noch den gleichen Namen trugen und sogar verschwägert waren.

*

Eine Nina Moretti fuhr in ihrem Urlaub, noch dazu an einem Sonntagmorgen, nicht freiwillig mit dem Fahrrad zum Brötchenholen. Nein, so etwas ging eigentlich gar nicht. Der Grund, warum sie dennoch gemeinsam mit Klaus das Haus verließ und sich auf ein Rad schwang, war einzig und alleine der, dass sie da eben rausgemusst hatte. Weg von dieser bekloppten Ziege, die, wie es schien, tatsächlich keine Ahnung hatte, wie weh sie ihren Mitmenschen tat. Nina glaubte nicht, dass Harry etwas passiert war, der hatte sich vermutlich ein Zimmer irgendwo in einer Pension genommen, um Lara erst einmal aus dem Weg zu gehen.

„Und wenn er doch irgendwo in einer Ecke liegt und an dieser Scheißfischleber verreckt ist?“, befürchtete Klaus, als sie gemeinsam durch den Ort radelten.

„Quatsch, Klaus. Als wir gegangen sind, war das mit der Leber doch schon gut und gerne drei Stunden her und alle, die davon gegessen hatten, waren noch quicklebendig“, dementierte Nina. Wobei, je mehr sie darüber nachdachte, umso mehr Zweifel kamen ihr. Wie äußerte sich eigentlich so eine Fugu-Vergiftung? Mit so etwas hatte sie in ihrer Laufbahn als Kriminalbeamtin noch nie etwas zu schaffen gehabt. Sie bremste ihr Rad ab, stellte es an einen Zaun und zog ihr Handy aus der Hosentasche.

„Wen willst du anrufen?“, erkundigte sich Klaus, der nun ebenfalls stoppte.

„Ich ruf mal Doktor Wagner an. Der könnte sich mit so etwas auskennen.“

Klaus verdrehte die Augen.

„Mensch Nina, du hast erst seit zwei Tagen Urlaub und willst schon den Leichenfledderer aus der Gerichtsmedizin anrufen“, stöhnte er.

Sie zuckte mit den Schultern. „Hast du etwa eine bessere Idee?"

„Wir könnten diesen Japaner fragen, das Restaurant ist doch gleich da vorne", schlug er vor.

Nina fand die Idee, noch einmal zu diesem Japaner zu gehen, weniger gut. Was sollte der ihnen schon erzählen? Der würde sicherlich nicht zugeben, dass der Fisch vergiftet war. Sie wählte also die Mobilnummer von Doktor Wagner.

„Guten Morgen, liebe Nina, stets zu Diensten", hörte sie den Doktor nach dem zweiten Tuten sagen. In seiner Stimme schwang eine gehörige Portion Sarkasmus mit.

„Ihnen auch einen wunderschönen guten Morgen, Herr Doktor", flötete sie fröhlich zurück.

„Da Sie so gut gelaunt sind, liebe Nina, gehe ich einmal davon aus, dass niemand verstorben ist und ich daher mit meiner Gattin weiter das Frühstück auf unserer Gartenterrasse genießen darf", stellte er ein wenig erleichtert fest.

„Sie dürfen, mein Lieber ... das heißt ... Sie dürfen wieder, wenn Sie mir eine klitzekleine Frage beantwortet haben."

„Okay, Nina, schießen Sie los."

„Was wissen Sie über das Gift des Kugelfischs? Wie schnell wirkt so etwas?"

Sie hörte, wie Wagner die Luft für einen Moment anhielt.

„Darf ich fragen, wie Sie darauf kommen?", konterte er.

„Ähm, ja natürlich ... Wir waren gestern auf so einer Feier eingeladen, da gab es halt Fugu zu essen."

„Sie waren auf einer Feier, auf der es Kugelfisch gab. Wo zum Teufel sind Sie? Rufen Sie gerade aus Japan an?", empörte Wagner sich zu Ninas Verwunderung.

„Nein, wieso? Klaus und ich sind an der Nordsee, auf Langeoog."

Nun lachte Wagner.

„Dann können Sie ganz beruhigt sein, liebe Nina. Bei uns in Deutschland werden Sie kein Lokal finden, in dem Ihnen ein Kugelfisch serviert wird. So etwas ist bei uns strengstens verboten. Was immer Sie gegessen haben, es war kein Kugelfisch."

„Als der Koch das Tier aus dem Becken geholt hat, hat es sich aber aufgeblasen wie ein dicker Fußball", wandte sie ein.

Am anderen Ende der Leitung wurde es still.

„Herr Doktor Wagner, Sebastian, sind Sie noch da?", rief sie in ihr Telefon.

„Ja, ja, Nina. Ich bin noch dran. Können Sie mir den Fisch und wie er zubereitet wurde bitte einmal genau beschreiben?"

Nina schilderte knapp, was passiert war. Als sie ziemlich am Ende ihrer Erzählung das mit der Leber erwähnte, sog Wagner hörbar die Luft ein.

„Sie haben davon hoffentlich nichts gegessen?", erkundigte er sich besorgt.

„Nein, keinen Bissen ... aber ein Freund von uns hat davon gegessen", gestand sie.

„Und wie geht es Ihrem Freund?"

„Keine Ahnung, Sebastian. Er ist spurlos verschwunden. Aber als wir ihn zum letzten Mal nach dem Verzehr der Fischleber gesehen hatten, ging es ihm noch gut", berichtete sie. „Deshalb wollte ich wissen, wie und wann sich Vergiftungserscheinungen andeuten."

„Die Vergiftung erfolgt in mehreren Phasen, Nina. Zuerst bekommen die Opfer ein taubes, kribbelndes Gefühl an Mund und Gaumen. Es fühlt sich in etwa an, wie wenn ihnen ein Fuß oder Bein eingeschlafen ist, wenn es mangelhaft durchblutet wurde. Dieses lähmende Gefühl breitet sich immer weiter aus, erfasst irgendwann die Extremitäten und zuletzt die Lunge. Die Muskeln reagieren einfach nicht mehr. Die Opfer können sich nicht mehr bewegen und ersticken schließlich bei vollem Bewusstsein."

„Dieser Japaner hat gesagt, dass die Dosis in der Leber aber nicht hoch genug sei, um jemanden umzubringen", versuchte Nina einen Einwand.

„Na ja, Nina, ich muss Ihnen als Kriminalistin ja wohl nicht erklären, dass nicht jeder Mensch gleich stark auf etwas reagiert. Ich kenne dieses Ritual mit der Leber übrigens von einem Besuch in Japan. Es ist unter jungen Männern als eine Art Mutprobe sehr beliebt. Das Risiko ist unkalkulierbar. Niemand kann wirklich wissen, wie giftig das Stück Leber tatsächlich ist. Im Durchschnitt sind zwanzig Gramm vielleicht tödlich. Es kann aber auch schon weniger ausreichen. Kugelfische sind von Haus aus nämlich gar nicht alle gleich giftig. Es kann innerhalb einer Gattung sein, dass der eine Fisch extrem und der andere sogar überhaupt nicht giftig ist."

„Also könnte es sein, dass der Fisch gestern vollkommen ungiftig war?", fragte sie und hatte in diesem Moment so etwas wie Hoffnung.

„Keine Ahnung, Nina. Diese Tiere produzieren ihr Gift nicht selbst. Sie nehmen es vielmehr selbst über die Nahrungskette auf und speichern es in ihrem Körper. Fast neunzig Prozent der in Japan angebotenen Fische stammen heutzutage aus Zuchtfarmen und sind vollkommen ungefährlich. Riskant wird es bei Tieren aus dem Meer."

Nina sah zu Klaus, der sein Ohr an die andere Seite ihres Telefons hielt, um etwas mitzubekommen.

„Herr Doktor Wagner, hier ist Klaus Schmitz", quatschte er nun dazwischen. „Gesetzt den Fall, die Leber war giftig, wie lange würde es denn ungefähr dauern, bis derjenige, der sie verzehrt hat, gelähmt wäre?", stellte er die Frage, die Nina ebenfalls noch beschäftigte.

„Schwer zu sagen, Klaus. Vielleicht zwei, drei oder gar vier Stunden. Wie gesagt, so etwas hängt von vielen Faktoren ab."

„Einer der anderen Gäste hat behauptet, dass man früher in Japan die Leute mit Vergiftungen in die Brandung am Strand gelegt hat. Haben Sie davon auch schon gehört?", fiel Nina noch ein.

„Ja Nina, ich kenne diesen Mythos, glaube aber, dass es sich dabei um ein Ammenmärchen handelt. Sie sollten beim nächsten Mal in solch einem Fall unbedingt einen Notarzt verständigen ... also, ich meine ... für den Fall, dass Sie noch einmal planen mit Ihren Freunden Fugu zu probieren."

*

Auch heute ging Annemarie wieder in ihr Büro. Sonntags war Reklamationstag. Heute kamen die Leute, denen sie gestern die Schlüssel für die Ferienwohnun gen und Appartements ausgehändigt hatte, zu ihr, um sich über dieses und jenes zu beschweren. Über einen Wasserhahn, der tropfte, einen schlechten Fernsehempfang, zu laute Nachbarn, Kindergeschrei und, und, und. Die Liste der kleineren oder größeren Mängel war über die Jahre unendlich lang geworden. Früher hatte sie geglaubt, dass irgendwann einmal der Tag kommen würde, wo den Leuten nichts Neues mehr einfiel, über das sie meckern konnten, doch dem war nicht so.

Heute fing der Tag allerdings recht ruhig an. Erst ein kaputter Lattenrost und eine zu laute Klospülung. Es war wirklich verdächtig ruhig. Den Lattenrost hatte sie von Krischan, ihrem Gehilfen, austauschen lassen, den Spülkasten würde sich am Montag ein Klempner vom Festland ansehen. Wobei sie nicht glaubte, dass die Spülung tatsächlich kaputt war. Lautstärke war oft ein eher subjektives Empfinden.

Sie sah durch das Fenster in den kleinen Hof hinter ihrem Büro, wo Krischan auf dem Boden hockte und etwas an seinem Fahrrad reparierte. Krischan war ein lieber Junge. Leider hatte der liebe Gott dem mittlerweile Zweiundzwanzigjährigen nicht allzu viel Verstand mit auf den Weg des Lebens gegeben. Krischan besaß den Grips eines Zwölfjährigen und eben solch ein kindliches Gemüt. Er war der Sohn ihrer Schwester Sirke. Einen Vater hatte der Junge nicht. Vermutlich das Ergebnis einer unbefleckten Empfängnis, so wie bei Maria und Jesus. So etwas sollte es ja öfters geben, sogar auf Langeoog, hatte ihr Vater damals spöttisch behauptet. Die ganzen Jahre hatte Annemarie versucht herauszubekommen, wer der Erzeuger des Jungen sein könnte, war aber an der Sturheit ihrer Schwester und der Leute gescheitert. Der Kontakt zu Sirke war auch mittlerweile seit beinahe fünfzehn Jahren total abgebrochen. Das Einzige, was Annemarie wusste, war, dass sie heute irgendwo in der Gegend bei Stuttgart lebte. Krischan hatte sie, als sie damals mit einem der Feriengäste durchbrannte, einfach auf der Insel vergessen. Aus den Augen, aus dem Sinn. Eine Zeit lang lebte Krischan dann bei Onkel Piet, dem Käpt'n, wie ihn alle nannten. Doch seit einigen Jahren hauste er in einem alten Bootsschuppen abseits des Ortes in den Dünen. Annemarie war davon zuerst gar nicht begeistert gewesen, den Jungen, der er für sie auch immer bleiben würde, in einer alten Baracke leben zu lassen. Doch Krischan gefiel sein Leben, so wie es war. Gelegentlich, wenn sie die Zeit hatte, ging sie auf ihren Spaziergängen an dem Häuschen vorbei und sah nach dem Rechten. Außerdem wusch sie Krischans Kleider und erinnerte ihn mindestens zweimal pro Woche daran, bei ihr zu Hause vorbeizukommen, um warm zu duschen.

Sie ging zurück an ihren Schreibtisch, ließ sich in dem bequemen Bürostuhl nieder, öffnete die zweite Schublade und holte das große, schwarze Terminbuch heraus, in das sie alles Wichtige aus ihrem privaten Umfeld eintrug. Keine Geschäftstermine. Die verwaltete sie strikt getrennt von ihrem privaten Kram in ihrem Computer. Sie schlug das Buch ziemlich weit hinten auf und überflog den Jahreskalender, in den sie mit spitzem Stift unzählige Namen notiert hatte. Ihr Finger glitt dabei Zeile für Zeile über die Tage des Jahres und hielt schließlich am 18. Dezember inne.

„Toni Belfinger, Jahrgang 1966", flüsterte sie leise den Namen und die Jahreszahl. Hatte sie es doch gewusst! Dieses Aas hatte erst im Dezember Geburtstag. Was sollte das also gestern? Warum diese Lügen? Das mit den fünfundvierzig hatte sie ihm sowieso nicht abgenommen. Toni war ein eitler Gockel, dass der sich gerne um ein paar Jahre verjüngte, noch dazu wenn eine hübsche, junge Frau neben ihm saß, war ihr schon klar. Aber warum hatte er überhaupt behauptet, er habe Geburtstag? Sie würde es herausfinden.

Spontan griff sie das Mobiltelefon, das vor ihr auf dem Schreibtisch lag und wählte die Nummer von Rieke. Es dauerte einen Moment, bis eine Computerstimme ihr mitteilte, dass der gewünschte Gesprächspartner derzeit nicht erreichbar war. Sie beendete den Anruf enttäuscht. Wo steckte Rieke bloß? Annemarie hatte seit gestern schon zigmal versucht, die Freundin zu erreichen, um vorsichtig nachzuhören, warum Belfinger urplötzlich so nett zu ihr war und sie sogar zum Abendessen einlud. Nun gut, so etwas hatte er schon öfter getan, aber bisher immer nur auf das ausdrückliche Drängen seiner Gattin. Was Rieke an diesem Idioten einmal gefunden hatte, konnte Annemarie ebenfalls nicht verstehen. Rieke sah gut aus, war intelligent und hatte auch einiges auf der hohen Kante gehabt. Die Jungs hatten bei ihr früher schon Schlange gestanden. Fast jeden der Burschen hier auf der Insel hätte sie haben können und was tat sie ... sie angelte sich diesen Kölner Hallodri.

Annemarie öffnete den Internetbrowser ihres Computers und gab in der Suchleiste den Namen Martin von Schlechtinger ein. Sie wurde schnell fündig. Es gab einige interessante Berichte über den ehemaligen Unternehmer. Bei allen ging es um die Pleite seiner Sanitärfirma. Die Bilder zeigten den Mann immer nur mit langen Haaren und einer blauen Arbeitslatzhose. Auf den ersten Blick wirkte er auf Annemarie sympathisch, genau so, wie sie ihn auch gestern Abend erlebt hatte. Doch ihr Instinkt sagte ihr, dass an dem Kerl etwas faul war. Dieser Martin war ein Freund von Toni, so einer konnte nichts taugen.

Kapitel 7

Sonntag, 9. August 2015, 10:38 Uhr
Ferienhaus der Familie Schmitz / Insel Langeoog

„Wir sollten die Polizei verständigen", schlug Klaus vor.

Nina ließ ihr Nutella-Brötchen, in das sie gerade beißen wollte, auf den Teller sinken.

„Quatsch. Die machen da auch nichts dran. Was du immer mit der Polizei hast", antwortete sie.

„Vielleicht liegt das daran, dass ich mit einer Polizistin verheiratet bin. Man hört da ja so einiges", meinte er und klang für ihren Geschmack dabei ein wenig zu sarkastisch.

Nina sah ihn kurz an und dann in die Runde zu Lara und Isabell. Außer ihr selbst aß niemand. Eine Geste, die sie für vollkommen übertrieben hielt. Jetzt nichts zu essen und Trübsal zu blasen hieß doch im Umkehrschluss, dass man vom Schlimmsten ausginge und Harry wirklich etwas zugestoßen war. Sie hatte in ihrer Laufbahn schon viele Vermisstenfälle bearbeitet. In über neunzig Prozent tauchten der oder die Verschwundene innerhalb der ersten vierundzwanzig Stunden wieder wohlbehalten auf. Wenn sie also nur, weil ein Kerl, wie in diesem Falle, neun Stunden nach einem Beziehungsstreit noch nicht wieder aufgetaucht wäre, jedes Mal sofort an das Schlimmste denken würde, dann wäre sie mittlerweile von dem vielen „nichts essen" spindeldürr und ihre hübschen dunklen Locken vor Kummer grau.

„Mensch, Kinder, dem wird schon nichts passiert sein. Passt auf, der kommt irgendwann gleich da durch die Tür getorkelt und erzählt uns dann, dass er irgendwo seinen Rausch ausgeschlafen hat", versuchte sie die Stimmung etwas anzukurbeln. Seltsamerweise sahen alle nun tatsächlich zur Küchentür und auch Nina konnte der Versuchung nicht widerstehen, sich umzudrehen und nachzuschauen. Aber da war niemand.

„Okay, nach dem Frühstück ziehen wir los und suchen nach ihm", gab sie schließlich ein wenig kleinlaut bei. Zu Ninas Entsetzen standen auf ihre Worte hin alle gleichzeitig auf und begannen den Tisch abzuräumen. Sie seufzte, schob sich den Rest des Brötchens auf einmal in den Mund und spülte es mit dem letzten Schluck Kaffee hinunter. Ein wirklich sehr, sehr schöner Urlaub war das, stellte sie ironisch fest. Aber hatte sie so etwas in der Art nicht von Anfang an befürchtet? Doch, hatte sie!

„Gut, Nina, du bist die Polizistin, sag du uns, wie wir am besten vorgehen", schlug Klaus vor, als sie Minuten später draußen vor der Tür des Feriendomizils standen.

„Okay, ich würde sagen, wir teilen uns auf. Sollte eine oder einer ihn finden, verständigt er die anderen per Handy", gab Nina klare Anweisungen.

„Hast du noch immer die gleiche Nummer wie früher?", erkundigte sich Lara bei ihr und schluchzte.

„Ja, die ist immer noch die Gleiche", knirschte Nina und hätte am liebsten noch hinzugefügt: Du hättest also ruhig mal anrufen und dich für den Bockmist, den du gebaut hast, entschuldigen können oder mir und deinem einzigen Bruder wenigstens zur Hochzeit gratulieren können." Wie sie so etwas hasste. Diese dumme Kuh hatte ihr wehgetan, sie anschließend jahrelang missachtet und versuchte nun, wo sie Nina brauchte, sich wieder einzuschleimen, als wäre nichts geschehen.

Nina entschied, dass Klaus und sie am Strand suchen würden. Der eine in Richtung Westen, der andere gen Osten. Lara und Isabell würden mit den Rädern in den Ort fahren und dort suchen.

„Na, läuft ja super unser Urlaub", schimpfte sie, als sie mit Klaus über den schmalen Pfad durch die Dünen stapfte.

Er nickte lediglich, gab aber keine Antwort. Als sie den Strand erreichten, blieb er plötzlich stehen, deutete auf eine Stelle rechts des Weges und sagte: „Du, sind das nicht die Schuhe von Harald?" Nina trat näher an das Paar braune Lederschuhe heran, das akkurat nebeneinander auf dem Kamm einer kleinen Düne stand. Wie gestern steckten die säuberlich zusammengerollten Socken darin.

„Mhhhh, könnte sein", überlegte sie laut, obwohl sie sich ziemlich sicher war, dass es sich bei den Schuhen um die des Gesuchten handelte. Sie bückte sich und sah genauer hin. Der Wind, der heute besonders stark wehte, hatte den Sand an der zur See gerichteten Seite der Schuhe bereits so hoch angehäuft, dass er am linken Schuh bis zur Oberkante reichte und sogar hineinrieselte.

„Sieht aber aus, als ob die schon länger hier stehen. Sag mal, weißt du, ob er die nicht gestern Nachmittag vielleicht hier hat stehen lassen?", fragte sie.

Klaus kratzte sich am Kinn.

„Also, ich war zwar auch schon etwas angeschwipst, aber ich könnte schwören, dass er die gestern wieder angezogen hat, als wir zurückgegangen sind. Doch, bestimmt. Wir haben ja noch so gelacht, weil er mehrere Versuche zum Zuschnüren brauchte, weil der ja auch so einen im Tee hatte", wusste Klaus.

Auch Nina konnte sich noch gut an die Szene erinnern. Sie zog ihr Handy aus ihrer Jackentasche und machte mehrere Fotos von den Schuhen. Klaus sah ihr dabei irritiert zu.

„Was soll das jetzt?", fragte er, als Nina das Handy wieder zurück in ihre Tasche steckte. Sie zuckte mit den Schultern.

„Nichts ... Nur so. Macht der Gewohnheit. Mach ich immer an einem Tatort. Besser ein Foto zu viel geknipst, als eins zu wenig", erklärte sie.

Klaus verzog das Gesicht.

„Was heißt denn jetzt Tatort? Denkst du etwa ...?"

„Nein, Schatz, ich denk gar nichts. Das ist mir grad nur so rausgerutscht", unterbrach sie ihn und deutete dann zu dem Trampelpfad, der zum Ferienhaus führte. „Würdest du bitte noch mal ins Haus gehen und aus der Küche die Rolle mit den Müllbeuteln holen", wies sie ihn an.

„Zur Beweissicherung?", hakte er nach.

„Nein, Schatz, aber wir können die teuren Treter ja auch nicht hier stehenlassen. Nachher klaut sie noch einer oder sie werden zugeweht. Harry braucht die Dinger ja vermutlich noch."

Klaus sah sie einen Moment schief von der Seite an und setzte sich dann in Bewegung. Sie wusste, was er dachte und dass er ihr kein Wort glaubte. Und wenn sie ehrlich war, glaubte sie selbst nicht an den Stuss, den sie gerade von sich gab. Aber sie wollte einfach nicht akzeptieren, was ihr Verstand ihr gerade versuchte weiszumachen. Harald war heute Nacht noch einmal an den Strand gegangen, hatte seine Schuhe hier ausgezogen und war dann weiter in Richtung

Wasser marschiert. Wo immer er nun war, er war mit Sicherheit nicht über diesen Weg zurückgekommen. Ihr Blick fiel auf die Wellen, die heute viel stärker brandeten als gestern. Was, wenn er ins Wasser gegangen war? Vielleicht noch nicht einmal, um sich etwas anzutun, sondern einfach nur, um sich abzukühlen und um wieder einen klaren Kopf zu bekommen. Doktor Wagner hatte gemeint, dass das Gift des Kugelfischs zuerst die Extremitäten lähmen würde. Was, wenn Harald ein Stück hinausgeschwommen war und die Lähmung ihn daran gehindert hatte, wieder zurück an den Strand zu kommen? Was, wenn er sich in die Brandung gelegt hatte, so wie Belfinger es behauptet hatte, und er dabei ertrunken war? Wütend trat sie in den Sand. So ein verfluchter Mist! Wie gerne hätte sie mal für zwei Wochen einfach nur Urlaub gemacht. Aber nein. So wie es aussah, ging der Mist hier genauso weiter wie am Freitag, als sie bei der Kripo Feierabend gemacht hatte. Sie würde die Beweise sichern und dann gemeinsam mit Klaus den Strand absuchen. Mehr konnten sie nicht tun. Wenn sie keine weitere Spur von Harry finden würden, musste sie die Kollegen einschalten. Wenn er heute Nacht wirklich ins Wasser gegangen war, bestand jetzt neun Stunden später eh keine Hoffnung mehr, den armen Kerl noch lebend zu finden.

*

„Mojen, Mojen, lieber Toni“, begrüßte Martin seinen alten Freund in, wie er glaubte, perfektem Plattdeutsch, als der ihm nach dem dritten Klingeln im Morgenmantel die Haustür seiner Nobelhütte öffnete.

Toni schien irgendwie nicht begeistert.

„Wat willst du Astronaut denn hier?“, blaffte der ihn nämlich nur an, sah kurz an ihm vorbei zur Straße und zog ihn dann ins Haus.

„Ähm nix ... also nix Bestimmtes, dachte halt nur, ich schau mal so bei dir vorbei und hör mal, ob du mit dem Verlauf des gestrigen Abends zufrieden warst“, erklärte Martin sich.

Tonis Blick hellte sich schlagartig auf. Er grinste nun sogar.

„Ja klar, mein Lieber. Ist doch super gelaufen. Wenn du es jetzt noch hinbekommst, die Alte klarzumachen und flachzulegen, dann ist doch alles paletti“, tönte er und schob ihn in die Küche der Villa.

Martin verzog das Gesicht.

„Weißt du Toni ... na ja ... über die Sache, da wollt ich noch mal mit dir drüber reden“, begann er seine Bedenken zu äußern.

Toni Belfinger, der sich gerade an einer riesigen Espressomaschine zu schaffen machte, hielt inne.

„Du willst doch wohl keinen Rückzieher machen?“, fragte er brüskiert.

„Nee, nee“, beeilte Martin sich zu sagen.

„Aber?“, hakte Toni nach.

Martin wusste nicht wirklich, wo er anfangen sollte.

„Weißt du, Toni, ich hab den Sinn des Ganzen noch nicht so begriffen. Ich meine, was hast du davon, wenn ich was mit dieser Annemarie anfange?“, versuchte er einen erneuten Ansatz.

Toni grinste.

„Mein lieber Maddin, wie lange sind wir zwei eigentlich schon Kumpels?“

Martin überlegte. Sie beide kannten sich seit dem Kindergarten. Da waren sie so ungefähr vier oder fünf gewesen. Jetzt war er achtundvierzig, das Ganze abzüglich der mindestens fünfundzwanzig Jahre, die sich Toni nicht gemeldet hatte.

„Ja, schon verdammt lang", antwortete er schließlich, da die Rechnung ihn jetzt so aus dem Stegreif ein wenig überforderte.

„Siehst du, Maddin. Und Kumpels helfen sich doch in der Not", meinte Toni und legte Martin seine schwere Pranke auf die Schulter.

Martin nickte eifrig, obwohl er immer noch nichts verstand.

„Weißt du, Maddin, mein alter Vater, der hat immer gesagt: ‚Toni, niemand kann was dafür, wenn er arm geboren wurde. Das kann man sich nicht aussuchen. Aber wer sich arm verheiratet, der is es selber schuld. Such dir 'ne Frau mit Kohle, dann hast du es geschafft'", philosophierte Toni und deutete auf die Wände rundherum.

„Weißt du, meine Rieke, die war 'ne richtig gute Partie. Hat mir auch nix ausgemacht, dass die ein paar Jahre älter war als ich. Sie hat das Geld mitgebracht und ich hab es vermehrt, eine klassische Win-win-Situation. Und was bei mir geklappt hat, das klappt auch bei dir, mein Freund."

Martin sah ihn mit großen Augen an. So weit hatte er das Ganze ja auch schon kapiert. Aber was war für Toni die Win-win-Situation, wenn Martin und Annemarie ein Paar würden? Falls es überhaupt dazu käme. Zu so etwas gehörten ja schließlich auch immer noch zwei. Was, wenn die ihn gar nicht wollte, oder wenn er sie nicht wollte. Er konnte sich doch unmöglich an eine Frau binden, die er gar nicht liebte, nur weil sie Kohle hatte. Ein Geräusch von der Diele ließ ihn aufhorchen. Irgendwo war eine Tür geöffnet und wieder geschlossen worden.

„Ist da noch einer? Ich dachte, deine Frau wäre im Urlaub?“, fragte er und beugte sich zur Seite, um einen Blick in den Flur werfen zu können.

„Vermutlich die Katze“, entgegnete Toni und drückte dann auf einen Knopf an der Kaffeemaschine. Der Krach, den das Mahlwerk schlug, würde vermutlich jeden Stubentiger vertreiben.

„Magst du auch einen?“, erkundigte Toni sich.

Martin nickte, während er zusah, wie sich die kleine Tasse unter dem Ausguss der Maschine langsam füllte. Als sie halb voll war und das Gerät mit einem lauten Zischen das Endes des Brühvorgangs meldete, nahm Toni die Tasse, gab sie ihm und stellte eine neue darunter. Wieder war von irgendwoher das Schlagen einer Tür zu hören. Martin bemerkte ein Grinsen, das über Tonis Gesicht huschte.

„Bestimmt wieder nur die Katze“, sagte Martin nun und war neugierig, wie das Tierchen wohl aussah. Auf jeden Fall musste es eine sehr, sehr große Katze sein, wenn sie es schaffte Türen zu öffnen und auch wieder zu schließen. Seine Neugierde wurde befriedigt, als nur Sekunden später die Mieze im Durchgang zwischen Küche und Flur auftauchte. Martin schluckte bei dem Anblick der Japanerin, die heute Morgen im Gegensatz zum gestrigen Abend nichts mehr trug außer ihrem langen, elfenhaften Haar.

„Das ist dann wohl der Dogpack, den du dir letzte Nacht von dem Wirt hast einpacken lassen“, fiel Martin spontan ein.

Toni lachte laut auf.

„Dogpack, der war gut Martin, den muss ich mir merken“, grölte er, ging zu der schlanken Japanerin, packte sie und küsste sie so innig, dass Martin schon Angst bekam, die beiden würden es augenblicklich vor seinen Augen hier auf der Anrichte in der Küche treiben wollen.

Er trank zügig seinen Espresso aus und verabschiedete sich. Toni schien das gar nicht mitzubekommen, so vertieft war der in die Asiatin. Und das sogar wortwörtlich. Martin sah also zu, dass er sich verdünnisierte. Als er bereits an der Haustür war, hörte er hinter sich Tonis Stimme rufen.

„Ach du, Maddin, warte mal kurz."

Martin hielt inne und sah zurück zur Küche, von wo Toni mit nun geöffnetem Morgenmantel angewatschelt kam. Auch er trug nichts darunter.

„Du Martin", flüsterte er, „das mit der Su Ling, das bleibt aber besser unter uns."

Martin nickte.

„Klar, Toni. Ehrensache. Aber ... apropos Su Ling, sag mal, hast du diese Fischleber gestern Abend eigentlich tatsächlich gegessen?", fiel ihm plötzlich ein.

Toni tippte sich an die Schläfe.

„Sehe ich etwa aus, als sei ich lebensmüde? Ich hab das Zeug, als keiner hinsah, ausgespuckt und unter den Tisch fallen lassen", amüsierte Toni sich und blickte sich kurz um, ob seine Su Ling auch ja nichts mitbekam. Dann schob er Martin sachte nach draußen und schloss hinter ihm die Tür.

Als Martin sich auf den Weg zurück in das kleine Städtchen machte, fühlte er sich irgendwie mies und ausgenutzt. Klar war es verlockend sich eine Millionärin zu angeln. Und wirklich hässlich war die sportliche Frau mit den ergrauten Löckchen auch nicht. Im Gegenteil, diese Annemarie hatte irgendetwas an sich, das ihm gefiel. Natürlich war er nicht in sie verknallt oder so. Nein, das nicht. Aber sie schien eine nette Person zu sein. Sie zu belügen und ihr die große Liebe vorzugaukeln, um an ihre Kohle zu kommen ... Martin wusste nicht, ob er das fertigbrachte. Vielleicht sollte er doch ins Hotel gehen, seine Klamotten packen und die nächste Fähre besteigen. Ja, es wäre vermutlich besser.

„Man schall nich de Fööt in fremde Schoh steeken", hörte er eine Stimme krächzen und fuhr erschrocken herum.

Auf einer Bank direkt am Wegesrand hockte ein älterer Herr mit einer verbeulten Schirmmütze und einer Pfeife in der Hand.

„Ham se wat jesaat?", versuchte er es auf Kölsch, da er glaubte, das käme dem norddeutschen Platt am nächsten.

Der Alte grinste.

„I sog: Man schall nich de Fööt in fremde Schoh steeken", wiederholte der Opa seine Worte und Martin glaubte sogar verstanden zu haben, was er wollte.

Er sah hinunter auf seine Füße zu seinen neuen Schuhen.

„Das sind meine, die hab ich bezahlt", stellte er klar.

Der Alte schüttelte den Kopf.

„Nich du, du Döspaddel", schimpfte der Alte, deutete dann auf das Haus von Toni und fügte in richtigem Hochdeutsch hinzu: „Ich mein den da und die kleine Chinesin."

„Und was hat das mit den Schuhen zu tun? Der Toni hat auch genug Geld, um seine Schuhe zu bezahlen", erkundigte er sich, da er immer noch nicht verstand, was der Opa ihm sagen wollte.

„Bist du mit 'n Dummbüdel kloppt?", schnaufte der verächtlich und deutete neben sich auf die Bank.

Zögerlich nahm Martin Platz. Warum auch nicht? Zu tun hatte er ja eh nichts, und die Fähre zum Festland fuhr tagsüber ja ziemlich regelmäßig.

„Also Herr ...", Martin zögerte, da er nicht wusste, wie er den Mann ansprechen sollte.

„Kapitän a. D. Piet Dönges", stellte sich der Opa vor, zog einen Flachmann aus der Tasche, nippte daran und hielt ihn Martin hin.

„Heizungsbauer a. D. Martin von Schlechtinger", antwortete er, nahm den Flachmann und nippte ebenfalls daran.

Der Schnaps brannte in seiner Kehle und Martin musste husten. Der Kapitän lachte, klopfte ihm auf die Schulter und verstaute das Fläschchen wieder in seiner Jacke.

„Du gefällst mir, Martin, Heizungsbauer a. D.", meinte er und deutete dann wieder zu Tonis Nobelhütte.

„Man schall nich de Fööt in fremde Schoh steeken. Das is ein altes Sprichwort und heißt, man soll seine Füße nicht in die Schuh von einem anderen Kerl stecken, wobei die Schuh für die Frau stehen und die Füße für ... na, du weißt schon was", erklärte der Kapitän seinen Spruch, sodass auch Martin den Sinn endlich verstand.

„Sie meinen, man soll nicht fremdgehen", hakte er trotzdem noch einmal nach.

Der Kapitän nickte.

„Genau, min Jong. Wenn dein Freund Toni nämlich nicht aufpasst, dann nimmt das noch mal ein böses End."

Martin zuckte mit den Schultern.

„Und wenn, ist doch sein Problem, wenn er seine Frau betrügt. Wenn sie ihn vor die Tür setzt, wird er schon sehen, was er davon hat", erklärte Martin und schlug den Kragen seiner Jacke nach oben. Für August war es wirklich verdammt kalt geworden. Außerdem glaubte er erste Regentropfen auf seinem Gesicht zu spüren.

„Dem seiner Rieke ist dat doch egal, wat ihr Mann treibt. Die ist Kummer mit dem gewohnt. Außerdem ist die auch keinen Deut besser als er. Die führen eine offene Ehe, zumindest hört man so wat", wusste der Kapitän.

„Na ja, dann ist doch alles bestens", fand Martin. Für ihn wäre so etwas nichts. Als er damals erfahren hatte, dass seine Frau ihn betrog, war er total ausgerastet. Nun gut, genützt hatte es nichts mehr, da die Wohnung und seine Konten zu dem Zeitpunkt bereits leergeräumt waren.

„Ich mein nicht die Rieke. Ich mein den alten Chinesen."

„Japaner" korrigierte Martin ihn, doch der Kapitän winkte nur ab. „Also wenn der rausbekommt, dass seine Su Ling was mit dem Belfinger hat, dann ..." Der Kapitän hielt inne und führte den Zeigefinger über seine Kehle. Martin schluckte.

„Sie meinen, dann schneidet der ihm die Gurgel durch?"

Der Alte wiegte den Kopf hin und her und schüttelte ihn dann.

„Nein, ich denke, der schlaue, japanische Fuchs würde ihm Gift in den Fisch mischen oder ihm gleich einen giftigen Fisch zum Abendessen servieren."

Martin schluckte noch einmal. Gut, dass er gestern nichts von dieser verdammten Leber gegessen hatte.

*

Es hatte zu regnen begonnen und der Wind blies in heftigen Böen von der See her. Nina musste resigniert feststellen, dass der Strand von Langeoog wahrlich riesig war. Über zwei Stunden lang waren sie und Klaus am Wasser entlanggelaufen und hatten nach dem Verschwundenen gesucht. Er in Richtung Osten, sie nach Westen zum Dorf hin, wo die Strandkörbe standen. Schlussendlich hatten sie aufgegeben und waren nach kurzer telefonischer Absprache zurück zum Haus gegangen, wo Lara und Isabell bereits in der warmen Stube auf sie warteten. Nina war bis auf die Haut durchnässt und fror wie ein Schneider. Ihre Laune war auf dem absoluten Tiefpunkt angelangt.

Als sie den durchsichtigen Müllbeutel mit Haralds Schuhen auf den Küchentisch stellte und dabei in knappen Sätzen berichtete, wo sie diese gefunden hatten, begann Lara erneut zu schluchzen.

„Wenn er sich was hätte antun wollen, hätte er bestimmt nicht vorher seine Latschen ausgezogen", meinte Nina, um die ehemalige Freundin damit etwas zu beruhigen. Natürlich wusste sie, dass dies totaler Quatsch war. Sie hatte schon öfter erlebt, dass Selbstmörder ihre Klamotten vorher ausgezogen und ordentlich zusammengelegt hatten, bevor sie sich den Garaus machten. Da war es nicht anders als im richtigen Leben, die einen waren halt schlampig, während die anderen sogar noch aufräumten, bevor sie von dannen gingen.

„Und was machen wir jetzt?", wollte Isabell wissen.

„Ich denke, wir werden jetzt erst einmal die Kollegen der Inselpolizei verständigen. Eventuell noch die Leute von der DLRG", seufzte sie resigniert und suchte dann in ihrem Handy online nach der Nummer der Polizeistation von Langeoog.

„Polizeimeisterin Lotta Weyand, Polizeiinspektion Langeoog", meldete sich eine jung klingende Frauenstimme am anderen Ende der Leitung.

Nina stellte sich kurz vor und schilderte der Polizistin dann in wenigen Sätzen, was vorgefallen war und was sie vermuteten. Dass sie selbst Polizistin war, verschwieg sie, da dies nichts zur Sache tat.

„Und Sie glauben tatsächlich, er könnte vergifteten Fisch gegessen haben und danach noch schwimmen gegangen sein?", fragte die norddeutsche Kollegin noch einmal ungläubig nach.

„Ja, glaube ich, sonst würde ich es Ihnen nicht sagen", entgegnete Nina ein wenig ungehalten, was ihr auch sogleich leid tat.

„Entschuldigen Sie meinen Tonfall, Frau Weyand, aber wir sind alle ein wenig ... nervös", entschuldigte sie sich deshalb noch im gleichen Atemzug.

„Kein Problem, Frau Moretti, mein Kollege und ich kommen gleich vorbei", antwortete die Beamtin freundlich und legte dann auf.

*

Lotta hätte nicht geglaubt, dass der Job auf Langeoog so langweilig sein würde. Für sie war es die erste und mit Sicherheit auch die letzte Saison auf der Insel. Das polizeiliche Tagesgeschäft von ihr und ihrem älteren Kollegen Onno Federsen bestand hier mindestens zu neunzig Prozent aus der Aufnahme von Fahrradunfällen. Es war ein absoluter Graus. So ein Rad durfte in Deutschland ja nun mal jeder Depp fahren, ohne dass er irgendeine spezielle Ausbildung oder Qualifikation dafür benötigte. Bisher hatte Lotta das auch nie als ein Problem angesehen. Doch seit sie auf

Langeoog Dienst schob, hatte sich ihre Meinung zu diesem Thema grundlegend geändert. Hier auf der Insel fuhr jeder Fahrrad. Ob er es beherrschte oder nicht. Autos gab es ja nicht, wenn man mal von den wenigen Elektrokarren absah, mit denen Lebensmittel, Baustoffe und dergleichen transportiert wurden. Selbst die Polizei besaß auf Langeoog keinen Streifenwagen, sondern lediglich zwei Diensträder, die in einer kleinen Hütte neben der Inspektion geparkt wurden. In der Hauptsaison strömten täglich Hunderte von Urlaubern auf die Insel, von denen die meisten das letzte Mal vermutlich in ihrer Schulzeit mit dem Rad gefahren waren und sich daher gerade noch entsinnen konnten, dass man in die Pedale treten musste, damit sich das Ding von der Stelle bewegte. Menschen mit gefährlichem Halbwissen und -können, die wie die letzten Henker fuhren und sich benahmen, als gehörten die Straßen und Wege ihnen allein. Schlimme Straftaten hingegen gab es hier selten bis gar nicht. Wie sollte so etwas auch vonstattengehen? Nur Idioten würden eine Bank oder ein Geschäft auf einer kleinen Insel überfallen, von der nur alle paar Stunden eine Fähre ablegte. Nein, die Arbeit hier auf der Insel hatte Lotta sich, als sie sich freiwillig dafür gemeldet hatte, ein wenig anders vorgestellt. Arbeiten, wo andere Urlaub machten, hörte sich im ersten Moment eben tierisch gut an, war aber im Grunde ein ganz großer Scheiß, um es mal so krass auszudrücken.

„Du, Onno, da hat gerade eine Urlauberin angerufen, die ihren Freund vermisst", gab sie ihrem Kollegen Bescheid, der ganz vertieft vor dem Monitor des Computers saß und den Bericht der letzten Radfahrerkarambolage tippte.

„Sind wir nicht für zuständig. Wenn sie ihn vermisst, dann soll sie ihn gefälligst anrufen und ihm das genau so sagen", gab der zurück.

Lotta verdrehte die Augen.

„Sie glaubt, dass er sich vergiftet hat und ertrunken ist", wurde sie nun deutlicher.

Onno drehte sich um und sah sie fragend an.

„Vergiftet und dann ertrunken?", fragte er ungläubig.

Lotta nickte.

„Gibt es eine Leiche?", wollte Onno wissen.

„Nee, sie vermisst ihn ja. Sie glaubt, dass er sich gestern beim Abendessen eine Fischvergiftung zugezogen hat, heute Nacht dann zum Strand gegangen ist und da dann irgendwie ins Meer hinausgespült wurde", ging sie ein wenig mehr ins Detail.

Onno strich sich über das Kinn.

„Klingt nicht sehr plausibel. Also eine Fischvergiftung ist mir hier in den letzten sieben Jahren, seit ich den Job mache, noch nie untergekommen. Fisch ist hier ja meistens ziemlich frisch", überlegte er laut.

„Du, ich fahr da jetzt mal hin. Heut ist eh irgendwie ziemlich ruhig", erklärte sie und zog ihren Parka über.

„Kein Wunder, dass heute so wenig los ist, draußen is Schietwetter, da legt sich keiner an den Strand, vermutlich liegen die meisten auf dem Sofa vor der Glotze und warten, dass es wieder ein bisschen besser wird", meinte er.

„Magst du nicht mitfahren?", fragte sie, als sie schon die Klinke der Ausgangstür berührte.

Onno blickte erneut auf, drehte seinen Kopf zum Fenster und dann wieder in ihre Richtung.

„Nee du. Wie gesagt, draußen is Schietwetter", schnaufte er und widmete sich wieder seiner Arbeit.

Kapitel 8

Sonntag, 9. August 2015, 13:46 Uhr
Vermietungsbüro Hansen / Insel Langeoog

„Tante Annemarie, ist jetzt Feierabend?“, fragte Krischan und steckte den Kopf in ihr Büro.

Annemarie blickte kurz auf die Uhr und dann aus dem Fenster. Es goss mittlerweile wie aus Kübeln.

„Klar, Krischan, heute kommt bestimmt keiner mehr. Bei dem Wetter haben die Leute ja noch nicht einmal mehr Lust sich über irgendeinen Unsinn zu beschweren. Schönen Sonntag wünsche ich dir noch“, antwortete sie und sah ihm hinterher. Es war wirklich ein Jammer, dass der Junge so kindlich naiv war. Krischan war einer der liebenswürdigsten Menschen, die Annemarie kannte. Er war zuverlässig, fleißig und zu jedem freundlich. Ein Mensch, dessen Gutmütigkeit andere aber auch gerne schon einmal versuchten auszunutzen. Für Annemarie war er mehr als nur der uneheliche Spross ihrer nichtsnutzigen Schwester. Für sie war Krischan wie ihr eigener Sohn. Sie und Heiner hatten sich immer Kinder gewünscht, doch es hatte nicht sein sollen. Ihre Ehe war kinderlos geblieben. Ein Umstand, der sie oft zweifeln ließ, ob es wirklich einen Gott gab. Wenn es ihn tatsächlich gab, war er dann nicht fürchterlich ungerecht? Sie hatte keine Kinder bekommen können und ihre Schwester, die keine haben wollte, bekam diesen lieben Jungen, nur um ihn abzulegen wie ein paar Kleider, die ihr nicht mehr gefielen. Oft hatte Annemarie überlegt, was aus ihrem Geld und dem immensen

Besitz werden würde, wenn sie nicht mehr war. Laut Gesetz würde dann alles ihr nächster Verwandter erben, ihre Schwester. Der gönnte sie aber noch nicht einmal das Schwarze unter dem Fingernagel. Ihr Wunscherbe war Krischan. Doch was sollte der Junge damit tun? Krischan wusste nichts mit so viel Geld anzufangen und wenn rauskäme, dass er welches hätte, würde dies nur die Begehrlichkeiten irgendwelcher dubioser Gesellen wecken, die dem Jungen das Leben so lange zur Hölle machen würden, bis sie ihm auch noch den letzten Pfennig aus der Tasche gezogen hätten. Nein, das würde sie ihm nicht antun können. Sie musste also eine Lösung finden, ihr Geld zu Lebtagen so anzulegen, dass Krischan auch noch sein Auskommen hätte, wenn sie einmal nicht mehr lebte. Seit Krischan für Annemarie arbeitete, besaß er ein eigenes Konto, auf das sie jeden Monat sein Gehalt überwies. Er war renten- und krankenversichert, genau wie alle anderen ihrer vier Mitarbeiter, von denen sich drei um die Reinigung der Wohnungen und eine um die Buchhaltung kümmerten. Der Unterschied zwischen Krischan und den anderen war allerdings, dass der von seinem Konto noch nie Geld abgehoben hatte, weil er es einfach nicht brauchte. Da er keine Miete zahlte und auch sonst keine großen Ansprüche stellte, reichten ihm die paar Euro Trinkgeld, die die Urlauber ihm gelegentlich zusteckten, wenn er ihr Gepäck zu den Wohnungen schaffte oder ihnen kleine Gefälligkeiten erledigte. Annemarie seufzte. Wären alle Menschen wie Krischan, wäre die Welt bestimmt um ein Vielfaches besser und friedlicher. Wir lebten zwar vermutlich noch immer in der Steinzeit, wären aber sicher glücklicher und mit dem zufrieden, was wir hätten.

*

Lotta trat heftig in die Pedale. Der Wind peitschte ihr unablässig Regen ins Gesicht. Bis zu der Adresse, die die Urlauberin ihr eben am Telefon genannt hatte, waren es von der Polizeiinspektion in etwa um die anderthalb Kilometer. Bei diesem Wetter eindeutig zu weit. Sie spürte, wie die Feuchtigkeit sich den Weg an ihrem Hals entlang durch den Ostfriesennerz suchte und auf diese Weise langsam sogar ihre untersten Kleidungsschichten erreichte. Ein Phänomen auf der sehr flachen Insel war, dass sie immer das Gefühl hatte, gegen den Wind zu fahren. Fuhr sie in Richtung Osten, blies der Wind zumindest gefühlt in Richtung Westen. Fuhr sie wieder zurück gen Westen, schien der Wind von der anderen Seite zu kommen. Onno hatte gemeint, sie würde sich das bloß einbilden, doch Lotta war davon überzeugt, dass der Wind dies tat, weil er sie nicht mochte. Auf den Wegen waren nun kaum noch Menschen unterwegs. Es schien, als hätten sich tatsächlich, bis auf wenige ganz Hartgesottene, alle in ihren Löchern verkrochen, um darauf zu warten, dass der Regen endlich wieder aufhörte. Wie sehr wünschte Lotta sich in diesem Moment die wärmende Geborgenheit eines Streifenwagens, so wie sie es von ihrer eigentlichen Dienststelle in Hannover gewohnt war.

„Wo willst du hin?", schrie plötzlich eine Stimme rechts von ihr. Lotta wirbelte erschrocken herum, verriss den Lenker und wäre um ein Haar in einen der Sanddornsträucher links am Wegesrand gefahren. Gerade noch im letzten Moment gelang es ihr, den Drahtesel zurück auf Kurs zu bringen.

„Mensch, Krischan, musst du mich so erschrecken?!“, brüllte sie den jungen Mann an, der nun keinen Meter entfernt neben ihr herradelte.

Krischan grinste, seine blonden und ansonsten strubbeligen Haare klebten in seinem Gesicht und seine blauen Augen leuchteten wie das Meer.

„Musst du noch arbeiten?“, rief der nun.

„Ja, Krischan, ich muss noch zu einem der Häuser am Norderpad“, schrie sie zurück.

Der junge Mann nickte wissend und rief dann: „Tante Annemarie hat gesagt, für heute ist Feierabend, wenn du willst, kann ich dir helfen“, bot er an.

Lotta musste trotz der widrigen Umstände und der sich immer mehr ausbreitenden Nässe lächeln. Dieser Krischan war schon ein seltsamer Bursche. Im Grunde ein lieber, netter Kerl, aber leider ein wenig einfältig und seltsam. Von Onno wusste sie, dass er in den Dünen außerhalb des Ortes in einem alten Bootsschuppen hauste. Wenn er nicht gerade bei seiner Tante Annemarie Hansen arbeitete, fand man ihn zumeist am Strand, wo er das Zeug aufsammelte, das das Meer zurück an den Strand warf. Im Mai, auf einem ihrer ersten Inselstreifzüge kurz nach Dienstantritt, hatte Onno ihr Krischans Haus, wenn man dies denn als solches bezeichnen wollte, einmal gezeigt. Eine Baracke, die vermutlich noch aus dem letzten Krieg stammte und um die Unmengen an Treibgut herum aufgestapelt waren. Darunter Netze, Taue, Kisten und irgendwelche undefinierbaren Schiffsteile. Dinge, die so manch einer als Müll deklariert hätte, die aber in Krischans Augen vermutlich noch einen Wert besaßen und daher aufbewahrt werden mussten. Aus einigen der Sachen hatte Krischan Skulpturen gebaut, die ein wenig aussahen wie Aliens, aber wohl Menschen darstellen sollten. Lotta verstand zwar nichts von Kunst, aber einige der Skulpturen, die von Seilen, Leinen und Netzen zusammengehalten wurden, hatten etwas an sich, das ihr gefiel. Zu gern hätte sie damals einmal in das Innere der Bude hineingesehen, aber Krischan war an diesem Tag nicht da gewesen und die Hütte war, wie es sich gehörte, verschlossen.

Richtig gestattet war es ja nicht, dass da jemand einfach in den Dünen hauste, hatte Onno ihr erklärt. Aber es interessierte auch nicht wirklich jemanden, da Krischan niemandem etwas tat. Im Gegenteil, immer wieder kümmerte er sich auch um verletzte Seehunde und anderes Getier, das er am Strand fand.

„Danke, Krischan, das ist lieb gemeint von dir, aber ich kann das schon allein“, lehnte sie seine Hilfe ab und fügte, als sie seinen enttäuschten Gesichtsausdruck bemerkte, noch schnell hinzu: „Aber ein andermal vielleicht.“

Sofort hellte sich sein Blick auf.

„Magst du gerne heißen Tee?“, wollte er als Nächstes wissen.

„Ja, ein heißer Tee wäre jetzt nicht schlecht“, gab sie in Anbetracht dieses Schietwetters, wie Onno es so schön genannt hatte, zu.

Krischan schien ihre Antwort zu gefallen und schlagartig wurde Lotta klar, was die Frage des jungen Mannes bezweckt hatte. Krischan wollte mit ihr gemeinsam einen Tee trinken.

„Du, aber ich hab ja jetzt keine Zeit. Ich muss ja noch arbeiten“, beeilte sie sich deshalb noch schnell zu rufen.

„Aber wenn du Feierabend hast ... dann könnte ich dir einen Tee kochen. Mit Sahne und Kluntje“, entschied Krischan.

Verdammt, wie kam sie aus dieser Nummer jetzt bloß wieder raus, überlegte sie und wäre um ein Haar sogar an der Abzweigung zum Norderpad vorbeigeradelt.

„Nee, Krischan, heut ist echt ganz schlecht. Ein andermal gerne", rief sie und bog ohne, wie vorgeschrieben, ein Handzeichen zu geben nach links ab.

„Aber auch ganz bestimmt?", hörte sie ihn noch brüllen und rief deshalb über ihre Schulter zurück: „Ja klar, ganz bestimmt."

„Versprochen?", schrie er noch einmal aus der Ferne hinter ihr her und Lotta hob als Zeichen, dass sie ihn gehört hatte, den Daumen in die Höhe.

Vielleicht würde sie sogar wirklich mit ihm gemeinsam einen Tee trinken, was war schon dabei. Dennoch hoffte sie, Krischan würde ihr soeben gegebenes Versprechen schnell wieder vergessen.

*

Nina stand am Fenster und sah hinaus auf die Straße vor dem Haus. Verdammt, wo blieben die Kollegen denn? Es waren bereits locker zwanzig Minuten seit ihrem Anruf bei Polizeimeisterin Weyand vergangen, langsam wurde es wirklich Zeit. Im Westerwald ging so etwas aber schneller.

Nina hatte die Zeit genutzt, um unter den wachsamen Augen von Lara Haralds Gepäck zu durchsuchen. Sein Portemonnaie fehlte, ebenso sein Handy. Vermutlich hatte er die Sachen also bei sich. Da das Telefon aber ausgeschaltet war und immer nur seine Mobilbox die Anrufe entgegennahm, war eine Ortung des Gerätes dummerweise auch nicht möglich. Noch immer hegte sie die Hoffnung, dass er barfuß irgendwo in einer Pension hockte und schmollte. Ein, wie sie zugeben musste, ziemlich unrealistischer Wunschgedanke.

Auf der Straße nahm Nina eine Bewegung wahr. Ein gelbes Kapuzenmännlein auf einem Fahrrad stoppte direkt vor dem Haus, sprang von dem Rad und lehnte dieses dann an den niedrigen Friesenzaun. Sollte dies jetzt etwa das komplette Polizeiaufgebot sein? Ninas Blick fiel auf die Beinkleider der Person, die nun auf das Haus zukam. Es handelte sich eindeutig um die Hose eines Polizisten, die da aus dem gelben Regenzeug herauslugte und in zwei ebenfalls gelben Gummistiefeln steckte. Auf der Brust der Jacke stand in reflektierenden Buchstaben das Wort POLIZEI geschrieben. Na toll.

Nina ließ die Gardine zurückgleiten und ging zur Haustür, um diese zu öffnen. Die Frau mit dem klatschnassen Gesicht und den hellblauen Augen vor der Tür war noch relativ jung, das sah Nina sofort. Sie schätzte sie auf maximal Anfang zwanzig und gerade erst mit der Ausbildung fertig. Noch mehr Zweifel kamen ihr. Die junge Kollegin hätte sich den Weg vermutlich sparen können. Ausrichten würde dieses Polizeiküken hier sicherlich nichts. Aber was hatte Nina auch anderes erwartet. Etwa die Kavallerie, eine Hundertschaft der Bereitschaftspolizei, die mit Suchhunden den kompletten Strand umbuddeln würden? Nein, wenn sie ehrlich war, hatte sie mit so etwas gerechnet. Das Küken würde den Fall aufnehmen, einen Bericht verfassen und dann erst einmal abwarten, ob Harald in den nächsten achtundvierzig Stunden wieder von alleine auftauchte.

„Mojen, Mojen, Lotta Weyand von der Polizei Langeoog“, stellte das Polizeiküken, das Nina in dem gelben Dress tatsächlich ein wenig an eine Quietscheente erinnerte, sich knapp vor.

Nina bat sie erst einmal hereinzukommen und streckte ihr dann die Hand entgegen.

„Nina Moretti, Frau Weyand, wir haben miteinander telefoniert."

Das Entchen streifte sich die Kapuze vom Kopf. Ihr strohblondes Haar war zu einem Zopf geflochten, dessen Ende hinten in dem Regenmantel verschwand.

„Puh, was für ein blödes Wetter", schimpfte sie und grinste verlegen.

Nina nickte aufmunternd und versuchte ein Lächeln, welches ihr jedoch in Anbetracht der Lage nicht wirklich gelingen wollte.

„Vielleicht sollten Sie den Mantel ablegen", schlug Nina vor und half Lotta Weyand sich aus dem nassen Friesennerz zu befreien. Wie hatte die es bloß zur Polizei geschafft?, ging Nina beim Anblick der zierlichen Gestalt durch den Kopf. Für Polizeibeamte gab es in Deutschland eine Mindestgröße, die allerdings von Bundesland zu Bundesland variierte, aber für Frauen meist bei einem Meter und sechzig lag. Vermutlich hatte das Quietscheentchen bei der Einstellungsuntersuchung die ganze Zeit auf den Zehenspitzen gestanden.

Nina führte die junge Polizistin in die Küche, in der Klaus, Lara und Isabell noch immer am Küchentisch hockten und wild spekulierten. Als sie die Polizistin bemerkten, verstummten ihre Gespräche.

„Mojen, Mojen", piepste das Entlein noch einmal in die Runde und lächelte dabei zuversichtlich.

„Na, wird ja auch Zeit", blaffte Lara so unfreundlich, dass Nina ihr am liebsten mit Anlauf eine gescheuert hätte. Wer zum Teufel war denn schuld, dass

Harald weg war? Würde diese blöde Ziege einmal ihr dummes Schandmaul halten und sich wie ein zivilisierter Mensch benehmen, wäre Harry bestimmt noch da und alles in Butter.

*

Martin saß in dem kleinen Café, stierte aus dem Fenster in den Regen und dachte nach. So eine Insel war verdammt klein. Ein Dorf im wahrsten Sinne des Wortes. Die Leute redeten hier sicherlich viel, wenn der Tag lang war. Auch wenn die Friesen auf ihn im ersten Moment einen eher wortkargen Eindruck machten, so würden sie untereinander und hinter den Rücken der anderen bestimmt quasseln, was das Zeug hielt. So lief das nämlich in jedem Dorf ab. Ob in der Eifel, in Bayern oder sonst wo. Dorfgetratsche halt. In Köln war das anders. So eine Großstadt hatte diesbezüglich schon ihre Vorteile. Da kannten die meisten Leute noch nicht einmal ihre unmittelbaren Nachbarn und es war ihnen daher auch meist egal, was diese so trieben. Der alte Seemann eben war hingegen über das, was sein Freund Toni tat, so gut informiert, als hätte er eine versteckte Kamera in dessen Schlafzimmer montiert. Martin hatte die Chance genutzt, um ein wenig mehr über Annemarie Hansen herauszubekommen. Dabei hatte sich herausgestellt, dass es sich bei dem Kapitän sogar um den Onkel der Frau handelte. Nun gut, verwundert hatte Martin das jetzt nicht, da es zu seinem Bild des Inseldorfes passte. Vermutlich waren alle hier irgendwie miteinander verwandt oder verschwägert. Wer wusste schon, was die hier früher in den Wintermonaten so getrieben hatten, wenn draußen die Stürme tobten und monatelang kein Schiff zum Festland fuhr.

Dorf eben. Annemaries Mann war Fischer gewesen und vor einigen Jahren ertrunken. Erst Wochen später war seine Leiche auf einer der Nachbarinseln angespült worden. Eine sehr schlimme Sache. Martin musste zugeben, dass das Gespräch mit dem Alten ihn irgendwie neugierig auf diese Frau gemacht hatte. Außerdem musste er herausfinden, was Toni mit all dem bezweckte. Sein blödes Kumpelgetue und das Gelabere von den alten Zeiten konnte er jemand anderem erzählen. Toni war ein verlogenes, gerissenes Arschloch. Ja genau, das war er, ein Arschloch. Den interessierten andere Menschen nur dann, wenn er etwas davon hatte. Der wollte dieser Annemarie irgendwie schaden, sie unter Druck setzen oder sonst was mit ihr anstellen. Vielleicht hatte die ja mit ihrem verstorbenen Mann so was wie einen Ehevertrag oder etwas in der Richtung gehabt. Einen, der besagte, dass sie nie mehr einen anderen Kerl haben durfte. Vielleicht einen Vertrag, der regelte, dass sie in diesem Falle ihren gesamten Besitz oder so verlieren würde. Martin wusste nicht, ob es solche Verträge gab. Im richtigen Leben hatte er noch nie davon gehört. Aber seine Mutter sagte auch schon immer: „Maddin, ming Jung, ed gibt nix, wat ed nid gibt." Vielleicht ging es auch nur um eine Wette, die Toni mit irgendjemandem am Laufen hatte. So nach dem Motto: Wetten, dass ich einen finde, der es schafft, die Olle bis zum Tag X flachzulegen. Zuzutrauen wäre Toni so was.

Martin bestellte sich noch ein weiteres Stück Kuchen und einen Cappuccino. Er musste das irgendwie rausbekommen. Eine teuflische Idee ging ihm durch den Kopf. Was, wenn er weiter so tat, als würde er tun, was Toni von ihm wollte, dafür sein Geld nahm und ihn am Ende auffliegen ließe? Mmmhhhh ... einen Gedanken war es wert. Doch auch dafür musste er wissen, was der Mistkerl plante. Stellte sich nur die Frage, wie er es herausbekommen könnte.

*

Annemarie schloss das Büro ab und sah zum Himmel. Der Regen hatte für den Moment ein wenig nachgelassen, aber sie war sich sicher, dass es damit für heute noch nicht vorbei war. Sie zog den Friesennerz am Hals zusammen und stieg auf ihr Rad. Bis zu Hilkes Café war es nicht weit, gerade mal hundertfünfzig Meter, und so kam es, dass sie bereits nach wenigen Sekunden davor stoppte, ohne dass sie allzu viele von den feinen Tropfen abbekommen hatte. Den ganzen Tag über freute sie sich schon auf ein herrliches, großes Stück von Hilkes Friesentorte und auf einen ordentlichen Friesentee dazu. Sie schob ihr Rad in den Radständer vor dem Haus, betrat das Ladenlokal und sah sich kurz um. Es herrschte heftig Betrieb, wie immer an einem verregneten Sonntag in der Hochsaison. Doch sie hatte eh nicht vor hierzubleiben. Nein, nicht bei diesem Betrieb. Im Winter, wenn so gut wie niemand das Café besuchte, setzte sie sich gerne einmal an einen der Tische, um mit Hilke oder einer der anderen Frauen aus dem Ort eine Runde zu schnacken. Aber niemals während der Saison. Annemarie ging also schurgerade zur Theke. Das Mädchen dahinter kannte sie nicht und von Hilke war weit und breit nichts zu sehen. Die Chefin arbeitete vermutlich, wie es sich gehörte, in der Backstube und sorgte für Nachschub an der Kuchenfront.

„Was darf es sein?“, erkundigte sich die hübsche Dunkelhaarige mit einem Akzent, der eindeutig auf eine osteuropäische Herkunft schließen ließ. Vermutlich eine polnische Studentin, die sich hier während der Saison ihr Studium finanzierte.

„Hmmm“, überlegte Annemarie und lächelte das Mädchen an, das geduldig auf ihre Bestellung wartete. Sollte sie jetzt nur ein oder doch lieber zwei Stücke mitnehmen? Sonntags kam ja gelegentlich noch Onkel Piet vorbei, um bei ihr einen Köm zu trinken. Der würde sich ebenfalls über ein Stück Torte freuen. Andererseits, wenn er nicht käme, würde sie eines am Ende wegwerfen oder, was noch schlimmer war, es selbst essen, was für die Proportionen ihrer Hüften sicher nicht förderlich wäre. Und dann war da ja auch noch Krischan. Heute war doch Waschtag und Krischan würde bestimmt bei ihr vorbeikommen, um noch zu duschen. Annemarie achtete peinlich genau darauf, dass der Junge sich regelmäßig wusch und seine Kleider wechselte.

„Ich hätte gerne drei Stücke“ beschloss sie also. Das Mädchen nickte und machte sich sogleich an die Arbeit.

Annemarie schaute sich derweil im Café um, ob sich unter den Gästen eventuell doch noch ein bekanntes Gesicht befand. Vielleicht einer ihrer Stammgäste. Ja, Annemarie besaß mittlerweile viele Stammgäste, die jedes Jahr, immer wieder zur gleichen Zeit, dasselbe Appartement buchten. Stammgäste waren gut für das Geschäft, wenn die nämlich zu Hause bei ihren Freunden und Bekannten erzählten, dass sie jedes Jahr immer wieder zu Annemarie Hansen nach Langeoog fuhren, weil es da so schön war, dann war dies die beste Werbung, die ihr widerfahren konnte. Umso sträflicher wäre es, einen ihrer Gäste hier zu übersehen und ihn nicht zu grüßen. So etwas könnte ihr schnell schon mal als unhöflich ausgelegt werden. Heute schienen keine Gäste von ihr da zu sein. Zumindest sah sie kein Gesicht, das ihr bekannt vorkam. Bis auf eines am hinteren Tisch. Sie erkannte Martin von Schlechtinger sofort.

„Entschuldigen Sie, Fräulein", wandte sie sich hastig an das Mädchen, „ich habe es mir noch einmal anders überlegt. Ich hätte doch gerne fürs Erste nur ein Stück Kuchen zum hier essen und dazu einen Friesentee", entschied sie und deutete dann zu dem Tisch, an dem Martin von Schlechtinger gedankenversunken vor einem Stück Torte hockte und aus dem Fenster starrte?

„Würden Sie es mir zu dem Tisch dort hinten bringen?"

Das Mädchen nickte zögerlich. Annemarie wusste nicht warum, aber als sie so durch das Café auf von Schlechtinger zuschritt, hatte sie das Gefühl, dass ihr Herzschlag sich erhöhte und sie das rhythmische Pochen sogar an ihrem Hals spüren konnte. Sie war nervös. Aber warum?

„Guten Tag, Herr von Schlechtinger", sprach sie ihn von schräg hinten an. Von Schlechtinger zuckte zusammen, wirbelte herum und sah erschrocken zu ihr auf. Dann kam Bewegung in ihn. Wie von der Tarantel gestochen sprang er von seinem Stuhl und streckte ihr verstört grinsend die Hand zur Begrüßung aus. Dabei stellte er sich so tollpatschig an, dass der Tisch, an dem er gesessen hatte, beinahe umkippte. Geschirr klirrte. Annemaries Blick erfasste die Kaffeetasse und den Teller mit dem Tortenstück, die ins Rutschen gekommen waren. Aus einem Reflex heraus versuchte sie danach zu greifen. Beinahe hätte sie es sogar geschafft, beides noch aufzufangen, aber es war bereits zu spät. Ihre Hände streiften das Geschirr lediglich noch so, dass es nicht sofort zu Boden krachte, sondern Kaffee und Kuchen zuvor noch auf Martin von Schlechtingers Hose landeten.

„Scheiße, ist dat heiß", hörte sie ihn kreischen, während er an der Hose herumschüttelte und von einem Bein auf das andere sprang. Annemaries Blick wirbelte durch das Café. Alle Augen waren auf sie gerichtet. Die Tür, die zur Backstube führte, flog auf. Hilke kam hereingestürmt und starrte sie mit großen Augen an. Fast wäre es mucksmäuschenstill gewesen, wenn da nicht der auf der Stelle tanzende Martin immer wieder „Heiß, heiß, ooouuuhhhh, verdammt ist dat heiß!" gerufen hätte. Annemarie spürte, wie sie rot wurde. Gott, war ihr das peinlich. Das hatte sie doch nicht gewollt. Hätte sie doch nur ihre drei Stücke Friesentorte zum Mitnehmen bezahlt und wäre gegangen. Sie sah erneut zur Küche, wo noch immer Hilke stand und nun überhaupt nicht mehr erschrocken glotzte. Nein ... das Gesicht der Freundin entspannte sich zusehends und wurde erst zu einem breiten Grinsen, bevor sie in schallendes Gelächter ausbrach.

Kapitel 9

Sonntag, 9. August 2015, 16:02 Uhr
Ferienhaus der Familie Schmitz / Insel Langeoog

Lotta drehte die Tüte mit den Schuhen in den Händen und betrachtete sie. Sand rieselte hinter der dursichtigen Folie. Krampfhaft überlegte sie, was sie jetzt tun sollte. Zum einen gab es klare Regeln, was zu tun war, wenn eine erwachsene Person vermisst wurde. Nämlich erst einmal abwarten, ob derjenige eventuell doch wieder auftauchte. Stammten diese Schuhe von einem Kind oder einer hilfsbedürftigen Person, sähe das natürlich schon wieder ganz anders aus. Aber bei einem erwachsenen Mann nach einem Beziehungskrach? Wenn es wenigstens noch andere Beweise als diese Schuhe gäbe, wie zum Beispiel einen Zeugen, der gesehen hätte, wie der Mann ins Meer gelaufen wäre. Andererseits musste sie den Leuten hier recht geben: das Verschwinden dieses Mannes war wirklich ziemlich merkwürdig und verursachte auch bei ihr ein ungutes Gefühl. Aber wo sollten sie mit der Suche beginnen?

„Und wenn er wirklich vergiftet worden ist?", unterbrach die hysterische Blondine zum zigsten Mal Lottas Überlegungen.

Auch so eine Sache, die Lotta sich nur schwerlich vorstellen konnte. Sie glaubte nicht an diese Vergiftungsgeschichte. Japanische Kugelfische auf Langeoog! So einen Quatsch hatte sie ja noch nie gehört. Dennoch schrie irgendeine Stimme in ihrem Kopf, dass da vielleicht ja doch etwas dran sein könnte. Auf jeden Fall würde sie auf dem Rückweg zu ihrem Quartier bei diesem Japaner vorbeischauen. Sicher war sicher.

„Aber Sie alle haben doch auch von dem Fisch gegessen“, wandte sie dennoch vorsichtig ein.

„Nö, ich nicht. Ich hatte Fischstäbchen. Und meine Frau hat, soweit ich das mitbekommen habe, auch nichts davon probiert“, meinte der Mann mit den kurzen Haaren, den die anderen eben Klaus genannt hatten, und deutete dabei auf die hübsche Dunkelhaarige, die Lotta vorhin die Haustür geöffnet hatte. Im ersten Moment hatte Lotta geglaubt, die Frau wäre eine Ausländerin. Doch ihr Hochdeutsch war perfekt, obwohl selbst ihr Name ein wenig italienisch klang.

„Haben Sie ein Foto Ihres Freundes?“, erkundigte Lotta sich bei der Blonden.

Die nickte, nahm ihr Handy vom Küchentisch, durchsuchte kurz den Speicher des Gerätes und hielt es dann Lotta hin. Das Foto war, wie es schien, hier auf der Insel am Strand aufgenommen worden. Sie schätzte den Mann auf Ende vierzig. Eine, wie sie fand, unscheinbare Erscheinung. Jemand, der in einer Menschenmenge nicht auffiel, weil alles an ihm irgendwie zu normal war. Der Typ war weder hässlich noch hübsch, nicht zu dick und nicht zu dünn. Er trug einen eher unauffälligen, leicht ergrauten Kurzhaarschnitt. Lotta reichte das Handy zurück.

„Ist es möglich, dass Sie mir das Foto auf mein Smartphone senden könnten?“, erkundigte sie sich und gab der Blonden, nachdem diese nickte, ihre Handynummer.

„Und was gedenken Sie jetzt zu tun?“, wollte die Dunkelhaarige mit dem südländischen Aussehen wissen.

„Ähm ja, ... ähm, ... ich denke, ich werde zuerst einmal zu diesem japanischen Koch fahren und mir die Fische zeigen lassen“, erklärte Lotta.

Die Dunkelhaarige nickte ruhig. Im Gegensatz zu den anderen Anwesenden schien sie ungewöhnlich besonnen. Wusste sie etwa mehr als die anderen? Hatte sie vielleicht sogar etwas mit dem Verschwinden des Mannes zu tun, oder war sie einfach nur gefühlskalt?

„Wir könnten uns erkundigen, wie es Toni und diesem anderen Mann geht. Die beiden haben doch auch von der besonders giftigen Fischleber probiert“, meldete sich nun die ältere der drei Damen zu Wort.

Lotta überlegte kurz. Das wäre natürlich auch eine Idee.

„Haben Sie eine Telefonnummer von Toni Belfinger?“, fragte sie knapp.

Die ältere Dame winkte ab. „Toni wohnt doch gleich zwei Häuser weiter. Ich würde sagen, wir ... oder Sie gehen kurz hinüber und fragen ihn.“

Lotta glaubte zu wissen, wo dieser Toni Belfinger wohnte. Auch sein Haus hatte Onno ihr bereits im Vorbeiradeln gezeigt. Sie glaubte sich zu erinnern, dass der Kollege dabei so etwas wie „Inselarschloch“ genuschelt hatte. Warum auch immer. Getroffen hatte sie den Typen bisher noch nie. Nur seine Frau Rieke. Die war mal bei ihnen in der Polizeiinspektion gewesen, um einen Radfahrer anzuzeigen, der sie angeblich angerempelt hatte. Lotta hatte selten eine so arrogante Kuh getroffen.

„Nun gut, ich werde mal nachsehen, wie es Herrn Belfinger geht und mich erkundigen, ob er vielleicht etwas zur Klärung des Falles beitragen kann“, schlug Lotta vor.

„Und dann werden Sie nach Harald suchen?“, wollte die Blonde wissen.

Lotta biss sich auf die Unterlippe.

„Ja ... ähm wir werden unsere Augen aufhalten“, gestand sie.

„Sie werden Ihre Augen aufhalten?“, kreischte die Blonde. „Ist das alles? Mein Verlobter könnte irgendwo da draußen hilflos im Meer treiben und Sie wollen nur die Augen offen halten? Sie müssen die Küstenwache alarmieren, Suchboote, Hubschrauber, DSDS oder DLR ... Dings, oder wie die alle heißen!“

„Frau Schmitz, das ist nicht so einfach. Es gibt ja keinen Beweis dafür, dass Ihr Verlobter wirklich ins Wasser gegangen ist. Er könnte doch auch sonst wo sein“, versuchte Lotta sie zu beschwichtigen.

„Wo denn, bitte schön? Er kann ja nachts auf dieser blöden Insel nicht weit gekommen sein!“, kreischte die Blonde zurück.

Lotta zuckte mit den Schultern und rang nach Worten.

„Vielleicht hat er am Strand jemanden getroffen und ist mit ihm oder ihr mitgegangen, um dort die Nacht zu verbringen“, versuchte sie es weiter.

„Wollen Sie damit sagen, mein Harald wäre bei einer anderen Tussi?!“, kreischte die hysterische Kuh nun so laut, dass Lotta einen Schritt zurückwich.

„Lara, verdammt, es reicht jetzt“, mischte sich die Dunkelhaarige ein und trat zwischen Lotta und die Furie. „Frau Weyand tut sicherlich alles, was in ihrer Macht steht, um Harald zu finden“, sagte sie ein wenig bissig.

„Alles was in ihrer Macht steht? Pah ... du hast wohl nicht richtig zugehört. Sie hat gesagt, sie hält mal die Augen auf. Sonst nix! Aber war ja klar, dass du dich auf ihre Seite stellst, anstatt deiner Familie beizustehen. Schließlich hackt die eine Krähe der anderen ja kein Auge aus", bellte die Blondine verwerflich.

Lotta bemerkte, wie die Dunkelhaarige die Faust ballte und es gefährlich in ihren Augen blitzte. Vorsichtshalber trat sie noch einen Schritt zurück. Es schien beinahe, als würden die beiden jeden Moment aufeinander losgehen. Die Spannung im Raum knisterte förmlich.

Doch dann entspannte sich die Dunkelhaarige plötzlich wieder, drehte sich um und verließ den Raum. Auf der Türschwelle wandte sie sich noch einmal um und sagte in einem fast vollkommen lockeren Tonfall: „Was ist, Frau Weyand, kommen Sie mit?"

Lotta glaubte sich verhört zu haben und wollte etwas erwidern, doch Frau Moretti war bereits im Flur verschwunden. Sie verabschiedete sich mit einem angedeuteten Nicken und folgte ihr.

Als sie den Korridor betrat, zog die Dunkelhaarige gerade den Reißverschluss ihres Anoraks zu.

„Ähm ... ich hatte eigentlich gedacht, ich gehe alleine zu dem Herrn Belfinger. Ich weiß nicht, ob das eine so gute Idee ist, wenn Sie da mitkommen", meinte Lotta, während sie ihren Friesennerz vom Haken griff.

Die Dunkelhaarige trat zu ihr und flüsterte: „Ist es Ihnen etwa lieber, wenn ich dieser Zicke den Hals umdrehe und Sie dann einen Fall von Totschlag bearbeiten dürfen?"

„Nein, nein, natürlich nicht", beeilte sie sich zu sagen.

Diese Moretti hatte etwas sehr Bestimmendes an sich. Eine Frau, die es gewohnt war, den Ton anzugeben und Lotta war davon überzeugt, dass sie das, was sie gerade gesagt hatte, genau so meinte. Der Blick, den sie der Blondine eben zugeworfen hatte, war an sich schon waffenscheinpflichtig.

Als sie das Haus verließen, hatte der Regen zum Glück aufgehört, doch noch immer wehte ein eisiger Nordwind. Für August war es eindeutig viel zu kalt.

Lotta schob ihr Fahrrad bis zu dem Haus, in dem Toni Belfinger lebte. Frau Moretti ging schweigend neben ihr her. Immer wieder blickte Lotta zur Seite. Das Gesicht der Frau wirkte ernst.

„Ist irgendwas?", fragte sie plötzlich, als sie bereits vor Belfingers Gartentor standen. Lotta zuckte ertappt zusammen.

„Nein ... wieso ... was soll sein?", stotterte sie und kam sich dabei plötzlich so klein und doof neben der groß gewachsenen Frau vor.

„Ich dachte, weil Sie mich immer so anschauen."

„Ähm nein ... ich überlege halt nur, wie Ihre Schwägerin das eben gemeint hatte", versuchte Lotta abzulenken.

„Was gemeint?"

Frau Moretti war stehen geblieben.

„Na, das mit den Krähen ... und dass die sich nicht gegenseitig ..."

„Ach, das meinen Sie", antwortete die Dunkelhaarige und lächelte.

Dann wühlte sie in ihrer Jackentasche, zog einen Ausweis heraus und hielt ihn Lotta hin. Lotta überflog ihn knapp und sog die Luft ein. „Kriminaloberkommissarin Nina Moretti" stand da neben dem Wappen von Rheinland-Pfalz.

„Oh, Sie sind bei der Kripo?", fragte sie dann erstaunt, weil sie damit nun überhaupt nicht gerechnet hatte.

„Ja, aber ich bin im Urlaub und gehe gerade ganz privat mit Ihnen zu dem Herrn Belfinger", betonte die Kriminalbeamtin.

Sie traten durch das Tor und gingen die wenigen Meter zur Haustür, wo Lotta unter den wachsamen Augen der Oberkommissarin klingelte. Es dauerte schon eine Weile, bis sich im Haus etwas regte und die Tür geöffnet wurde.

Toni Belfinger sah aus, als käme er geradewegs aus dem Bett. Seine Haare waren strubbelig, sein Gesicht unrasiert und er trug einen Bademantel. Erstaunt blickte er erst Lotta und danach die Oberkommissarin an. Dann begann er dümmlich zu grinsen.

„Heute scheint mein Glückstag zu sein, bei zwei so wundervollen Damen vor meinem bescheidenen Heim", turtelte er los und brachte Lotta damit völlig aus dem Konzept.

„Herr Belfinger, wir sind leider nicht zum Spaß hier", hörte sie die Oberkommissarin hinter sich sagen.

*

Nina kochte innerlich. Es fiel ihr schwer ruhig zu bleiben. Dieser Belfinger war ein arroganter Mistkerl, das war ihr schon gestern Abend ziemlich schnell klar gewesen. Er hatte sie mit seiner Macho-Art sofort irgendwie an ihren verstorbenen Schwiegervater erinnert. Kein Wunder, dass die beiden Männer einmal Freunde gewesen waren. Sie passten zusammen. Zwei Gauner, wie sie im Bilderbuch standen.

„Schade, wir drei hätten bestimmt eine Menge Spaß miteinander haben können", antwortete er jetzt auch noch dermaßen daneben, dass Nina hätte kotzen können. Sie machte eine Faust in ihrer Tasche. Noch ein oder zwei blöde Sprüche von diesem Belfinger, ihrer verblödeten Schwägerin oder einem anderen Idioten und sie könnte für nichts mehr garantieren.

„Dürften wir kurz hereinkommen?“, fragte sie und wunderte sich dabei, wie ruhig sich ihre Stimme anhörte.

Belfinger trat beiseite und machte eine einladende Handbewegung. Nina ließ ihren Blick kurz durch den Flur schweifen. Das Haus war geschmackvoll und weniger kitschig eingerichtet als sie es Belfinger zugetraut hätte. Die Möbel im Landhausstill wirkten irgendwie zeitlos.

„Herr Belfinger, wir sind wegen Herrn Harald von Friedwitz, dem Verlobten meiner Schwägerin, hier“, begann Nina den Grund ihres Besuches vorzutragen. „Er ist heute Nacht, nach unserem gemeinsamen Abendessen, spurlos verschwunden.“

Falten zeigten sich auf Belfingers Stirn und das Grinsen wich schlagartig aus seinem Gesicht.

„Was meinen Sie mit ‚verschwunden‘?“, hakte er nach.

„Er hat heute Nacht das Restaurant alleine verlassen und ist seitdem wie vom Erdboden verschluckt“, erklärte Nina.

Belfinger rieb sich mit der Hand über das unrasierte Kinn.

„Stimmt ... dieser Harald ist kurz nach Ihnen gegangen. Ich hab mich noch gefragt, was mit dem los ist. Haut einfach ab, obwohl es ja gerade so lustig war“, überlegte er laut.

„Frau Moretti und die Familie Schmitz meinen, es könnte vielleicht an dem Fisch liegen“, quasselte das Polizeiküken nun dazwischen.

„Welchem Fisch?“, wollte Belfinger wissen.

„Dem giftigen Kugelfisch", quakte das Küken.

Toni Belfinger begann wie in Zeitlupe zu lachen. Erst zaghaft, dann immer lauter.

„Ja, Sie sind lustig ... Hahaaaahaa, dem giftigen Kugelfisch", bellte er belustigt los.

„So ein Quatsch, Frau ..."

„Weyand, Polizeimeisterin Lotta Weyand", stellte sich das Küken nun vor.

Belfinger rang gespielt und ziemlich theatralisch nach Fassung.

„Liebe Frau Weyand, Sie glauben doch nicht, dass ich so dumm oder leichtsinnig bin, meinen verehrten Gästen und Freunden auf einer meiner Partys giftigen Fisch anzubieten. Ich bitte Sie ...", wehrte er ab und blickte dabei immer wieder zwischen Nina und der jungen Polizistin hin und her.

„Wenn wir keinen Kugelfisch gegessen haben, was war das denn dann für ein Tier, das der Koch da vor unseren Augen geschlachtet hat?", blieb Nina am Ball.

Belfinger zuckte mit den Schultern.

„Vermutlich ein Karpfen oder etwas Ähnliches. So genau kenne ich mich da nicht aus. Aber es war sicherlich kein Fugu. Meine liebe Nina, ich würde doch niemals so leichtsinnig mit dem Leben meiner Gäste ... und auch meinem eigenen umgehen und solch etwas Abartiges servieren lassen. Außerdem, wäre der Fisch in irgendeiner Art und Weise nicht gut gewesen, hätten wir anderen doch auch irgendwelche Symptome zeigen müssen", tönte er.

Nina nickte zustimmend. Es half nichts, mit Belfinger zu diskutieren. Das Großmaul würde, egal, was sie vorbrachte, alles abstreiten. Zumindest solange eine Polizistin anwesend war. Dass sie selbst bei der Kripo war, wusste Belfinger vermutlich nicht und das war auch gut so. Dafür war ihm wohl ziemlich genau bekannt, dass die Zubereitung und der Verzehr von Fugu in Deutschland nicht gestattet waren und log deshalb in diesem Moment, dass sich die Balken bogen.

„Ist Ihnen denn sonst irgendetwas aufgefallen, als Sie nach Hause gegangen sind?“, wechselte Nina geschickt das Thema.

„Nein ..., sorry meine Liebe. Ich habe weder irgendetwas gesehen noch bin ich wem begegnet.“

„Na ja, ... dann nichts für ungut, Herr Belfinger. Entschuldigen Sie die Störung“, verabschiedete Nina sich und zog das Küken sachte am Ärmel des gelben Plastikmantels in Richtung Haustür.

„Keine Ursache, meine Liebe, und ... nenn mich doch bitte Toni ... so wie gestern Abend“, hörte sie ihn väterlich hinter ihr sagen.

Nina drehte sich kurz um, lächelte ihm zu und sagte dann, bevor sie die Haustür von außen zuzog: „Geht klar, Herr Belfinger.“

*

„Lieber Herr von Schlechtinger, Sie können sich nicht vorstellen, wie peinlich mir das alles ist“, erklärte Annemarie zum wiederholten Male und meinte es auch genau so, wie sie es sagte.

Von Schlechtinger machte eine abwehrende Handbewegung.

„Ich bitte Sie, liebe Frau Annemarie, dat ist doch alles halb so wild. Außerdem hab ich den Kaffee ja verschüttet und nicht Sie. Also Schwamm drüber“, lachte der Mann und auch Annemarie entspannte sich langsam wieder. Dann sahen sie sich an. Verdammt, was sollte sie mit dem Kerl bloß reden? Sie überlegte krampfhaft.

„Und Sie sind also eine richtige Insulanerin?", machte von Schlechtinger zum Glück den Anfang.

Annemarie nickte.

„Ja, ich bin hier auf Langeoog geboren. Und Sie, wo kommen Sie her?", konterte sie, obwohl sie gestern schon mitbekommen hatte, dass er aus Köln stammte.

„Ich bin gebürtig aus Kalk, genau wie der Toni", antwortete er.

Annemarie stutzte.

„Ich dachte, Toni wäre ein waschechter Kölner?", stellte sie sich absichtlich dumm.

Von Schlechtinger begann zu lachen.

„Natürlich. Mir Kalker sind sogar die besseren Kölner. Früher, Frau Annemarie, da waren mir noch eine eigene Stadt. Erst 1910 han die Kölner uns eingemeindet. Aber im Herz bleiben mir Kalker immer Kalker", belehrte von Schlechtinger sie amüsiert.

„Also ist Kalk ein Stadtteil von Köln", tat sie, als habe sie dies jetzt erst begriffen.

„Genau so is dat."

„Und Sie betreiben dort eine Firma für Heizung und Sanitär?", stellte sie ihm nun eine verfänglichere Frage und tat dabei immer noch, als hätte sie überhaupt keine Ahnung. Annemarie hatte, wie sie glaubte, gründlich im Internet recherchiert. Über einen Kreditversicherer, mit dem sie auch gelegentlich geschäftlich zusammenarbeitete, war es ihr sogar gelungen, die Kreditwürdigkeit ihres Gegenübers zu prüfen. Martin von Schlechtinger war blank wie eine Kirchenmaus. Seine Kreditwürdigkeit lag bei glatt null. Ausfallrisiko einhundert Prozent. Jetzt würde sich herausstellen, wie ehrlich er war.

„Fünf Mitarbeiter, dazu fünf Ford Transit und ein wunderschönes Firmengebäude", begann er aufzuzählen und Annemarie spürte, wie sich ihr der Magen bereits verzog, da er ihr wohl nun einen riesigen Bären aufbinden würde.

„Ja, Frau Annemarie, dat war mal 'ne richtig jot laufende Betrieb, die Firma Heizung und Sanitär Schlechtinger", berichtete er dann und sah aus dem Fenster.

„Was heißt war?", war sie nun sehr neugierig und auch ein wenig zuversichtlicher, dass er doch noch ehrlich zu ihr sein könnte. Zugegeben, sie hatte fest damit gerechnet, dass er ihr die Geschichte vom erfolgreichen Unternehmer auftischen würde.

„War heißt, dat meine Frau irgendwann meinte, dat ihr der Felix, einer meiner Gesellen, besser gefiel und dat sie viel lieber mit dem und meiner Kohle auf Malle leben würde", sinnierte er.

„Und jetzt? Alles weg?", erkundigte sie sich vorsichtig, obwohl sie es ja bereits wusste.

Von Schlechtinger nickte.

„Yep, Firma, Frau, Kohle, Freunde ... alles weg", gab er zu.

„Und was machen Sie jetzt?"

„Keine Ahnung. Aber ich komme schon wieder auf die Beine", meinte er lapidar und wich ihrem Blick aus.

Annemarie schluckte. Das war sogar mehr Ehrlichkeit als sie erwartet hatte. Sie musste zugeben, dass ihr dieser Martin leid tat. Sie lächelte der Bedienung zu, die endlich Annemaries Tee und einen neuen Kaffee für von Schlechtinger brachte.

„Haben Sie denn schon eine neue Arbeit in Aussicht?", fragte sie, während sie zwei Stücke Kluntje in die Tasse gab, den dampfenden Tee und zu guter Letzt die Sahne vom Rand aus eingoss. Von Schlechtinger antwortete nicht. Als sie aufsah, bemerkte sie seinen skeptischen Blick auf ihre Teetasse.

„Ist was?“, wollte sie wissen.

„Nein, nein, ich hab nur noch nie gesehen, dass jemand so große Zuckerstücke und Milch in seinen Tee schüttet. Ich hatte immer gedacht, dat machen nur die Inselaffen ...“, er erschrak über seine Worte. „Ich mein natürlich die Engländer, ... also mit Inselaffen ... nicht Sie“, verbesserte er sich und wurde rot im Gesicht.

Annemarie begann zu lachen und winkte ab.

„Ich kenne den Begriff und hatte das schon richtig verstanden“, meinte sie und deutete dann auf seinen Kaffee. „Sie sind kein Teetrinker?“

Er schüttelte den Kopf. „Nä, Frau Annemarie. Bei uns in Kölle trinken mir Kaffee oder Kölsch. Tee gibt et nur im Winter während der Grippesaison. Meine Mama kocht mir dann immer Kamillentee mit Honig. Aber ansonsten trink ich lieber Kaffee.“

„Sie haben noch nie einer ostfriesischen Teezeremonie beigewohnt?“, fragte sie erstaunt.

Von Schlechtinger schüttelte den Kopf.

„Nee, keine Ahnung wat dat is, Frau Annemarie“, gab er vorsichtig zu.

Annemarie klopfte auf den Tisch.

„Das geht ja gar nicht. Dann sollten wir das unbedingt sofort nachholen“, beschloss sie.

„Jetzt?“, hakte von Schlechtinger skeptisch nach.

„Ja, natürlich jetzt“, sie blickte sich flüchtig um. „Aber nicht hier. Was halten Sie davon, mit mir nach Hause zu kommen? Da haben wir mehr Ruhe.“

Von Schlechtinger sah sie erstaunt an und erst jetzt wurde Annemarie bewusst, was sie gerade vorgeschlagen hatte. War sie von Sinnen? Wie kam sie dazu, diesen wildfremden Kerl mit zu sich nach Hause nehmen zu wollen?

*

„Der Typ lügt wie gedruckt", schimpfte Nina, als sie wieder auf der Straße neben Lotta Weyands Dienstfahrrad standen.

Das Polizeiküken nickte zustimmend und fragte dann: „Und was machen wir nun?"

„Jetzt, Frau Weyand, gehen wir zu diesem Japaner und schauen uns die Fischlein im Aquarium einmal ein wenig genauer an", entschied Nina und machte auf dem Absatz kehrt.

Als sie Minuten später das Restaurant betraten, war dort nicht ein einziger Gast zu sehen. Alle Tische waren leer. Nun gut, wer ging auch nachmittags um kurz vor fünf zum Japaner rohen Fisch essen. Nina hielt direkt auf die Theke zu, hinter der die Bedienung von gestern Abend stand und mit einem Tuch Gläser polierte. Sie trug, wie bei ihrer letzten Begegnung, einen Kimono, der Nina ein wenig an den Bademantel erinnerte, den ihre Mama letztes Jahr von ihrem Lebensgefährten zu Weihnachten geschenkt bekommen hatte. Dieser hier war aber vermutlich um einiges teurer. Das Gesicht der hübschen Japanerin wirkte unnatürlich blass. Warum nur schminkten diese Asiatinnen sich bloß immer so weiß, ging es ihr durch den Schädel. Ein Trend, der, wenn er nach Europa schwappen würde, die Betreiber der diversen Sonnenstudios sicherlich in den Ruin treiben würde.

„Guten Tag, gnädige Frau, mein Name ist Polizeimeisterin Weyand von der Inselpolizei Langeoog", quakte das Entlein, bevor Nina etwas sagen konnte.

Die Japanerin sah zuerst die kleine Polizistin und dann Nina erstaunt an.

„Die Polizei? Ist etwas passiert?“, wollte sie dann wissen.

Nina beschloss, sich zurückzuhalten und das Entlein erst einmal machen zu lassen. Ein Umstand, der ihr zugegebenermaßen recht schwerfiel, da sie es gewohnt war, bei solchen Besuchen den Ton anzugeben. Thomas, ihr Dienstpartner in Betzdorf, hielt sich meist im Hintergrund, wenn sie sprach. Doch hier war sie nur eine Urlauberin und Lotta Weyand gab den Ton an. Sollte diese nicht hartnäckig genug sein oder die falschen Fragen stellen, könnte sich Nina immer noch einmischen.

„Wir würden gerne kurz die Fische in Ihrem Aquarium überprüfen“, erklärte das Entlein und Nina musste zugeben, dass ihr die direkte Art der Kleinen gefiel.

„Die Fische in unserem Aquarium?“, hakte die Asiatin ungläubig nach.

Lotta nickte.

„Genau.“

Die Frau im Kimono lächelte und deutete im Raum umher.

„Dann tun Sie sich keinen Zwang an, Frau Polizistin. Sehen Sie sich ruhig um.“

Nina drehte sich ebenfalls einmal um die eigene Achse. In dem Raum gab es ganze drei Aquarien, in denen einige größere Goldfische, Koi-Karpfen, oder was auch immer für Fische schwammen. Einen der torpedoförmigen Kugelfische konnte sie auf den ersten Blick nicht entdecken. Lotta Weyand ging zum Becken, das ihnen am nächsten stand und sah durch die Scheibe. Ihre Nasenspitze war dabei nur noch wenige

Zentimeter von dem Glas entfernt. Nina trat zu ihr und flüsterte: „Gestern Abend waren die Kugelfische in einem Aquarium im Hinterzimmer."

Lotta nickte und drehte sich dann zu der Japanerin um.

„Sind das hier alle Fische oder gibt es noch ein weiteres Becken in einem der anderen Räume?"

Wieder lächelte die Japanerin, doch Nina hatte irgendwie das Gefühl, als würde hinter dem künstlichen Grinsen etwas Boshafteres lauern. So ein Blick, der aussagte: Am liebsten würde ich dich für deinen Verrat erwürgen, du Schlange.

„Folgen Sie mir bitte, Frau Polizistin", erklärte sie aber schlussendlich und winkte ihnen zu, ihr nach hinten zu folgen.

Das Hinterzimmer sah im Grunde genauso aus wie gestern, als sie es betraten. Am Tisch saß diesmal allerdings nicht Toni Bellfinger und der Guildo Horn-Verschnitt, sondern der japanische Koch. Der Mann schaute erstaunt von seiner Zeitung auf, als die drei Frauen den Raum betraten.

Genau wie zuvor der Dame, erklärte das Polizeiküken auch diesmal kurz und knapp den Sinn ihres Besuches. Nina hingegen trat sofort an das Becken und sah hinein. Wie erwartet, gab es auch in diesem Aquarium nur noch dicke, fette Goldfische. Von den Kugelfischen war weit und breit nichts mehr zu sehen. Sie bemerkte einige kleinere Wasserlachen auf dem polierten Steinfußboden. Sie würde wetten, dass Belfinger den Koch vorgewarnt und dass dieser die Fische gerade erst ausgetauscht hatte. Lotta trat neben sie, beugte sich vor und stierte dicht neben Nina in das Becken.

„Und?", flüsterte die kleine Polizistin die Scheibe an.

„Sehen Sie das Wasser auf dem Fußboden?“, erwiderte Nina leise.

Lotta nickte und besah dabei weiter die Fische.

„Ja, ist mir sofort aufgefallen. Und was machen wir jetzt?“, fragte die Kleine.

„Wir gehen wieder. Wer weiß, wo die Viecher jetzt sind“, entschied Nina und drehte sich um.

Das Grinsen der beiden Asiaten sprach Bände.

„Und, ist alles in Ordnung?“, wollte der Koch wissen.

Nina sah, wie Lotta Weyand nickte und freundlich lächelte.

„Ja, alles bestens.“

Kapitel 10

Sonntag, 9. August 2015, 17:15 Uhr
Polizeistation / Insel Langeoog

Onno Federsen blickte gelangweilt aus dem Fenster, streckte sich und gähnte laut. Was für ein langweiliger Tag. Noch nicht mal einen Radunfall hatte er heute aufnehmen müssen. Total tote Hose. Wie gerne wäre er jetzt mit dem Dienstrad eine Runde durch den kleinen Ort geradelt. Aber bei so einem Schietwetter wie heute blieb er dann doch lieber konsequent in der warmen Amtsstube. Sein Blick fiel auf die Wanduhr. Es war bereits Viertel nach fünf. Also quasi Feierabend. Doch Onno hatte es nicht eilig. Was sollte er mit der freien Zeit auch anfangen? Ob er nun in seinem kleinen Dachzimmer hockte und aus dem Fenster starrte, oder ob er hier am Schreibtisch saß. Schietwetter blieb nun mal Schietwetter. Außerdem kam heute Abend Fußball, sogar ein Länderspiel, und der Fernseher hier im Büro war wesentlich besser als das alte Ding in der Pension.

Onno war gerne hier auf Langeoog. Er gehörte, so glaubte er zumindest, genau hierher auf diesen Posten. Schon länger überlegte er, ganz auf die Insel zu ziehen. Die Arbeit war weniger stressbehaftet als sein Dienst in Wittmund, und es gab hier keine Autos. Onno mochte keine Autos. Autos brachten nur Hektik, Lärm und schmutzige Abgase. Er liebte die See, die frische Luft hier und manchmal sogar auch den Regen, der das Leben auf der Insel noch einmal ein wenig verlangsamte. Auf dem Festland hielt ihn nichts. Er war nicht verheiratet, hatte keine Kinder, seine Eltern waren schon vor Jahren verstorben. Der Kontakt zu seinem Bruder im Saarland bestand aus einer Karte zu Weihnachten. Er war halt kein Beziehungstyp, sondern eher so ein einsamer Wolf. Der Vergleich gefiel Onno. Warum also sollte er nicht für immer hierbleiben? Eine passende Stellenausschreibung gab es ebenfalls. Fietje Hensen, sein Kollege, den er die letzten acht Jahre während der Saison auf der Insel unterstützt hatte, war im Frühjahr in den verdienten Ruhestand gegangen. Ein Nachfolger hatte sich bisher noch nicht gefunden. Wenn er und Lotta am Ende des Sommers zurück in ihre Dienststellen auf dem Festland fuhren, würde die Polizeistation Langeoog bis zum Frühjahr unbesetzt zurückbleiben. Bei Bedarf müssten dann halt jedes Mal er oder einer der Kollegen aus Wittmund mit der Fähre herüberfahren, was auf Dauer auch keine Lösung war. Sein Blick wanderte zu Fietjes ehemaligem Schreibtisch, an dem in diesem Jahr erstmalig Lotta ihren Dienst verrichtete. Wo der Floh bloß so lange steckte? Er sah nach draußen, wo es bereits wieder in Strömen goss. Die würde doch wohl nicht so verrückt sein und bei dem Regen nach diesem vermissten Urlauber suchen, der vermutlich in irgendeiner Kneipe hockte und sich einen trank, weil ihm in der Ferienwohnung seine Olle auf die Nerven ging? So etwas gab es öfters bei den Touristen. Das ganze Jahr gingen die ja alle brav tagein, tagaus zur Arbeit und sich somit wunderbar aus dem Weg. Anders im Urlaub. Da hockten sie dann zwei Wochen lang in einer Miniwohnung auf einer Insel und gingen sich vierundzwanzig Stunden am Tag auf den Keks. Es war erwiesen, dass die meisten Beziehungen im Urlaub oder kurz danach in die Brüche gingen. Vielleicht sollte er Lotta das auch mal erklären, damit die in Zukunft nicht hinter jedem vermissten Familienpapa hinterherrannte. Onno mochte das Mädchen ... also jetzt als Kollegin ... und nicht als ... na ja – was auch immer. Lotta war ja nun auch bedeutend jünger als er. Sie beide trennten locker fünfundzwanzig Jahre. Außerdem war sie so rein fraulich gesehen auch gar nicht sein Typ. Doch, wenn er vielleicht einmal Kinder gehabt hätte, was ja mangels Frau nun nicht ging, dann hätte er sich so eine Tochter wie Lotta gewünscht. Gleich an ihrem ersten gemeinsamen Tag hier auf der Insel hatte er sie aus einer Laune heraus Floh getauft. Wobei Kampfzwerg es vermutlich eher treffen würde. Weil, war sie auch nicht die Größte, würde er auf gar keinen Fall mit einem der Bösewichte tauschen wollen, die mit ihr aneinandergerieten. Der Floh besaß sogar einen schwarzen Gürtel im Taekwondo und hatte es sogar schon zweimal bis zu den deutschen Meisterschaften geschafft. Den eher herausgerutschten Floh hatte sie ihm zum Glück nicht übel genommen. Stattdessen hatte sie, ganz wie es ihrer Frohnatur entsprach, einfach gelacht und ihn fortan nur noch Dickerchen genannt.

Onno startete den Internetbrowser an seinem Computer und öffnete die Seite der Polizeidirektion Osnabrück mit den Stellenausschreibungen und las dann, zum bestimmt hundertsten Mal, die Ausschreibung für die Dienststelle auf Langeoog. So ein Umzug wollte gut überlegt sein. Und dann der Aufwand. Renovieren, Sachen einpacken, wieder auspacken. Eine Menge Arbeit, auf die er eigentlich gar keine Lust hatte. Aber er hatte ja Zeit. Die Stelle würde ihm so schnell keiner wegschnappen. Welcher seiner Kollegen wollte schon freiwillig hierher? Er seufzte und klickte dann spontan auf den Link, wo es zu den Fahndungen und Meldungen ging. Die Chance, dass etwas dabei war, was ihn und die Kollegin hier auf Langeoog betraf, war äußerst gering. Welcher Gauner flüchtete schon auf eine Insel? Nach gestohlenen Pkws oder Mopeds Ausschau zu halten, schied auf einer autofreien Nordseeinsel ebenfalls aus.

In Wittmund wurde eine Rentnerin aus einem Seniorenheim vermisst. Onno klickte den Fall an und las die wenigen Fakten. Die Frau war laut dem, was da stand, orientierungslos und hilfsbedürftig. Er betrachtete einen Moment das Bild des Mütterchens. Onno besaß ein sehr gutes Personengedächtnis. Vielleicht war die ältere Dame ja in ihrem dusseligen Kopf hier auf die Insel geschippert? Wobei ... wie sollte das ohne Fahrkarte gehen? Er schloss die Meldung also wieder und überflog die Überschriften der nächsten. Als er den Namen der Nachbarinsel Spiekeroog las, hielt er abermals inne und klickte auch diesen Bericht an. Urlauber hatten mittags am Strand eine Leiche gefunden. Na, da war ja was los. Interessiert las er weiter. Viel hatten sie ja noch nicht herausgefunden. Das Einzige, was die Kollegen auf Spiekeroog bisher mit Sicherheit sagen konnten, war, dass es sich vermutlich um einen Mann mittleren Alters handelte. Onno sah zu dem Schreibtisch gegenüber. Lotta war immer noch nicht zurück. Vielleicht sollte er sie anrufen.

*

Martin strich sacht über die Lehne des altertümlich wirkenden Sofas und ließ seinen Blick durch den Raum schweifen. Das Haus von Annemarie Hansen war klein, fein und vermutlich schon sehr alt. Die niedrigen Decken mit den schweren Balken in Verbindung mit den kleinen Fenstern hatten etwas sehr Gemütliches. Dazu die Einrichtung. Alles sehr schön, überhaupt nicht protzig und in einem Stil, der Martin gefiel. Auf dem Tisch zwischen ihr und ihm stand der Friesentee. Die Teezeremonie war wirklich toll gewesen. Angeblich machten die Friesen dies so seit Jahrhunderten, doch Martin vermutete, dass Annemarie sich lediglich einen Spaß mit ihm erlaubt hatte.

„Hübsch ham Sie et hier", sagte er genau das, was ihm gerade durch den Kopf ging und fügte dann noch hinzu: „Und Sie wohnen hier tatsächlich ganz alleine in dem Häuschen?"

Annemarie nickte.

„Ja, mein Mann ist leider vor einigen Jahren verstorben", erklärte sie das, was Martin auch schon von Toni und dem alten Kapitän wusste.

Dennoch war er sich nicht sicher, ob diese Annemarie wirklich so alleine hier wohnte. Als er nämlich vorhin im Bad gewesen war, um sich umzuziehen, hatte er es nicht lassen können, den Allibert über dem Waschbecken zu öffnen, um einen kurzen Blick hineinzuwerfen. Nicht, weil er neugierig auf den Inhalt war, nein, es war ihm um die Machart des kleinen, aber sehr feinen Schränkchens gegangen. Ein absolutes Spitzenprodukt. Auch die Wasserhähne samt der Keramik, alles vom Feinsten. Nicht so schön waren allerdings die handwerklichen Arbeiten ausgeführt worden. Die Verschraubungen und Überwurfmuttern an den Armaturen waren allesamt zerkratzt und vermackt. Ein klares Anzeichen dafür, dass der Monteur die Muttern mit einer Zange und nicht mit dem dafür vorgesehenen passenden Schraubenschlüssel angezogen hatte. Er hasste solche Schlamperei. Aber wie dem auch sei ... Bei seiner Erkundung war er auf klare Indizien gestoßen, dass hier ein Mann ein und aus ging. Ein Rasierapparat, ein Kamm, in dem noch einige dünne, blonde Haare hingen, Herrendeo und als letztes untrügliches Zeichen eine hochgeklappte Toilettenbrille und eine benutzte Herrenunterhose, die neben dem Korb für die Schmutzwäsche auf dem Boden lag.

„Herr von Schlechtinger?"

Martin schreckte auf.

„Ähm ja ... Frau Annemarie", beeilte er sich zu sagen.

„Ist etwas? Sie wirken so abwesend. Schmeckt Ihnen der Tee etwa nicht?", fragte sie besorgt.

„Ähm, nä nä alles gut. Wirklich sehr lecker. Also ... ich mein ... da könnte ich mir glatt dran gewöhnen, Frau Annemarie", lobte er das Gebräu, das ihm tatsächlich sehr mundete. Dieser Friesentee mit den dicken Brocken Kandiszucker und dem Schuss Sahne, die er anfänglich für Milch gehalten hatte, war tatsächlich besser als er gedacht hatte.

„Das freut mich, dass es Ihnen schmeckt, Herr von Schlechtinger", meinte die Hansen und nippte an ihrer Tasse.

„Ich möchte nicht unhöflich sein, gnädige Frau, aber was halten Sie davon, wenn Sie Martin zu mir sagen ... Herr von Schlechtinger ... also wenn dat jemand gejen mir sagt, dann denke ich immer, mein Vater säß hinter mir", schlug er vor.

Annemarie lächelte.

„Nun gut, Martin, aber nur, wenn wir ab jetzt auch DU zueinander sagen", antwortete sie und reichte ihm ihre Hand über den Tisch.

Martin erhob sich und schlug ein.

„Also, Annemarie, ich bin der Maddin, wie mir in Köln sagen."

„Und ich die Anne", antwortete sie.

Für einen Moment sahen sie sich in die Augen, doch dann war von irgendwo das Schlagen einer Tür zu hören.

„Is da einer?", flüsterte er und bemerkte sogleich, wie sich ihre Stirn in Falten legte.

*

„So ein blödes, arrogantes, aufgeblasenes Arschloch", schimpfte Nina, als sie wieder draußen auf der Straße bei Lotta Weyands Drahtesel standen.

Lotta blickte erschrocken zu ihr auf.

„Hui. Das sind aber böse Worte, Frau Oberkommissarin", meinte sie und lächelte.

„Haben Sie das Wasser auf dem Fußboden gesehen?", fragte Nina zum wiederholten Mal.

Das Polizeiküken nickte.

„Klar, war ja nicht zu übersehen. Dieser Chinese ..., oder was immer das nun für ein Landsmann ist, war ja auch überhaupt nicht überrascht, als wir reinkamen. Also, wenn Sie mich fragen hat den einer vorgewarnt", erklärte Lotta das, was auch Nina ziemlich klar war.

„Das kann ja nur Belfinger gewesen sein. Vermutlich hat der sofort, als wir das Haus verlassen haben, diesen Japaner angerufen und ihm gesagt, er soll die Fische entsorgen", überlegte sie laut und beobachtete dann, wie Lotta ihr Handy aus der Tasche zog und einen Anruf entgegennahm. Während die Polizistin einige Schritte beiseiteging, sah Nina kurz zum Himmel, unterließ es aber wieder und zog stattdessen die Kapuze ihres Anoraks ein wenig mehr ins Gesicht. Was für ein blödes Wetter. Wobei, das Wetter selbst war ja noch nicht mal das Schlimmste. Entspannen könnte sie in dem tollen Ferienhaus auch bei Regen. Wie schön wäre es jetzt, mit Klaus auf der Couch oder im Bett zu liegen. Ein wenig fernzuschauen oder in die Sauna zu gehen. Im Gegensatz zu ihrem Zuhause gab es im Ferienhaus nämlich eine. Ja, Sauna käme jetzt richtig toll. Stattdessen stand sie hier im Regen herum und suchte nach dem Lover von Lara Schmitz. Aber hatte sie so etwas nicht kommen sehen? Doch hatte sie! Mit Lara gab es immer nur Ärger und Stress. Nichts hatte sich geändert! Sie musste an die Schuhe denken, die rechts neben dem Pfad zum Strand auf der Düne gestanden hatten. Wenn sich ihr Verdacht bestätigen würde und Harald tatsächlich ertrunken war, würde sie keine Minute mehr auf dieser Insel bleiben. An einen Urlaub hier an der Nordsee wäre in diesem Falle nicht mehr zu denken.

Nina spürte, wie der Wind auffrischte und drehte sich so, dass er ihr nicht auch noch den Regen in die Augen wehte. Ihr Blick fiel auf Lotta Weyand, die gerade das Telefon unter ihrem gelben Kükenkostüm verschwinden ließ. Der Gesichtsausdruck der jungen Frau gefiel ihr dabei ganz und gar nicht.

„Ist was passiert?", erkundigte sie sich deshalb geradeheraus.

Lotta Weyand biss sich auf die Unterlippe und stöhnte dann theatralisch.

„Die Kollegen drüben auf Spiekeroog haben am Strand die Leiche eines Mannes gefunden", erklärte sie knapp und Nina glaubte, bei ihren Worten den Boden unter den Füßen zu verlieren. Sie atmete tief ein und aus. Sie musste jetzt, ob sie wollte oder nicht, in den Profimodus wechseln. Raus aus dem Urlaubstrott, weg von der privaten Nina und von nun an nur noch die Frau Kriminaloberkommissarin Moretti sein.

„Was sagen die Kollegen? Haben sie den Toten denn bereits identifiziert?"

Lotta schüttelte den Kopf.

„Nein, haben sie nicht. Gerichtsmediziner war noch keiner da und die Kollegen aus Wittmund von der Kripo kommen auch erst morgen früh. So lange haben sie den Toten erst mal in den Schuppen der Rettungswache gebracht."

Nina glaubte sich verhört zu haben.

„Wie, die sehen sich den erst morgen an? Was sind das denn für Methoden?", schimpfte sie fassungslos.

Lotta zuckte mit den Schultern.

„Musste ich mich auch erst dran gewöhnen. Hier auf den Inseln geht alles ein klein wenig langsamer. Nach Spiekeroog kann die Fähre, anders als hier nach Langeoog, nur bei Flut fahren, da es keine Fahrrinne gibt. Und jetzt ist nun ma Ebbe. Die nächste Fähre fährt erst wieder morgen früh", erklärte sie.

Nina musste zugeben, dass sie die Argumente der Polizistin verstand. Dennoch musste sie Gewissheit haben.

„Dann sollen die uns eben jetzt ein Foto der Leiche per Internet schicken", schlug sie vor.

Lotta sah auf ihre Armbanduhr.

„Jetzt is aber schon Feierabend. Der Kollege dürfte längst daheim sein", wandte sie ein, um dann, als sie Ninas bösen Blick wahrnahm, einzulenken. „Aber ich sag Onno, er soll ihn noch mal anrufen."

Lotta fischte abermals ihr Telefon unter dem gelben Plastikmantel hervor und wählte eine Nummer.

„Hallo Onno, du sag mal, meinst du, du könntest mal drüben anrufen und die fragen, ob sie ein Foto schicken könnten?“, erkundigte sie sich, hielt eine Hand über das Gerät und flüsterte dann Nina zu: „Mein Kollege Onno ruft da jetzt mal an. Dauert einen Moment.“

Es dauerte allerdings keinen Moment, sondern eine gefühlte Ewigkeit. Während sie warteten, radelten mehrere dick eingepackte Urlauber an ihnen vorbei. Sogar eine Familie mit zwei Knirpsen in einem Anhänger. In Ninas Augen waren das alles arme Irre, die bei diesem Wetter freiwillig vor die Tür gingen.

„Wie ich gesagt habe. Die haben schon Feierabend. Der Kollege drüben meint, wir sollen bis morgen warten. Onno ruft jetzt noch mal bei den Sanis in der Rettungswache an, ob die ihm vielleicht ein Foto senden“, meinte das Küken und ließ das Telefon wieder unter dem Mäntelchen verschwinden.

Nina ballte die Faust. So etwas gab es doch auf keinem Schiff.

„Gibt es eine Möglichkeit, zu der anderen Insel zu fahren, damit ich mir die Leiche persönlich ansehen kann?“, fragte sie spontan und erntete damit einen sehr verstörten Gesichtsausdruck der jungen Polizistin.

„Ja, aber ... Sie können doch nicht einfach ...“, setzte sie an, doch Nina fiel ihr sofort ins Wort.

„Natürlich kann ich. Ich muss wissen, ob es sich bei dem Toten um Harald von Friedwitz handelt. Sie glauben doch nicht, dass ich mich hier hinhocke und bis morgen früh Däumchen drehe. Also, wie komme ich jetzt nach Spiekeroog?“

„Ähm ... keine Ahnung. Vielleicht mit einem Schiff?“, fragte Lotta vorsichtig.

Nina hätte schreien können. Ihr war schon klar, dass es keine Bahnverbindung zwischen den Inseln gab.

„Und wo bekommen wir ein Schiff her?“, hakte sie daher noch einmal nach.

Lotta hob langsam die Schultern.

„Ähm, keine Ahnung.“

*

Klaus hatte es in dem Ferienhaus nicht mehr ausgehalten. Diese Warterei machte einen schier fertig. Hinzu kam, dass das ewige Geflenne von Lara ihm mächtig auf den Zeiger ging. Wo Nina und diese Polizistin bloß abgeblieben waren? Na ja, Nina würde schon wissen, was sie tat. Schließlich war sie vom Fach. Er ging den gleichen Weg zum Strand wie gestern. An der Düne, wo sie am Morgen die Schuhe entdeckt hatten, blieb er stehen. Verflixt, wo war dieser Harald abgeblieben? In Gedanken war Klaus bereits etliche Male den gestrigen Abend durchgegangen. Harald hatte mächtig zugelangt. Sowohl vom Fisch als auch vom Alkohol. Oh Mann, sein Schwesterlein hatte aber auch dermaßen ungeniert mit diesem Belfinger rumgeschäkert, dass einem alleine von dem Anblick schon übel geworden war. Was war in dem Moment wohl in Harald von Friedwitz vorgegangen? Der Typ war total verknallt in Lara, das stand vollkommen außer Frage. Aber anstatt sich einen Schnaps nach dem anderen in den Kopf zu schütten, hätte der Spross aus altem Adelshaus mal auf den Tisch hauen und seiner Verlobten und diesem Einfaltspinsel Belfinger die Meinung geigen sollen. Tja, aber wie es schien, war Harry dafür einfach zu gutmütig. Sollte der tatsächlich noch schwimmen gegangen sein?

Klaus trat aus dem Schutz der Dünen heraus auf den Strand. Das Meer schien ihm weiter weg als am

Morgen. Vermutlich war gerade Ebbe. Deutlich war die Gischt auf den Wellenkämmen zu erkennen. Weiter draußen auf See entdeckte er ein Schiff, das sich im Takt der Wellen auf und ab bewegte. Bootfahren war irgendwie nicht sein Ding. Vermutlich würde er bei so einem Seegang sofort die Mahlzeiten der letzten drei Tage an die Fische verfüttern.

Der Strand war nicht leer, trotz des Regens waren einige wenige Menschen unterwegs. Allesamt mit Kapuzen und dick eingepackt. Nordseeurlauber waren eben hart im Nehmen. Er schlug den Kragen etwas höher, zog den Reißverschluss seiner Jacke bis über das Kinn und marschierte nach rechts in Richtung Osten. Dabei beobachtete er das Schiff, das sich immer weiter entfernte. Wo die wohl hinwollten? Was lag eigentlich nördlich von Langeoog? Vermutlich England oder so. Klaus seufzte. Es tat gut, sich über etwas anderes Gedanken zu machen als das Verschwinden von Harald, und so endlich einmal den Kopf wenigstens etwas frei zu bekommen. Er ging weiter auf das Meer zu bis zu dem Bereich, der regelmäßig überflutet wurde und wo der Sandboden so hart verdichtet war, dass man problemlos darauf laufen konnte. Sein Blick schweifte abwechselnd über die Brandung, den Strand vor sich und die Dünenkette, die sich rechts von ihm vermutlich bis zum Ende der Insel erstreckte. Als er bereits eine gute halbe Stunde gegangen war, entdeckte er vor sich, in dem Bereich, wo der feste auf den eher lockeren Sand traf, etwas, das da nicht hingehörte. Er ging darauf zu und stieß den Stoff mit den Schuhen sachte zur Seite. Ihm wurde plötzlich flau im Magen. Er hatte dieses Karomuster schon einmal gesehen. Gestern Abend am Sakko von Harald. Er bückte sich und hob den vor Nässe triefenden und dementsprechend schweren Stoff auf. Eindeutig ein Herrensakko. Vorsichtig glitten seine Hände über die Taschen, in denen sich etwas Flaches, Eckiges, Hartes befand. Ein Mobiltelefon.

*

„Hui ... dieser Doornkaat hat dat aber in sich", lallte Martin und stellte das leere Glas zurück auf den Tisch.

„Ja, den haben mein Vater und mein Opa schon immer gern gemocht", meinte Annemarie, griff die viereckige Flasche und machte Anstalten, Martin noch einen einzugießen.

Sie konnte sich nicht erinnern, wann sie sich zuletzt so amüsiert hatte. Dieser Martin schien tatsächlich ein lustiger, netter Typ zu sein und Annemarie tat es irgendwie schon leid, dass sie den armen Kerl gerade so vorführte. „Ostfriesische Wahrheitsdroge" hatte ihr Papa immer zu dem Doornkaat gesagt. Was ja auch logisch war. Es hieß ja nicht umsonst: Besoffene und kleine Kinder sagen immer die Wahrheit. Nein, das war eine unumstößliche Tatsache. Da Martin von Schlechtinger aber nun mal kein Kind mehr war, musste Annemarie eben ein klein wenig nachhelfen, um ihn etwas gesprächiger und offener für die Wahrheiten zu machen, die er vermutlich im nüchternen Zustand nicht ausplaudern würde. Sie musste einfach wissen, was hier vorging. Dass Belfinger etwas plante, war, je mehr sie darüber nachdachte, nur logisch. Toni war ein Geizhals und er mochte Annemarie nicht. Außerdem war der Kerl gierig und ziemlich skrupellos, wenn es darum ging, sich einen Vorteil zu verschaffen. Eine gefährliche Kombination. Dass er sie freiwillig zu einem Abendessen einlud, welches ja angeblich zum Begießen seines Geburtstages diente, der aber erst im Dezember war, stank zum Himmel. Dann lud er auch noch diesen insolventen Heizungsbauer auf die Insel ein. Dieser Martin war gestern noch so pleite gewesen, dass er leere Flaschen aus dem Müll sammelte und heute trug er einen Anzug und konnte es sich leisten, Anne für den Abend einzuladen. Sie würde ihr Augenlicht verwetten, dass das Geld von Toni Belfinger stammte. Und der war sicherlich kein Gutmensch, der so viel Kies in diesen armen Schlucker investierte, wenn er sich nicht irgendetwas davon erhoffte.

„Einer muss aber noch", flachste sie und kicherte gekünstelt.

Martin strahlte.

„Okay, Frau Annemarie, einen noch, aber dann ist Schluss. Sonst bin ich gleich total beschwipst. Ich vertrag ja eigentlich keinen Schananaps", erklärte er und sah ihr dabei zu, wie sie die beiden Gläser nun zum fünften Mal vollgoss.

Anne musste lachen. Das Lallen in Martins Stimme war unüberhörbar. Nicht mehr lange und der sang wie ein Vögelchen ... ein ziemlich betrunkenes Vögelchen.

Sie stellte die Flasche ab, prostete ihm zu und sah amüsiert, wie er das Glas in einem Zug herunterkippte.

„Tante Annemarie. Ich bin dann mal wieder weg. Bis morgen", hörte sie Krischans Stimme von der Tür zum Korridor sagen.

Annemarie fuhr herum und winkte ihm zu. Krischan trug frische Kleidung und seine langen blonden Haare hingen ihm noch immer feucht ins Gesicht.

„Okay, Krischan, pass auf dich auf“, rief sie ihm hinterher, war sich aber nicht sicher, ob er die letzten Worte überhaupt noch mitbekommen hatte.

„Der ist nett, dein Sohn“, stellte Martin fest und Anne spürte, wie sich ein Kloß in ihrem Hals bildete.

„Krischan ist nicht mein Sohn. Er ist mein Neffe, der Junge meiner Schwester“, flüsterte sie und seufzte.

Martin sah sie mit zusammengekniffenen Augen an, als erwartete er weitere Erklärungen, doch es ging hier nicht um sie, sondern um ihn.

Entschlossen wischte sie deshalb ihre sentimentalen Gedanken fort und griff zu der Flasche.

„Hast du eigentlich Kinder?“, fragte sie und goss dabei sein Glas erneut bis zum Rand voll.

Martin nickte verdrossen und schüttelte dann den Kopf.

„Nä, aber ich hatte mal. Keine Ahnung, wat die nu machen. Die wollen mit so nem armen Schlucker, so wie mir einer, nichts zu tun haben. Ich glaub sogar, dat ich schon Opa bin. Meine Tochter war, als ich die dat letzte Ma gesehen hab, schawanger. Aber nix genaues weiß man“, antwortete er, nahm dann, ohne dass sie ihn dazu auffordern musste, das Schnapsglas und leerte es wieder in einem Zug.

Kapitel 11

Sonntag, 9. August 2015, 18:22 Uhr
Willrath-Dreesen-Straße / Insel Langeoog

„Aber ihr als Inselpolizei müsst doch ein Boot oder so etwas haben?", fragte Nina fassungslos.

Lotta schüttelte den Kopf.

„Nein, so was haben wir nicht. Wozu auch? Wir sind ja, wie es das Wort schon sagt, die Inselpolizei und nicht die Küstenwache."

„Ihr habt hier also weder ein Schiff noch ein Auto, geschweige denn wenigstens ein Moped oder so was?"

Lotta deutete auf ihr Rad.

„Fahrrad reicht hier vollkommen aus. Damit kommt man auf der Insel überall schnell hin, wo man gebraucht wird."

Nina ließ sich enttäuscht auf ein Mäuerchen sinken, sprang aber sofort wieder auf, als sie die Nässe bemerkte, die durch den Stoff ihrer Jeans drang.

So eine Insel wäre nicht ihr Ding. Wenn sie sich überlegte, sie müsse zu Hause im Westerwald anstatt mit einem Auto die Tatorte mit dem Fahrrad abklappern ... Nein, das ging gar nicht! Doch am meisten ärgerte sie das ignorante Verhalten der Kollegen hier und dieser doofen Sanis von der Nachbarinsel, die sich weigerten, ihr ein Bild der Leiche zu senden.

„Hallo Lotta", hörte sie plötzlich die Stimme eines Mannes, gepaart mit dem Quietschen von Fahrradbremsen, rufen.

„Hallo Krischan“, begrüßte die Polizistin den großen, jungen Kerl mit dem Fahrrad, der direkt vor ihnen auf dem Weg hielt und breit grinste.

„Hast du jetzt Feierabend oder musst du immer noch arbeiten?“, fragte er und hörte sich für Nina dabei ein wenig an, wie so ein Lausbub. Sie glaubte von sich selbst, dass sie über eine gute Menschenkenntnis verfügte. Dieser Krischan mit seinen unzähligen Sommersprossen und den flachsblonden wuscheligen Haaren, die unter seiner Kapuze hervorlugten, machte einen lustigen, sehr angenehmen Eindruck auf sie. Den eines sehr großen Lausbuben. Nina schätzte ihn glatt auf eins neunzig. Neben dem Polizeientlein wirkte er auf jeden Fall wie ein Riese.

„Nee, Krischan, sorry, ich hab immer noch keinen Feierabend. Ich muss noch arbeiten“, erklärte sie und sah dann zu Nina.

Krischan folgte ihrem Blick. Er wirkte sichtlich enttäuscht. Nina hatte so eine Ahnung. Zuerst die Frage, ob die junge Frau Feierabend hätte und dann diese Enttäuschung in seinen Augen ... die Sache war glasklar. Die beiden hatten vermutlich noch etwas vorgehabt.

„Was müsst ihr zwei denn noch arbeiten?“, wollte er nun wissen.

„Ähm ja ... wir ähm“, begann das Polizeiküken zu stottern.

„Wir müssen noch rüber zur Nachbarinsel, wissen aber nicht, wie wir jetzt dahin kommen sollen. Kennen Sie vielleicht eine Möglichkeit?“, sah Nina ihre Chance. Sie hätte wetten können, dass der schlaksige junge Kerl im Gegensatz zu der kleinen Polizistin ein waschechter Insulaner war. Seine Aussprache, die groben Arbeitsschuhe, dazu das alte, gammlige Fahrrad mit dem

Anhänger. So sah kein Urlauber aus. Wenn einer wusste, wie man hier von der Insel ohne Fähre wegkam, dann einer von hier.

„Da müsst ihr am besten mit einem Schiff fahren“, riet Krischan und blieb dabei todernst. Nina kam der Verdacht, dass der Typ sie veralbern wollte.

„Wir haben aber kein Schiff“, versuchte sie es daher weiter. „Wissen Sie vielleicht jemanden, der eines besitzt und uns damit fahren würde?“

„Wohin denn?“, fragte Krischan jetzt auch noch und schaute dabei ziemlich begriffsstutzig aus der Wäsche. Nina war sich tatsächlich nicht mehr ganz sicher, ob der sie wirklich vereimerte, oder ob er tatsächlich ein wenig blöde war.

„Die Frau Kommissar möchte nach Spiekeroog“, mischte Lotta sich nun ein und fügte dann aber schnell hinzu, „ich habe ihr aber bereits gesagt, dass das heute nicht mehr geht.“

„Wieso? Also wenn du magst, kann ich euch da noch hinbringen“, erklärte Krischan und Nina merkte augenblicklich das Entsetzen in Lottas Gesicht.

„Haha, du bist mir vielleicht ein Spaßvogel, Krischan. Du hast doch gar kein Schiff“, versuchte sie nun das Ganze ins Lächerliche zu ziehen und blinzelte Krischan heftig zu.

Nina hatte selten so eine schlechte Schauspielerin erlebt. Das Ganze war ziemlich eindeutig. Lotta hatte keine Lust mit ihr nach Spiekeroog zu fahren und versuchte, die Überfahrt nun mit fadenscheinigen Ausreden und Fratzenschneiden zu torpedieren.

„Das würden Sie tatsächlich tun?“, wandte Nina sich deshalb, ohne die Polizistin weiter zu beachten, direkt an den jungen Mann.

Der nickte begeistert.

„Klar, ich kann euch rüberfahren. Ich muss nur eben schnell den Schlüssel bei Tante Annemarie holen."

„Okay. Na dann mal los", ermunterte Nina ihn.

„Aber wir können doch nicht einfach ... also ich meine ... das geht doch nicht, dass wir jetzt so mir nichts, dir nichts ...", versuchte das quietschegelbe Polizeientlein noch einzuwenden, doch der junge Mann hörte sie bereits nicht mehr. Wie besessen trat er in die Pedale und brauste zurück in die Richtung, aus der er gekommen war. Nina hoffte inständig, dass der Schlüssel, den er gedachte zu holen, tatsächlich zu einem richtigen Schiff und nicht zu einer dieser kleinen Nussschalen mit Segel gehörte. Doch was sollte es, sie musste Gewissheit haben, ob es sich bei dem Toten um Harald von Friedwitz handelte, oder eben nicht. Dieser Insulaner würde wohl wissen, was er tat.

*

Klaus hatte einen Moment überlegt, was er mit dem Kleidungsstück, bei dem es sich nach seiner Meinung eindeutig um das Sakko von Harald handelte, machen sollte. Sein erster Gedanke war es gewesen, es einfach samt dem abgesoffenen Handy in der Tasche liegenzulassen und Nina anzurufen. Die Jacke war schließlich ein Beweisstück und er wusste, dass man solch eines nicht einfach aufheben und mitnehmen durfte. Dumm war allerdings, dass er vergessen hatte, sein Mobiltelefon einzustecken, und er nun erst wieder zurück zum Haus laufen müsste. Es widerstrebte ihm, das Sakko einfach unbeaufsichtigt liegenzulassen. Was, wenn es weg war, wenn er mit Nina und der Polizistin zurückkam. Wenn irgendein Fremder es aufhob und mitnahm, während er unterwegs war. Er sah sich um und entdeckte ein Stück Holz, das aus dem Sand lugte. Eindeutig die Überreste eines Bretts, das die Nordsee hier angespült haben musste. Er ging die paar Schritte zu dem Treibgut hinüber, zog es aus dem feuchten Sand und steckte es so fest und so tief er konnte an die Stelle, wo das Sakko lag. Anschließend nahm er das Kleidungsstück und rollte es vorsichtig zusammen. Das nasse Handy verstaute er in der Tasche seines Parkas. Sein Blick schweifte über den Strand. Irgendwie sah hier alles ziemlich gleich aus. Er entdeckte eine grüne Plastiktüte, die der Wind vor sich hertrieb. Er hob sie auf und band sie um das Ende des Holzstücks. Dann entfernte er sich in Richtung der Dünen und sah noch mehrmals zurück. Zufrieden stellte er fest, dass das zerfetzte Stück Plastikfolie auch aus einiger Entfernung noch gut zu erkennen war. Vor sich, zwischen den Sanddornsträuchern, entdeckte er einen Pfad, der vorbei an einem alten Bootshaus durch den natürlichen Dünenwall führte, der das Innere der Insel vom Strand trennte. Natürlich hätte er den gleichen Weg am Wasser entlang zurückgehen können. Doch er empfand es sinnvoller, von dem Fundort des Sakkos aus in einem 90°-Winkel den Strand zu verlassen und sich dann auf der schmalen Straße, die hinter den Dünen entlang zu dem kleinen Ort führte, noch einige Wegpunkte zu markieren. Sicher war sicher. Rechts von ihm, auf einem der Sandhügel, entdeckte er zwei Gestalten. Er wischte sich die Regentropfen fort, die ihm stetig ins Gesicht prasselten und legte die Hand dann über die Augen, um besser sehen zu können. Bei den beiden handelte es sich, dem ersten Anschein nach, um einen Mann und eine Frau. Er trug einen dunkelgrünen Regenmantel und einen Hut. Sie einen gelben Friesennerz und zusätzlich einen Schirm, den sie fest umklammert hielt, damit der Wind, der stetig daran zerrte, ihn nicht hinfortriss. Er erkannte den pinkfarbenen Schirm sofort. Erst vor einer Stunde hatte er das Teil im Schirmständer in ihrem Ferienhaus gesehen und gedacht, dass sich auch nur Lara so ein hässliches Teil kaufen konnte. Nina würde mit so einem Barbie-Schirmchen noch nicht einmal aus dem Haus gehen. Die Frau, bei der es sich auch der Gestalt nach um seine Schwester handeln konnte, stand mit dem Rücken zu ihm, während der Mann auf sie einredete und wild mit den Armen gestikulierte. Na, sieh mal einer an, durchfuhr es Klaus, als er den Hutträger erkannte. Was zum Kuckuck trieb sein Schwesterherz denn bei strömendem Regen hier in den Dünen zusammen mit Toni Belfinger? Klaus wendete und entfernte sich von den beiden, um sich dann in einem großen Bogen im Schutz einiger Sträucher von der anderen Seite zu nähern.

*

„Tante Annemarie?", hörte sie die fragende Stimme von Krischan aus dem Hausflur rufen und stutzte. Es war noch nicht einmal eine Viertelstunde vergangen, seit er sich verabschiedet hatte.

„Ja, Krischan. Ist was passiert?", erkundigte sie sich besorgt.

„Nein, alles gut. Ich muss nur den Schlüssel von der Anne II holen", antwortete er.

Annemarie atmete erleichtert auf.

„Wer ist denn die Anne II? Ich dachte, du wärst die Anne. Gibt es hier etwa noch so eine tolle Frau wie dich?", wollte Martin von Schlechtinger wissen und sah sie schelmisch grinsend an.

Annemarie musste kichern und spürte, wie sie bei den Worten „tolle Frau“ förmlich rot wurde.

„Nein, lieber Martin, außer mir gibt es hier keine andere Anne. Zumindest kenne ich keine Frau auf Langeoog, die so heißt. Die Anne II ist der Fischkutter von Heiner, meinem Mann. Krischan hegt und pflegt den alten Kahn, seit Heiner ... “, versuchte sie zu erklären, kam aber dann ins Stocken. Sie selbst hatte das Schiff, das ihren Namen trug, seit dem Tag, an dem Heiner verstorben war, nicht mehr betreten und würde es auch nie mehr tun. Die Erinnerungen an die Nacht des Unglücks waren dort allgegenwärtig. Würden Krischan und Onkel Piet nicht so an dem rostigen Kahn hängen, hätte Annemarie ihn längst verkauft. Interessenten hatte es bereits öfters gegeben. Zumeist Enthusiasten, die den Fischereiveteran zu einem Hausboot umbauen wollten. Das Schiff war noch immer zugelassen und versichert, da Onkel Piet es gelegentlich nutzte, um Touristen damit zu fahren. Die Kühlräume unter Deck waren deshalb entfernt worden und einer hübschen Kajüte gewichen, die Annemarie allerdings nur von Fotos kannte. Die Ausflüge waren in letzter Zeit ebenfalls immer seltener geworden, da auch Piet nicht mehr der Jüngste war. Es stand in den Sternen, was mit dem Schiff einmal geschehen würde.

„Ahh, der junge Mann fährt zum Fischen raus“, glaubte Martin zu wissen.

Annemarie schüttelte schnell den Kopf.

„Nein, nein, Krischan schaut auf dem Boot schon mal, ob alles in Ordnung ist. Krabbenfischen darf man nicht mehr damit, da die Erlaubnis dazu schon seit Jahren erloschen ist. Fischerei ist hier auf der Nordsee stark reglementiert. Da kann nicht mehr jeder einfach die Netze auswerfen wie er möchte, und rausholen, was er will. Die Zeiten sind dank des Regelwahns der Europäischen Union lange vorbei. Außerdem würde sich das Krabbenfischen mit so einem kleinen Kutter auch heute gar nicht mehr rechnen. Der taugt höchstens noch als Museumskahn oder für Touristenausflüge", erklärte sie ihm.

„Und wozu brauchst du dann ein Schiff, wenn man es nicht benutzen darf?", fragte er neugierig.

Annemarie hob die Schultern.

„Keine Ahnung. Der Kutter gehörte schon immer der Familie meines Mannes. Heiners Großvater hat ihn 1955 bauen lassen. Ich denke stets, Heiner hätte es nicht gewollt, dass ich ihn verkaufe. Er wollte immer, dass Krischan den Kutter irgendwann übernimmt, aber das geht leider nicht so einfach", meinte sie, sah dabei aus dem Fenster und wischte sich eine Träne weg, die sich einsam ihren Weg über ihre Wange suchte.

„Weißt du, Martin, es gibt Dinge, die verkauft man nicht, wenn man es nicht unbedingt muss. Heimat zum Beispiel. Ich würde niemals dieses Haus oder einen Teil der Insel hier verkaufen, so wie es die anderen machen. Du hättest Langeoog mal sehen müssen, als wir Kinder waren. In der Zeit, bevor viele der Insulaner nach und nach verkauft haben. Fast alle schönen alten Häuser wurden abgerissen und stattdessen eckige Betonkisten für Urlauber gebaut. Und wenn es nach so Leuten wie Toni Belfinger ginge, würden sie den Rest der Insel auch noch planieren, um eine Bettenburg neben die andere zu bauen", sie schluckte.

Irgendwie hatte Annemarie das Gefühl, dass dieses Gespräch vollkommen aus dem Ruder lief. Anstatt Martin von Schlechtinger auszuhorchen, redete sie sich ihren Kummer von der Seele. Dabei kannte sie diesen Mann doch überhaupt nicht.

„Noch en Kööm?“, fragte sie daher ausweichend und goss dann, ohne seine Antwort abzuwarten, ihre beiden Gläser randvoll.

*

Nina glaubte sich zu entsinnen, dass sie das letzte Mal im Alter von zehn oder elf Jahren auf dem Gepäckträger eines Fahrrads mitgefahren war. Dass ihr Hinterteil bei jedem Schlagloch so wehgetan hatte wie heute, daran konnte sie sich allerdings beim besten Willen nicht erinnern. Mit einem lauten Quietschen bremste Lotta Weyand ihr Dienstfahrrad so heftig ab, dass Nina beinahe an dem Küken vorbei nach vorne geflogen wäre. In letzter Sekunde konnte sie sich gerade noch so an der Polizistin festhalten.

„Ich weiß nicht, ob wir das wirklich tun sollen. Morgen ist doch auch noch ein Tag“, nörgelte die nun zum wiederholten Mal. Doch Ninas Entschluss stand fest. Sie stieg von dem Fahrrad und besah sich den rot-weißen Kutter, der unweit des Fähranlegers zwischen einigen Segelyachten am Kai lag. Die Anne II schien bereits etwas älter zu sein, machte aber auf sie einen recht soliden Eindruck. Nun gut, sie hatte keine Ahnung von Schiffen und es hieß ja auch immer: oben hui und unten pfui ... oder so ähnlich. Wobei unten pfui bei einem Schiff bestimmt nicht gut war, da es ja eher auf die nicht sichtbaren Teile unterhalb der Wasserlinie ankam. Sie schob den Gedanken beiseite und betrat die Planke, die Krischan von der Kaimauer zu dem Kutter hinübergelegt hatte. Dabei blickte sie nach unten auf die bräunliche, unruhige Brühe. Erste Zweifel kamen ihr, ob sie hier wirklich das Richtige tat. Das rot-weiße Schiff besaß einen hohen, weißen Mast im vorderen Teil, von dem zwei weitere Masten schräg nach oben links und rechts in die Höhe ragten. Nina glaubte zu wissen, dass diese Masten auch nicht dazu dienten Segel aufzunehmen, sondern um Netze oder etwas Ähnliches daran zu hängen. Netze gab es allerdings auf den ersten Blick keine. Der Kahn sah eher aus wie ein gut erhaltenes Museumsexponat und wurde bestimmt auch nicht mehr zum Fischen benutzt.

Als Lotta vorsichtig im Gänse- oder vielmehr im Entchenmarsch über die Planke trippelte, konnte Nina in ihrem Gesicht lesen wie in einem Buch. Begeisterung sah wahrlich anders aus. Sie folgten Krischan zu dem kleinen Steuerhäuschen am Heck des Schiffes, das er aufschloss und betrat. Die Handgriffe, als der junge Mann den Motor startete, den Funk und die wenigen Instrumente anschaltete, wirkten auf Nina routiniert und beruhigten sie. Dieser Krischan schien, trotz seiner etwas einfältigen und einfach gestrickten Art, genau zu wissen, was er tat. Nachdem der Motor unter ihren Füßen im Bauch des Schiffes spürbar vor sich hintuckerte, rannte Krischan zurück auf den Kai, entfernte die Planke, löste die Leinen und sprang dann mit einem Satz zurück an Bord. Fünf Minuten später schipperten sie aus der Hafeneinfahrt hinaus auf die See. Lotta, die sehr stumm auf einer Bank in der Kajüte hockte, war kalkweiß im Gesicht und auch Nina spürte bereits, wie sich ihr Magen im Takt der Wellen hob und senkte. Doch noch war alles gut.

*

Klaus musste zugeben, dass er ein wenig enttäuscht war. Da hatte er sich wie ein Indianer an seine Schwester und diesen Belfinger herangepirscht, um festzustellen, dass die beiden bereits verschwunden waren, als er die Düne umrundet hatte. Suchend sah er sich um und fluchte dann. So ein Mist. Zu gerne hätte er gewusst, was Lara hier, mitten in der Wildnis, mit diesem arroganten Belfinger tat. Nun gut, dann würde er sie eben gleich fragen, wenn er wieder zurück im Ferienhaus war. Wütend stapfte er durch den Sand zu dem Weg, der ins Dorf führte. Da suchten er und Nina Laras Macker, während die sich hier mit Belfinger rumtrieb. Klaus war davon überzeugt, dass, wenn Harald verschwunden bliebe, was er ja nicht hoffen wollte, seine Schwester sich sehr schnell wieder trösten würde. In der Not auch mit diesem alten, geilen Bock Belfinger. Wie dieser Typ gestern Abend an ihr gebaggert hatte, war schon widerlich gewesen. Zum Glück war seine Nina da ganz anders. Als Belfinger bei ihr den ersten Anmachspruch brachte, war sie ihm sofort übers Maul gefahren und hatte frech gekontert. Was sie genau gesagt hatte, war ihm bereits wieder entfallen, da er sich die doch recht schlagfertigen Sprüche seiner Gattin beim besten Willen nicht alle merken konnte. Es kam auch gar nicht darauf an, was Nina in solchen Situationen sagte, sondern eher auf das Wie.

Wenn sie jemanden nicht mochte, bekam derjenige dies ziemlich deutlich zu spüren. Klaus gefiel das. Er empfand Ninas Art sogar als sehr angenehm und wesentlich ehrlicher, als den Leuten etwas vorzugaukeln, so wie seine Schwester es tat. Seine Schwester ... sie überhaupt so zu nennen, war schon der pure Hohn. Im Grunde waren sie beide doch nie richtige Geschwister gewesen, da half auch die Tatsache nicht, dass sie beide biologisch die gleichen Eltern hatten. Lara war irgendwie wie Papa, zu dem Klaus ebenfalls nie ein gutes Verhältnis gehabt hatte. Er selbst glaubte, dass er mehr nach ihrer Mama kam. Obwohl die auch nicht immer ohne war. Schon oft hatte er deshalb insgeheim den Verdacht gehegt, dass er vielleicht adoptiert war oder sie ihn im Krankenhaus kurz nach der Geburt einfach vertauscht hatten. Dagegen sprach, dass er seinem verhassten Vater, zumindest optisch, immer ähnlicher wurde. Legte man ältere Fotos seines Erzeugers neben aktuelle von ihm, war die Abstammung nicht zu verleugnen. Tja, so war das eben. Man konnte sich seine Familie halt nicht aussuchen.

*

Annemarie schrie laut auf, als sie mit voller Wucht, aber mit einem durchaus eleganten Hüftschwung, gegen den massiven Eichenesstisch stieß. Sie strauchelte und wäre sogar beinahe zu Boden gegangen, wenn Martin sie nicht aufgefangen hätte. Aus den Lautsprechern der Stereoanlage dröhnte laut Modern Talking. Martin zog sie an sich, fasste um ihre Hüfte und schob sie im Takt der Musik weiter durch das Zimmer. Er war, das musste sie zugeben, ein begnadeter Tänzer.

Ganz anders als ihr Heiner. Heiner hatte nie getanzt. Die wenigen Male, die sie ausgegangen waren, hatte er immer lieber mit seinen Freunden an der Theke gestanden, Bier getrunken und mit seinen Kumpels geschnackt, während sie mit einer der anderen Frauen Discofox getanzt hatte. Annemarie hatte ihm das nie übel genommen, obwohl sie irgendwie ja schon mal neidisch auf die wenigen Frauen gewesen war, die mit ihren Männern getanzt hatten.

Mit einem Kratzen in den Boxen endete die Schallplatte und Martin entließ sie aus seinem Griff. Ein wenig außer Atem torkelte sie zurück zum Wohnzimmertisch. Schweiß rann ihr von der Stirn. Sie konnte sich beim besten Willen nicht daran erinnern, wann sie zuletzt so ausgelassen gefeiert hatte. Erschöpft ließ sie sich in den Sessel sinken und sah zu Martin, der zur Kommode mit der Stereoanlage stolperte, auf der sich noch immer die Schallplatte drehte. Früher war der Arm des Plattenspielers immer automatisch zurück in seine Ruheposition geglitten, doch das etwas in die Jahre gekommene Gerät verweigerte diesen Dienst seit einiger Zeit.

„Was ist denn hier los?", ließ die Stimme von Onkel Piet sie aufschrecken. Der alte Kapitän stand breitbeinig in der Tür und sah sie und Martin an, als täten sie hier etwas Verbotenes. Als hätte er sie bei ... was auch immer ertappt. Und obwohl sie bestimmt überhaupt nichts Verbotenes getan hatten, meldete sich auch prompt in Annemarie so etwas wie ein schlechtes Gewissen.

„Ähm, Onkel Piet ... das is ja mal 'ne Überraschung", stammelte sie und deutete dann auf die fast leere Schnapsflasche. „Magst du auch en Klöm?"

Piet fixierte erst die Flasche und dann Martin, der gerade sichtlich nervös versuchte, die Schallplatte in ihre Hülle zurückzuschieben. Dann gab Onkel Piet Annemarie ein unmissverständliches Zeichen, sie solle ihm in die Küche folgen. Wie ein ertappter Teenager folgte sie seinen Anweisungen und schwankte hinter ihm her. Verflixt, war ihr duselig.

„Wat mokt denn de Kerl do?", schnaufte er, nachdem er die Tür zugeschoben hatte.

„Wir haben getanzt", antwortete Annemarie.

„Aha, gedanzt ... und wat wieder?“

„Nichts weiter“, keifte sie nun etwas bissiger zurück.

Annemarie spürte, wie sie langsam wieder Oberwasser bekam.

„Dat wöörd dem Heiner net behagen, dat du do mit dem Dohergeloppenen ...“, broddelte er verächtlich.

Annemarie stemmte die Arme in die Seite. Zorn kam in ihr auf. Sie konnte sich nicht entsinnen, jemals mit Onkel Piet gestritten zu haben. Nun gut, er hatte sie auch noch nie in einer solchen Situation vorgefunden. Wobei ... was war denn passiert? Nichts! Nichts, für das sie sich schämen würde. Und wenn doch, wäre das ganz allein ihre Sache.

„Wenn du geklingelt hättest, wie es sich für anständige Leute gehört, hättest du dir den Anblick ja ersparen können“, knirschte sie und war über sich selbst überrascht, dass sie plötzlich so auf Krawall gebürstet war.

„Ick heff gebimmelt. Aver du worst jo beschäftigt“, konterte er.

„Und ich habe lediglich getanzt, sonst nichts. Das ist ja schließlich nicht verboten.“

„Na, wenn du meenst“, knurrte der Alte.

„Ja, mein ich. Sonst noch was?“

„Weißt du, wo die Bengel is?“, wechselte er das Thema.

Annemarie wollte bereits antworten, dass Krischan vermutlich in seiner Hütte in den Dünen war, doch dann fiel ihr die Sache mit dem Schlüssel wieder ein.

„Ich glaub, der wollte zur Anne II“, antwortete sie deshalb.

„Und wo is die Anne?“, hakte Piet nach.

Annemarie zuckte mit den Schultern. „Vermutlich an ihrem Liegeplatz, wo sonst?“

Piet fuhr sich mit der Hand über das stoppelige Kinn und verzog das Gesicht.

„Nee, ming Dirr, do is die nich. Der Fridje sacht, dat die eben ausgelaufen is."

Annemarie glaubte mit einem Mal den Boden unter den Füßen zu verlieren.

Kapitel 12

Sonntag, 9. August 2015, 18:58 Uhr
Auf der Nordsee vor Langeoog

Die Anne II stampfte durch die Wellen. Das Schlingern erinnerte Nina ein wenig an eine Achterbahnfahrt auf dem Rummel. Sie war mittlerweile davon überzeugt, dass es eine sehr dumme Idee gewesen war, bei diesem Sauwetter nach Spiekeroog zu fahren. Andererseits musste sie aber auch wissen, ob es sich bei dem angespülten Toten tatsächlich um Harald oder einen anderen Unglückseligen handelte. Eine sehr blöde Situation. Noch immer ärgerte sie sich über diese trägen Idioten der Inselpolizei und die Rettungssanitäter, die nicht in der Lage gewesen waren, ihr ein einfaches Handyfoto der Leiche zu senden. So etwas gab es wirklich auf keinem Schiff, wie man immer so schön sagte. Sie erhob sich von der Sitzbank und trat die zwei Schritte neben Krischan, der friedlich lächelnd das Steuerrad des Schiffes hielt und hinaus in die Dämmerung stierte.

„Na, wirklich viel siehst du ja nicht mehr", stellte sie nach einem Blick durch die große Scheibe des Kutters fest.

„Geht schon noch", antwortete Krischan und klang dabei sehr überzeugend, während das Schiff gerade in ein tiefes Wellental rauschte.

Ninas Finger krallten sich in die Lehne von Krischans Sitz.

„Hui, das wird ja immer heftiger", stellte sie fest und musste zugeben, dass sie schon ein wenig besorgt oder sogar ängstlich war.

„Das wird gleich wieder weniger, wir sind jetzt genau in der Strömung zwischen Langeoog und Spiekeroog bei auflaufendem Wasser", erklärte er, konnte Nina aber nicht wirklich damit beruhigen. Doch trotz des heftigen Geschaukels, das ihr zugegebenermaßen schon ein wenig Angst machte, musste sie lächeln. Dieser Krischan machte auf sie den Eindruck eines großen Kindes, das aber durchaus wusste, was es tat. Er wirkte unbeschwert und irgendwie wurde sie das Gefühl nicht los, dass der große Junge, so einfach er auch gestrickt war, ein sehr, sehr großes Herz am rechten Fleck besaß. Eine ehrliche Type, die man einfach mögen musste.

Sie sah zu Lotta, die sich krampfhaft an der Tischplatte festhielt. Seit dem Verlassen des Hafens hatte das Polizeiküken kein Wort mehr gesagt.

„Fährst du schon lange zur See?", erkundigte Nina sich bei Krischan.

Der junge Mann nickte.

„Ja klar, ich bin schon mit Onkel Heiner und dem Käpt'n mitgefahren, als ich noch ganz klein war. Onkel Heiner hat mir alles beigebracht, bevor er gestorben ist. Seitdem kümmere ich mich um die Anne II."

Nina wusste nicht, wer dieser Heiner und der Kapitän waren, trotzdem nickte sie wissend.

Sie strich über das alte gewachste Holz des Steuerpultes.

„Die scheint aber gut in Schuss zu sein, die Anne", stellte sie fest und entlockte Krischan damit ein stolzes Lächeln.

„Ja, das ist sie und das, obwohl sie schon sechzig Jahre alt ist", berichtete er und stierte dabei mit zusammengekniffenen Augen in die Dämmerung.

Nina sah ebenfalls noch eine Weile hinaus und auch immer wieder auf die Instrumente, von denen die meisten doch neueren Datums zu sein schienen, da es in den Fünfzigerjahren des letzten Jahrhunderts mit Sicherheit noch kein GPS-Navi gegeben hatte.

Nach einer Weile ließ sie sich zu Lotta zurück auf die Bank gleiten. Die sah sie missmutig von der Seite an.

„Wie geht es Ihnen?“, erkundigte Nina sich freundlich.

„Beschissen wäre noch geprahlt“, antwortete das Küken patzig.

*

„Hallo, ist einer da?“, rief Klaus zum wiederholten Male, während er Raum für Raum des Hauses durchstreifte.

„Das ist hier ja schlimmer als im Bermudadreieck“, befand er, nachdem er wirklich in jedem Winkel des Hauses nachgesehen, aber niemanden gefunden hatte. Einer nach dem anderem schien in dieser Bude wie vom Erdboden zu verschwinden. Er griff nach seinem Handy, welches er, bevor er am Nachmittag aus dem Haus gegangen war, auf den Küchentisch gelegt hatte und wählte die Nummer von Nina. Es tutete sechs Mal, bis sie ranging und sich mit ihrem Namen meldete.

„Hallo Schatz, ich bin es, ich wollte mal hören, wo du steckst“, brüllte er recht laut in das Gerät, da er vor lauter Rauschen, Brummen und anderen Nebengeräuschen kaum etwas von ihr verstehen konnte. Der Empfang war echt mies.

Dummerweise konnte er ihre Antwort dann aber auch kaum verstehen. Er glaubte sogar für einen Moment vernommen zu haben, dass Nina auf einem Schrubber unterwegs nach ... was auch immer sei.

„Wo bist du? Auf einem Schrubber?“, hakte er daher noch einmal nach und drückte das Gerät an sein Ohr.

„Nein, ich bin auf einem Kutter ... einem alten Schiff“, hörte er sie dann schreien.

Klaus stutzte.

„Was um Himmels willen machst du auf einem Schiff? Bist du etwa auf dem Wasser?“

„Wir fahren nach Spiekeroog“, erklärte sie lautstark.

Erdkunde war immer schon sein Ding gewesen und obendrein eines seiner Lieblingsfächer in der Schule, weshalb er schon glaubte zu wissen, dass es sich bei Spiekeroog um die Nachbarinsel Langeoogs handelte. Was er nicht verstand, war, warum Nina sich auf einem Schiff dorthin befinden sollte. Bevor er allerdings nachfragen konnte, verschwand das Rauschen und Dröhnen aus dem Telefon. Die Verbindung war abgerissen oder Nina hatte sie von sich aus beendet.

Nach anfänglichen Überlegungen, sie ein weiteres Mal anzurufen, entschied er sich schlussendlich dafür, ihr stattdessen eine Nachricht zu schreiben.

HALLO SCHATZ ICH HABE EBEN AM STRAND HARALDS SAKKO SAMT SEINES TELEFONS GEFUNDEN. WARUM BIST DU AUF EINEM SCHIFF NACH SPIEKEROOG?

Er sendete die Nachricht und wartete. Währenddessen setzte er Kaffee auf. Gerade als er die Kaffeemaschine einschalten wollte, summte sein Mobiltelefon. Er griff danach, überflog Ninas Nachricht und musste sich dann setzen. Sie schrieb, dass auf Spiekeroog eine männliche Leiche angespült worden war und dass sie nun wissen müsse, ob es sich dabei um Harald handelte. Klaus schloss die Augen und flüsterte leise vor sich hin: „Was für eine verfluchte Scheiße."

„Was ist scheiße?", hörte er die Stimme seiner Mutter von der Küchentür. Er fuhr herum.

„Nichts, Mama ... das mit Harald ... sonst nichts", stammelte er.

Sie kniff die Augen zusammen.

„Klaus, du sollst doch nicht fluchen ... und auch nicht lügen. Das konntest du eh noch nie", stellte sie fest, trat hinter ihn, strich ihm über seine klammen Haare und ließ dann ihre Hände auf seinen Schultern ruhen, genau so wie sie es auch schon getan hatte, als er noch ein kleiner Knirps gewesen war. Mama war eben Mama und sie würde es auch für immer bleiben, das war nun mal eine unumstößliche Tatsache. Tatsache war aber auch, dass niemand ihn so gut kannte wie sie, außer vielleicht noch Nina. Die merkte ihm auch immer sofort an, wenn er denn mal flunkerte.

„Wo ist Nina eigentlich abgeblieben? Hat sie etwas herausgefunden?", wollte Mama nun wissen.

Klaus drehte den Kopf und blickte ihr in die Augen. Er hatte sie lange nicht mehr so besorgt gesehen.

„Nina ist unterwegs zur Nachbarinsel. Sie haben da am Strand einen toten Mann gefunden", brachte er mit einem Kloß im Hals hervor und fügte schnell noch hinzu: „Das muss aber nicht heißen, dass es sich bei dem Toten um Harald handelt. Wäre ja auch sehr unwahrscheinlich, dass der ausgerechnet zur Nachbarinsel treibt."

Isabell war sichtlich schockiert. Sie schwankte und ließ sich dann auf den Stuhl neben ihm sinken, sprang aber sofort wieder auf, da dort das durchnässte Sakko lag.

„Das habe ich vorhin am Strand gefunden“, erklärte Klaus, hob es auf und breitete es über die Lehne des Stuhls aus, damit es ein wenig trocknen konnte.

Eine Weile saßen sie dann einfach nur da und betrachteten schweigend das Kleidungsstück.

„Sag mal, Klaus, wo ist eigentlich Lara?“, durchbrach seine Mutter dann irgendwann die Stille.

Er musste zugeben, dass dies eine berechtigte und hochinteressante Frage war, die ihn ebenfalls brennend interessierte.

*

Annemarie schnürte die Angst um Krischan förmlich die Kehle zu. Wie eine Irre lief sie in der Wohnung auf und ab, trat immer wieder ans Fenster und sah hinaus in den Regen. Der Sturm hatte wieder aufgefrischt und sogar noch an Stärke zugenommen. Erinnerungen an die Nacht vor elf Jahren kamen in ihr auf. Sie sah die Gischt auf den Wellenkämmen im Licht der Scheinwerfer. Das tosende Meer. Den Brecher, der Heiner mit sich riss ... für immer fort von ihr. Wenn Krischan etwas geschah, würde sie sich das niemals verzeihen. Verflixt, warum hatte sie diesen gottverdammten Kutter nicht längst verkauft?! Das Schiff brachte nichts als Unglück und Kummer.

„Aber du sagst doch, dass der Junge sich mit dem Boot auskennt“, versuchte Martin sie zu beruhigen.

„Jo, der Bengel kennt he wat vun af. Der is Janmaat dör un dör“, hörte sie nun auch noch Onkel Piet quasseln.

Annemarie wirbelte herum.

„Von wegen Seemann durch und durch. Der Krischan hat noch nicht mal ein Patent, der darf die Anne doch gar nicht fahren!", brüllte sie den Käpt'n an, der in aller Seelenruhe am Wohnzimmertisch hockte und sich einen Kööm eingoss.

„Papperlapapp, der Bengel kann dat. En richtigen Janmaat bruk keen Zeddel. En echter Janmaat hat dat im Bloot", versuchte er sie nun zu belehren.

Annemarie riss ihm wütend die Flasche Dornkaat aus der Hand.

„Ich glaub, du spinnst. Wenn hier einer was im Blut hat, dann bist du das ... und zwar zu viel vom Kööm. Erklär mir lieber mal, wo der Junge mit dem Schiff hin ist!", schrie sie.

Onkel Piet hob die Schultern.

„Der is wohl mal kurz zum Festland wollen, vielleicht wegen ner Dirn. Hab ihn vorhin noch mit zwei flotten Bienen gesehen. Die Lüde, die Blonde von de Polente war ok dorbi", wusste er grinsend zu berichten.

Entschlossen rannte Annemarie zum Telefon und wählte die Nummer der Polizeistation, die sie neben anderen wichtigen Rufnummern auf einem großen Zettel an der Pinnwand aufgeschrieben hatte.

„Ja, hallo Onno, hier ist Annemarie Hansen", plapperte sie sofort los, als der Polizist sich mit Namen und Dienststelle meldete.

„Onno sag mal, ist deine Kollegin, diese kleine Neue, auch da?"

„Du meinst bestimmt die Frau Polizeimeisterin Weyand", hakte Onno nach und Annemarie glaubte trotz ihrer Panik einen gereizten Unterton in der ansonsten immer so sanften Stimme des Beamten zu hören.

„Genau, die Frau Weyand, die mein ich", bestätigte sie noch einmal.

„Nein, da muss ich dich enttäuschen, das Fräulein ist jetzt unter die Kriminalistinnen gegangen", antwortete er schnippisch.

Annemarie verstand nicht, was Onno meinte und es war ihr auch ziemlich egal, welche Reibereien die beiden Polizeibeamten untereinander hatten. Sie musste wissen, wo Krischan war.

„Onno, ich suche Krischan. Onkel Piet sagt, er sei vielleicht bei Frau Weyand?", fragte sie daher unbeirrt weiter.

„Das will ich meinen. Dein Krischan schippert nämlich gerade mit dem Floh ... also, ... ich meine, mit Polizeimeisterin Weyand und dieser Kriminalkommissarin vom Festland nach Spiekeroog, die Leiche angucken", erklärte er und klang dabei irgendwie beleidigt.

„Nach Spiekeroog? Leiche angucken?", wiederholte sie und sah dabei auf die beinahe leere Dornkaat-Flasche, die nun neben dem Telefon stand.

Sollte heute selbst Onno einen im Tee haben? Es schien fast so.

*

Nachdem sie die Lücke zwischen den beiden Inseln passiert hatten, wurde die See tatsächlich ein wenig ruhiger. Zwar stampfte und bockte das Boot immer noch wie der ausgestopfte Plastikstier beim Bullriding, doch es war gefühlt wenigstens ein kleines bisschen ruhiger geworden. Nina sah nach draußen, wo im Licht der Bootsscheinwerfer ein gelbes Polizeiküken kopfüber über der Reling hing und ihr Mittagessen an die Fische verfütterte. Die Kleine tat ihr wirklich leid. Auch Krischan schien zu leiden. Nicht, weil ihm vielleicht ebenfalls schlecht wäre. Nein, der Junge litt eindeutig deshalb, weil das Polizeientchen litt. Nina kannte das von Klaus. Der war auch immer besorgt, wenn es ihr mal nicht gut ging.

Sie las die Nachricht auf ihrem Handy noch einmal, die er ihr vorhin geschickt hatte. Langsam schloss sich der Kreis. Zuerst die Schuhe, dann einige Meter weiter ostwärts das Sakko und schlussendlich die Leiche auf Spiekeroog, das ja auch im Osten lag. Links vor ihnen in der Ferne tauchten einige Lichter auf.

„Ist das Spiekeroog?“, erkundigte sie sich bei Krischan. Der junge Mann nickte. Nina bemerkte die Seitenblicke, die er dem Polizeientchen immer wieder zuwarf.

„Die ist nett, die Lotta“, sagte sie aus einer Laune heraus und beobachtete dann seine Reaktion. Röte stieg im sichtlich ins Gesicht.

„Ja, die ist sehr nett, die Lotta“, erwiderte er.

Nina musste trotz der Umstände grinsen. Heißa, war der Typ verknallt.

„Hast du ihr das denn schon mal gesagt, dass du sie nett findest?“, fragte sie ganz unverhohlen, obwohl sie die Antwort bereits zu kennen glaubte.

Sein heftiges Kopfschütteln sprach Bände.

„Solltest du aber mal, bevor ein anderer es ihr sagt“, versuchte sie ihm auf die Sprünge zu helfen.

Krischan sah sie mit großen Augen an, schüttelte dann den Kopf und stierte wieder durch die Scheibe in die Dunkelheit, aus der sich undeutlich die Einfahrt in den Hafen herausschälte. Wie es schien, war der Fall ziemlich hoffnungslos, wenn da niemand nachhalf. Obwohl sie ihn kaum kannte, mochte Nina Krischan auf Anhieb. Hässlich war er auch nicht. Er und das Polizeientlein würden bestimmt und trotz des erheblichen Größenunterschiedes gut zusammenpassen.

Doch Nina hatte gerade ganz andere Probleme, als hier auch noch als Kupplerin aufzutreten. Gleich würde sie hoffentlich wissen, ob es sich bei dem unglückseligen Toten um Harald von Friedwitz handelte oder eben nicht. Ob ihre Probleme mit dieser Erkenntnis, egal wie diese denn nun aussehen würde, weniger wurden, war fraglich.

*

Martin kauerte auf dem Friesensofa, beobachtete Annemarie und lauschte dem Telefonat, das diese, wie er vermutete, mit der Polizei führte. Sie schien um ihren Neffen mächtig besorgt zu sein. Er musste zugeben, dass ihm der Nachmittag mit ihr gefallen hatte. Er hatte sich prächtig amüsiert, zumindest bis zu dem Punkt, als der schrullige Alte aufgetaucht war. Für einen Moment hatte er sich sogar ernsthaft vorgestellt, wie es mit Anne so wäre, wenn sie sich näherkämen ... also jetzt auch ohne dass er Kohle von Toni dafür bekäme. Der Gedanke hatte ihm irgendwie gefallen. Was er da von dem Telefonat aufschnappte, gefiel ihm allerdings ganz und gar nicht. Natürlich verstand er nicht Wort für Wort, was der Polizist Anne erklärte. Genau gesehen hörte er ja gar nichts. Doch die wenigen Worte, die sie auf die seinen erwiderte oder wiederholte, reichten ihm, um hellhörig zu werden. Worte wie: Toni, Belfinger, Leiche, Fischvergiftung und Japaner. Ihm schwante Übles. Aber zumindest schien Annemarie sich ein wenig zu beruhigen. Sie war nun irgendwie nicht mehr ganz so panisch, sondern eher normal besorgt, wenn man das denn so sagen konnte. Eben so, wie seine Frau früher, wenn die Kinder abends mal zu spät kamen.

Nach gut und gerne fünf Minuten legte Annemarie den Hörer auf und kam gedankenversunken zum Sofa.

„Sag mal, Martin, kannst du dich noch erinnern, wie der Mann gestern hieß? Dieser Graf oder Baron, der, der bei Toni mit zum Abendessen war?“, fragte sie und setzte sich auf die Armlehne des Sofas. Martin dachte angestrengt nach und schüttelte dann den Kopf.

„Nä, dat weiß ich nit mehr. Ich weiß nur noch, dat die beiden jungen Frauen beide Lara Schmitz oder su jet hießen. Dat kam mir nämlich merkwürdig vor“, antwortete er und staunte dabei, wie gut er sich bereits wieder artikulieren konnte nach dem ganzen Schanaps. Annemarie sah ihn hingegen an, als würde er lallen und schüttelte schließlich den Kopf.

„Nein, Unsinn, die Dunkle hatte doch so einen italienischen Namen“, meinte sie und winkte dann ab. „Aber ist ja auch egal. Auf jeden Fall behauptet diese Italienerin, oder was immer sie für eine Landsmännin ist, dass der Mann, der bei ihnen war, verschwunden ist. Die suchen ihn und glauben, dass er sich an dem seltsamen Fisch vergiftet hätte, den Toni uns da hat auftischen lassen“, überlegte sie laut.

Martin griff sich unwillkürlich an den Hals und musste schlucken. Die Kugelfischleber kam ihm wieder in den Sinn. Von Toni wusste er, dass der sein Stück, genau wie Martin, ausgespuckt hatte. Dieser andere Mann hatte aber sogar noch das Stückchen vom Teller seiner Verlobten gegessen. Weshalb war klar, der Bursche wollte vor seiner Angebeteten einen auf dicke Hose machen. Kein Wunder, so wie die mit Toni geschäkert und bei dem, was der Kerl vorher schon alles getrunken hatte. Manche Typen kamen eben auf die dümmsten Ideen, wenn sie so beschwipst waren.

„Ich glaub, mir wird grad schlecht“, erklärte er, erhob sich und rannte dann ins Bad.

*

„Kannst du mir bitte mal verraten, wo du die ganze Zeit gewesen bist?!“, herrschte Klaus Lara zornig an, als sie mit verquollenen Augen, gerötetem Gesicht und triefender Nase den Hausflur betrat.

Seine Schwester blickte erschrocken auf und öffnete immer wieder den Mund, wie ein Goldfisch auf dem Trockenen. Mit Genugtuung stellte er fest, dass er sie wie gewünscht auf dem falschen Fuß erwischt hatte und war nun gespannt, welches Lügenmärchen sie sich wohl gerade in ihrem hübschen Köpfchen zurechtschusterte und ihm, sobald sie sich von ihrem Schreck erholt hatte, präsentieren würde.

„Ich ... ich war draußen ... am Strand und hab nach Harald Ausschau gehalten“, stammelte sie nach einigen Sekunden.

„Ah, du hast Harald gesucht“, tat er wissend und setzte dann noch einen drauf. „Und das bestimmt ganz alleine, oder?“

Lara nickte und blickte ihn irritiert an.

„Natürlich allein. Du und Mutti wart ja nicht da.“

„Ach und weil wir nicht da waren und dein Harald, so wie es aussieht, nicht mehr wiederkommt, hast du dich direkt mal an Toni Belfinger, diesen altersschwachen Casanova, rangeschmissen. Madam muss ja schließlich sehen, wo sie bleibt“, schrie er zornig, da das, was Lara hier abzog, echt das Allerletzte war.

Die stierte ihn nun entgeistert an. Natürlich, sie hatte ja bestimmt nicht damit gerechnet, dass er sie und diesen Schleimbeutel Toni Belfinger beobachtet hatte.

„Klaus, es reicht jetzt“, hörte er seine Mutter sagen.

Ja, er musste Mama indirekt recht geben. Es reichte tatsächlich. Seit über dreißig Jahren ertrug er diese Schlange mit ihren Giftzähnen, die sie wahllos jedem ihrer Mitmenschen ins Fleisch bohrte, wenn ihr gerade danach war. Aber jetzt war endlich Schluss damit.

Kapitel 13

Sonntag, 9. August 2015, 19:28 Uhr
Schiffsanleger Insel Spiekeroog

Geschickt manövrierte Krischan die Anne II an den Anleger, stürzte dann hektisch aus dem Steuerhaus, und vertäute den alten Krabbenkutter flink an einem der Poller, an der, wie Nina fand, sehr hohen Hafenmauer.

„Sag mal, Krischan, kennst du dich hier auf Spiekeroog ein wenig aus?", rief Lotta ihm zu. Sie war immer noch reichlich blass um ihre Stupsnase, versprühte aber bereits wieder eine Energie, die Nina so schnell nicht mehr von ihr erwartet hätte. Sie musste sich eingestehen, dass die kleine Polizistin doch zäher war als sie sie anfangs eingeschätzt hätte.

„Klar kenn ich mich aus", tönte Krischan derweil begeistert vom Kai her, wo er immer noch damit beschäftigt war, ein weiteres der schweren Taue um einen zweiten eisernen Poller zu wickeln.

„Kannst du uns denn erklären, wie wir zur Rettungswache kommen?"

Krischan grinste breit und Nina war sich sicher, dass sie ihren Skipper nicht so schnell loswerden würden.

„Ich kann euch hinbringen", antwortete der dann auch nicht wirklich überraschend.

Minuten später latschten sie im strömenden Regen durch das kleine Inseldorf. Spiekeroog machte auf Nina trotz der Dämmerung und des verhangenen Himmels einen friedlichen Eindruck. Die Insel, im Besonderen der Ort mit den idyllischen Friesenhäusern und dem alten Baumbestand, war ganz anders als Langeoog. Alles hier wirkte irgendwie älter und beschaulicher. So ein bisschen wie auf einer antiken Postkarte. Die Zeit auf Spiekeroog schien in den letzten Jahrzehnten stillgestanden zu haben. Das Bild änderte sich erst, als sie nach mehrmaligem Abbiegen die Kurverwaltung passierten.

Nina schielte seitlich zu ihren beiden ungleichen Begleitern, die schweigend neben ihr hermarschierten. Lotta sah sich, wie Nina, neugierig um, während Krischan nur Augen für die kleine Polizistin hatte und vom Rest der Welt nicht viel mitzubekommen schien. Nur wenige Menschen waren auf den Straßen des Inseldorfes unterwegs.

Als sie endlich die Rettungswache auf der anderen Seite des Ortes erreichten, brannte dort auf den ersten Blick kein Licht hinter den Fenstern. Das moderne Backsteingebäude mit den großen grünen Rolltoren, hinter denen vermutlich die Krankenwagen schlummerten, schien ziemlich verlassen. Genervt stöhnte Nina auf.

„Na super, keiner da", stellte sie mehr zu sich selbst gewandt fest.

Lotta deutete auf eines der Fenster in der oberen Etage.

„Seht mal, ich glaube, da oben schaut einer fern."

Nina sah hinauf und entdeckte ein grünliches Flackern hinter einer der Scheiben. Es war also doch jemand da und der sah gerade eindeutig, und wie nicht anders zu erwarten, Fußball. Zumindest entnahm sie das dem grünen Leuchten, das nur vom Rasen des Fußballfeldes stammen konnte. Es stellte sich nur die Frage, warum er oder sie nicht in der Lage waren, eben schnell mal ein Foto von einer gestrandeten Leiche zu schießen, um es ihr oder der jungen Polizistin aufs Handy zu senden. Sie stattdessen sogar mit einem alten Krabbenkutter von der Nachbarinsel herüber schippern zu lassen. Wofür gab es schließlich Werbepausen oder Halbzeit, da hätte er oder sie doch eben schnell mal ... Nina schob den Gedanken beiseite. Sie würde nicht nachfragen. Es brachte eh nichts. Sie konnte sich sowieso schon gut vorstellen, welche Ausrede sie sich dann anhören musste. Datenschutz, keine Zuständigkeit, Opferschutz. Die Liste an Ausflüchten war sicherlich beliebig erweiterbar. Dabei lag die Wahrheit doch so nah. Da wollte einer in Ruhe Fußball gucken und hatte einfach keinen Bock seinen eigenen müden Hintern zu bewegen, während die Jungs in der Glotze über den Platz rannten wie die Hasen. So etwas nannte sie wahren Sportsgeist.

Während Nina sich noch ärgerte, schritt Lotta derweil entschlossen auf den Eingang zu und betätigte, unter Ninas wachsamen Blick, den Knopf neben der Sprechanlage. Lediglich ein Knacken im Lautsprecher verriet, dass sich etwas in dem Apparat und im Inneren des Gebäudes tat. Ein Klingeln oder Schellen von drinnen war jedoch nicht zu vernehmen.

Nina begann leise zu zählen. Eine Marotte von ihr. Sie tat dies immer, wenn sie, wie jetzt, vor einer Tür auf Einlass warten musste. Sie zählte dann langsam im Sekundentakt bis zwanzig, um dann erneut den Klingelknopf zu betätigen. Sollte sich nach dem zweiten Klingeln immer noch nichts tun, würde sie die Taktik ändern und es mit Schreien oder Steinewerfen versuchen, bis der Fußballglotzer da oben aufmachte. Als sie in ihrem Kopf gerade die Zahl Vierzehn formulierte, wurde im oberen Geschoss des Gebäudes ein Fenster geöffnet. Sie sah hinauf und entdeckte den kahl rasierten Kopf eines Mannes um die vierzig.

„Ja, bitte schön?“, fragte der mit ziemlich eindeutig süddeutschem Akzent. Nina trat entschlossen einige Schritte zurück, um den Mann besser sehen zu können, zog dabei ihren Dienstausweis aus der Tasche und hielt ihn hoch.

„Kriminaloberkommissarin Nina Moretti, wir würden gerne einen Blick auf die Leiche werfen, die heute hier an der Insel angespült wurde“, stellte sie sich vor und bemerkte sofort Lottas überraschten Blick.

Natürlich war sie sich selbst darüber im Klaren, dass das, was sie gerade tat, nicht in Ordnung war. Sie war hier und jetzt keine Kriminaloberkommissarin. Sie war eine Urlauberin, ohne jegliche Befugnisse. Doch sie hatte keine Lust, dies oder den Zweck ihres Besuches mit dem Mann, der nun auch sehr erstaunt zu ihnen hinuntergaffte, zu diskutieren.

„Aber es hieß doch, ihr kommt erst morgen früh?“, erkundigte sich der Glatzkopf verwundert.

„Planänderung, es eilt. Wir bearbeiteten einen Vermisstenfall auf Langeoog und müssen daher dringend die Leiche in Augenschein nehmen“, log sie nicht wirklich, da sie ja tatsächlich nach dem vermissten Harald suchten.

„Muss das jetzt sein? Wir führen gerade eins zu null“, nölte der Typ nun allen Ernstes.

Nina spürte, wie das Blut in ihrer Halsschlagader zu pochen begann.

„Nein, das hat auch noch bis nächstes Jahr Zeit. Wir sind zwar nur deshalb bei diesem Dreckswetter mit einem Krabbenkutter hierhergekommen, aber wenn Sie gerade eins zu null führen, haben wir natürlich Verständnis dafür und warten gerne hier im strömenden Regen, bis Sie Ihren lahmen Hintern endlich in Bewegung setzen“, knirschte sie bösartig.

„Ähm ja ... ach so ... ich komme gleich", antwortete der Kerl verlegen und verschwand wie beim Kasperletheater nach hinten in den Raum.

„Na, so ein Idiot", hörte sie Lotta schimpfen.

Es dauerte eine gefühlte Ewigkeit, bis sich die Tür vor ihnen öffnete.

„Sorry, hat ein bisschen gedauert", entschuldigte der Kahlkopf, trat an ihnen vorbei nach draußen, zog die Tür hinter sich zu und stellte sich ihnen dabei eher beiläufig als Olaf Hinterhuber vor. Der bayrische Dialekt des Herrn war unüberhörbar. Vermutlich war er, wie viele andere hier auch, nur eine Saisonkraft.

„Wir haben den Toten im Gartenhaus hinter der Wache aufgebahrt", erklärte er knapp, während sie ihm um das Gebäude herum folgten.

„Haben Sie keine Möglichkeit den Mann anständig hier in der Rettungswache unterzubringen? Ich meine, es muss hier doch bestimmt für solche Fälle einen Raum geben?", erkundigte Nina sich, da sie es als ziemlich respektlos empfand, die sterblichen Überreste eines Menschen in einem Geräteschuppen zu deponieren. Olaf grinste verlegen.

„Ja, normal schon, aber mein Kollege meinte, das wäre vielleicht nicht so gut ... also ... ich meine ... wir meinten ... also ... von wegen dem Geruch", stammelte er.

Nina verstand, was er meinte. Der Tote roch also bereits etwas strenger, was im Umkehrschluss bedeutete, dass er wohl schon länger nicht mehr unter den Lebenden weilte, und es sich somit eigentlich gar nicht um Harald handeln konnte. Dennoch wusste sie nicht, ob sie über diesen Umstand erleichtert sein sollte. Sie blickte kurz zu Lotta, die das Gesicht angewidert verzog und zu Krischan, der grinsend und irgendwie glückselig neben dem Küken herschritt und, so wie es aussah, an gar nichts dachte. Sie blieben vor einem kleinen Geräteschuppen stehen, der ein wenig dem Brennholzbüdchen zu Hause in ihrem Garten glich. Olaf fingerte einen Schlüssel aus seiner orangen Sanitäter-Jacke, schloss ein kleines Vorhängeschloss auf und zog dann den eisernen Riegel an der zweiflügligen Tür zurück. Bevor er diese aufzog, holte er wie ein Abnoetaucher noch einmal tief Luft und Nina schwante bereits Übles. Entschlossen schlug sie den Kragen ihrer Outdoorjacke nach oben und drückte ihn vor Mund und Nase. Trotz des Stoffes vor der Nase nahm sie beim Betreten des Geräteschuppens den süßlichen, sehr strengen Verwesungsgeruch wahr. Ihr Blick flog hastig durch den dunklen Raum. Wie erwartet hingen an den Wänden der etwa drei mal drei Meter großen Bude etliche Gartengeräte. In einer Ecke konnte sie schemenhaft einen Rasenmäher und einen schiefen Kugelgrill ausmachen. Vor den drei Fahrrädern, die an der Wand lehnten, in der sich das einzige klitzekleine Fensterchen befand, lag so etwas wie ein Bündel auf dem Boden.

„Haben Sie hier kein Licht?", erkundigte Nina sich, da sie so gut wie nichts erkennen konnte.

„Mmm mmm", antwortete Olaf mit zusammengekniffenen Lippen und meinte damit vermutlich ‚Nein'.

Nina zog ihr Handy aus der Jackentasche, schaltete die Taschenlampenfunktion ein und betrachtete den schwarzen Leichensack vor ihren Füßen. Sie gab sich einen Ruck und zog vorsichtig mit spitzen Fingern den Reißverschluss nach unten. Dabei ärgerte sie sich, dass der Beutel mit den Einweghandschuhen, den sie für gewöhnlich im Dienst immer dabei hatte, nun im Handschuhfach von Maggiolino lag. Schemenhaft kam ein weißlich aufgedunsenes Gesicht zum Vorschein und Nina zuckte unwillkürlich zurück, als sich der offen stehende Mund der Leiche bewegte und die Zangen eines Krebses sich durch die Lippen hindurch einen Weg ins Freie suchten. Sie fiel rückwärts auf ihr Hinterteil und fasste dabei, als sie sich nach hinten abstützen wollte, auf einen von Lottas Gummistiefeln.

„Und, ist er das?“, fragte die von oben aus der Dunkelheit. Nina leuchtete abermals auf das weiße Gesicht, über das nun der Krebs krabbelte.

„Nein, das ist nicht Harald“, flüsterte sie zurück und war sich dabei ganz sicher.

„Das is ja die Tante Rieke“, sagte von der Tür her die Stimme von Krischan.

*

Onno Federsen legte den Hörer auf die Gabel des Achtzigerjahre-Tastentelefons, sank zurück in seinen bequemen Bürostuhl und schüttelte ungläubig den Kopf. Das war ja ein Ding, was Lotta ihm da gerade berichtet hatte. Der Floh hatte es tatsächlich drauf. Zuerst war Onno ja schon ein wenig sauer auf sie gewesen, dass sie einfach so hinüber nach Spiekeroog gefahren war. Doch er musste zugeben, dass es ihm auch irgendwie imponierte und er sogar so etwas Ähnliches wie väterlichen Stolz empfand. Da würden die Kollegen von Spiekeroog aber gucken. Von wegen männliche Leiche. Diese Dummbeutel drüben, allen voran sein alter Kollege Polizeihauptmeister Horst Habel, waren ja noch zu blöde, um Männlein und Weiblein voneinander zu unterscheiden. Da musste erst seine kleine Lotta rüberschippern und ihnen erklären, dass die männliche Leiche eine Frau war. Nun gut, eigentlich war es ja Krischan gewesen, der Rieke Belfinger, die Frau von Toni, erkannt hatte. Aber das zählte jetzt nicht. Er blickte kurz zum Fernseher, auf dem noch immer das Fußballspiel lief. Die Uhr in der oberen Ecke des Bildschirms zeigte Viertel vor neun. Jeden Moment war Halbzeit. Regentropfen prasselten vom Sturm getrieben gegen die Fensterscheiben der Polizeiwache. Er überlegte. War es jetzt eigentlich seine Aufgabe, sich auf das Rad zu schwingen, hinüber zu Toni Belfinger zu radeln und diesen über das Ableben seiner Gattin zu informieren? Normal schon. Andererseits sprachen Minimum drei Gründe dagegen. Erstens, in der Glotze lief Fußball und die Österreicher führten ausnahmsweise sogar mal. Zweitens war draußen übelstes Schietwetter. Und drittens hatte er auch ansonsten keine Lust auf diese doch eher undankbare Aufgabe. Schlechte Nachrichten waren nun mal nicht sein Ding. Im Grunde ging ihn der Fall ja auch gar nichts an. Es gab keine Leiche hier auf Langeoog. Das Problem lag einzig und allein bei den Kollegen drüben auf Spiekeroog und der Kripo. Und überhaupt, was, wenn sich Lotta und Krischan doch geirrt hatten und es sich bei der Toten gar nicht um Rieke Belfinger handelte? Nein, nein, er würde schön die Füße stillhalten. Nachher hieß es noch, er mische sich in irgendwelche Ermittlungen ein.

Aus dem Fernseher hörte er den lang gezogenen Pfiff des Schiris. Halbzeit! Nun gut, eine Sache konnte er noch eben schnell erledigen, bevor es weiterging. Er schnappte sich das Telefonbuch, suchte die Nummer von Annemarie Hansen heraus und rief sie an.

*

Martin war müde. Dieser verfluchte Alkohol. Er vertrug das Zeug einfach nicht und täte wirklich gut daran, sich in Zukunft davon fernzuhalten. Noch immer hockte er auf dem Friesensofa in Annemarie Hansens Wohnzimmer und beobachtete sie dabei, wie sie wie ein Tiger im Zimmer auf und ab lief. Jedes Mal, wenn Anne am Fenster vorbeiging, hielt sie einen Moment inne, sah kurz hinaus, seufzte und ging dann weiter. Vielleicht täte er gut daran, einfach aufzustehen, sich zu verabschieden und zu verduften. Ja, besser wäre es. Andererseits war er sich nicht sicher, ob dies richtig war. Ob sich so etwas gehörte. Wenn er jetzt ging, dann sah das doch aus, als würde er flüchten. Außerdem war er doch noch immer irgendwie im Rennen. Tonis Plan war es gewesen, dass Martin und Annemarie sich näherkamen. Warum auch immer. Er verwarf den Gedanken an Flucht also wieder, um nur Sekunden später erneut darüber nachzudenken. Er könnte sich ja eventuell eine Ausrede einfallen lassen, weshalb er unbedingt wegmüsste. Zahnschmerzen vielleicht ... nee, so was war blöd. Irgendwie wünschte er sich in diesem Moment nach Hause. Nach Köln-Kalk, in seine eigenen vier Wände. Wobei ... na ja ... die Wände in dem kleinen Dachzimmer ihm ja eigentlich gar nicht selbst gehörten, sondern eher seiner Mama.

„Ich halt das nicht mehr aus", hörte er Annemarie zum zigsten Male fluchen.

Obwohl er sich ziemlich sicher war, dass sie nicht mit ihm sprach, hatte Martin dennoch das Gefühl, er müsse irgendetwas sagen. Aber was? Dass sie sich sicherlich unnötig Sorgen machte und dass bestimmt nichts passiert war, hatte er nun schon mehrmals, aber jedes Mal ziemlich erfolglos, angesprochen.

Während er noch so überlegte, schellte das Telefon. Wie eine Raubkatze stürzte Annemarie zu dem Gerät und riss den Hörer ans Ohr.

„Ja bitte“, schrie sie und hörte dann eine Weile der Person am anderen Ende der Leitung zu. Dabei hellte sich ihr Blick immer mehr auf.

„Onno, du hast ihnen doch hoffentlich gesagt, sie sollen drüben bleiben und erst morgen im Hellen, wenn sich das Wetter beruhigt hat, zurückkommen?“, fragte sie irgendwann besorgt.

„Danke, Onno, das ist lieb von dir. Bis morgen dann“, verabschiedete sie sich und sah nun schon wesentlich entspannter aus als noch vor einer Minute. Als der Telefonhörer bereits knapp über dem Apparat schwebte, riss sie ihn noch einmal ans Ohr.

„Onno, hallo Onno, bist du noch dran?“, rief sie und lächelte dann sogar, was wohl bedeutete, dass dieser Polizist tatsächlich noch nicht aufgelegt hatte.

„Ja, ähm, ich weiß ja ... es geht mich ja eigentlich nichts an ... versteh das bitte nicht falsch, Onno ... ich möchte nicht neugierig erscheinen ... normal ist das ja auch gar nicht so meine Art“, druckste sie herum. „Aber es würde mich doch interessieren, ob der Tote ..., also dieser Mann, der da auf Spiekeroog angespült wurde ... ob das tatsächlich der ... also ... ob es sich wirklich um diesen Vermissten handelt.“

Martin beobachtete Annemarie, die nun immer wieder nickte und dem Polizisten aufmerksam zuhörte. Plötzlich bemerkte er, wie sich ihr Gesichtsausdruck veränderte. Nur Sekunden später griff sie mit der freien Hand Halt suchend an die Kante der Kommode. Sie schwankte verdächtig hin und her und Martin schwante Böses. Geistesgegenwärtig sprang er, trotz des immer noch recht hohen Alkoholpegels, auf und war gerade rechtzeitig bei ihr, als der Telefonhörer krachend auf dem Parkettboden landete, Annes Körper erschlaffte und dann ebenfalls der Schwerkraft nachgab. Flink fing er sie ab, packte sie und trug sie zum Sofa.

„Hallo, Frau Annemarie, hallo ... Mädche wat machst du daa für Sache ... hallo, nu werd ma wieder wach ...", sprach er hektisch auf die Bewusstlose ein und tätschelte dabei ihre Wange. Hilfe suchend sah er sich um. Der alte Kapitän war bereits vor einer guten halben Stunde gegangen. Vermutlich hatte er, nachdem er auch noch den letzten Tropfen Korn in sich hineingekippt hatte und es laut Annemaries Aussagen auch keine weiteren Schnapsvorräte mehr im Haus gab, keinen Sinn in einem weiteren Verweilen gesehen und war deshalb von dannen gezogen. Martins Blick fiel auf den Telefonhörer. Er ließ von Annemarie ab, rannte zur Kommode und hob ihn auf.

„Hallo Sie? Sind Sie noch da?", bellte er in die Sprechmuschel. „Ich bräuchte hier mol ene Doktor, dat Frau Annemarie is mir aus den Latschen gekippt", erklärte er knapp das Wesentliche.

*

Nina zog die Latexhandschuhe aus, die der Herr Hinterhuber ihr freundlicherweise zur Verfügung gestellt hatte, warf sie in den Mülleimer des Behandlungsraumes und wusch sich dann gründlich die Finger. Sie hatte das Gefühl, als ob der Geruch der toten Frau immer noch in der Luft läge.

„Sie haben nicht zufällig einen Kaffee?", erkundigte sie sich bei dem Sanitäter, der lässig neben ihr am Schrank lehnte.

„Ja mei, ham Sie auch so einen ekelhaften Geschmack auf der Zunge?", konterte der sofort und schmatzte dabei theatralisch angewidert.

„Ja, hab ich. Aber erfahrungsgemäß hilft ein starker Kaffee oder viel Alkohol", versuchte sie einen Witz zu machen, obwohl die Sache mit dem Alkohol tatsächlich auch funktionierte.

Nach ihrer letzten Wasserleiche, im Frühling des vergangenen Jahres, hatte sie dies sogar einmal ausprobiert und abends in der Linde, ihrer Stammkneipe, fast eine komplette Flasche Tequila geleert. Der üble Leichengeruch und der pelzige Geschmack auf der Zunge waren danach tatsächlich weggewesen. Dafür hatte sie anschließend die halbe Nacht auf der Toilette verbracht und sich den Tequila noch einmal durch den Kopf gehen lassen. Im Nachhinein gesehen war das dann auch nicht viel besser gewesen.

Olaf Hinterhuber grinste breit.

„Also, mit oanem zünftigen Schnaps könnt ich aushelfen. Aber ich denk, ein Kaffee kommts jetzt eh besser", trompetete er in seinem Kauderwelsch und verschwand dann im Nebenraum. Nina sank auf die Behandlungsliege und sah hinaus in den Korridor. Von ihren beiden Begleitern war nichts zu sehen. Lotta hatte gemeint, sie müsse frische Luft schnappen und war die paar Meter hinüber zum Strand gegangen. Wie nicht anders zu erwarten bestand Krischan darauf, sie zu begleiten. Zwar hatte das Polizeiküken so getan, als wolle sie dies nicht, doch es war ihr anzusehen, dass sie über sein Angebot nicht wirklich unglücklich war.

Nachdem Krischan behauptet hatte, dass es sich bei dem vermeintlich toten Mann um Rieke Belfinger, die Frau von Toni Belfinger, handelte, war Nina doch noch neugierig geworden. Sie hatte sämtlichen Ekel und

Skrupel über Bord geworfen und die Leiche genauer untersucht. Olaf der Bayer, der aber, wenn man seinen Aussagen Glauben schenken wollte, eigentlich ein Österreicher im Exil war, hatte Nina geholfen die Leiche zu drehen und zu wenden. Ihre Erfahrung aus fünfzehn Jahren bei der Kripo sagte ihr, dass Rieke Belfinger nicht erst seit gestern tot war. Die Verwesung war bereits weit fortgeschritten. Was natürlich bei einer Wasserleiche nix heißen musste. Wie lange die Frau tatsächlich nicht mehr lebte, könnte nur die Obduktion zeigen. Anzeichen für äußere Gewalt waren, zumindest auf den ersten Blick, nicht zu erkennen. Nun gut, das musste nichts heißen, da sie die Leiche ja nicht entkleidet hatten. Und natürlich gab es auch einige unschöne Stellen an der Toten, die Nina sofort aufgefallen waren. So zum Beispiel die Ohrläppchen oder Finger der Verblichenen, an denen bereits einige Krebse oder Fische herumgeknabbert hatten. Eine sehr unangenehme Angelegenheit ... zumindest für den Betrachter. Für die Tote eher nicht, da die, als dies geschah, vermutlich schon ziemlich lange ziemlich tot gewesen war. Seltsam war ihr die geschwollene, bläuliche Zunge des Opfers vorgekommen. So etwas hatte sie bisher noch nie gesehen, musste aber ebenfalls nichts bedeuten, da sie auch noch nie zuvor einer Leiche begegnet war, die mehrere Tage in der Nordsee getrieben hatte. Die äußerst ordentliche Kleidung Frau Belfingers hingegen war vollkommen intakt. Eine dunkelblaue Hose, dazu das passende Jackett, eine weiße Bluse. Das klassische Outfit einer Geschäftsfrau, ohne Einschuss- oder Einstichlöcher. Vermutlich waren die Kollegen der Spiekerooger Inselpolizei wegen des Anzugs zu dem schnellen Entschluss gekommen, dass sie da einen toten Mann vor sich hatten. Dazu kamen die kurzen dunklen Haare und die nicht wirklich vorhandene Oberweite der wohl zu Lebzeiten einmal recht sportlichen Dame. Nina musste zugeben, dass sie, als sie den Sack öffnete, im ersten Moment ebenfalls einen Mann gesehen hatte.

„Und wie geht das jetzt weiter?", riss Exilösi Olaf sie aus ihren Tagträumen und hielt ihr eine leere Tasse hin.

Nina schreckte auf. „Ähm ... keine Ahnung ... weiß ich nicht ... das ist ja eigentlich nicht mein Fall", gab sie zu und stierte auf die braunen Krümel in der doch nicht ganz so leeren Tasse.

„Mir ham hier nur den Löslichen. Passt aber schon. Ist gar nicht so übel", erriet er ihre Gedanken und deutete dann zur Tür. „Wasser kommt auch gleich. Dauert halt a bissl."

Nina nickte und rang sich ein Lächeln ab. Sie hasste Instantkaffee.

„Darf man fragen, warum des jetzt nicht Ihr Fall ist?", kam Olaf nun wieder schnell zum Wesentlichen.

„Ganz einfach. Ich bin lediglich auf der Suche nach einem Herrn, der seit gestern Nacht drüben auf Langeoog verschwunden ist", erklärte sie wahrheitsgemäß.

Olaf nickte wissend.

„Ahhh ... und da ham Sie geglaubt, der ist drüben, auf Langeoog ins Wasser ... und hier bei uns wieder ..."

„Bingo ... genau das haben wir gedacht", fiel Nina ihm ins Wort.

Olaf schüttelte seinen kahlen Kopf.

„Ja, so ein Aufstand für nix und wieder nix. Hätt ich das gewusst. Dann hätt ich Ihnen doch ein Bild von derer Leich schicken können. Dann hätten Sie nicht extra rüberfahren müssen bei dem Wetter", erklärte er dann todernst und Nina spürte in dem Moment wieder, wie ihre Halsschlagader zu pochen begann.

Kapitel 14

Sonntag, 9. August 2015, 20:58 Uhr
Haus von Annemarie Hansen, Insel Langeoog

Es hatte eine Weile gedauert, bis Annemarie sich wieder einigermaßen gefangen hatte und sie Martin bat bei der Polizei anzurufen, um den Notarzt abzubestellen. Der Polizist schien die Nachricht, dass es Anne wieder besser ging, ziemlich erleichtert aufzunehmen und versprach, die Sanis unverzüglich zurückzupfeifen. Seitdem saß er nun hier gemeinsam mit ihr auf dem Friesensofa und hielt sie fest im Arm, während sie immer noch weinte und schniefte.

Er musste zu seiner Schande zugeben, dass ihm die Situation irgendwie gefiel und er nun froh war, vorhin nicht getürmt zu sein. Nun gut, die Umstände, weshalb sie nun so hier hockten, waren eher weniger erfreulich. Tonis Frau Rieke, Annemaries beste Freundin, war tot. Ihre Leiche war auf der Nachbarinsel angespült worden. Unerfreulich zum einen, weil es nie erfreulich war, wenn jemand starb, und zum anderen, weil es sich bei der Toten ja auch noch um die Freundin der Frau handelte, die Martin, obwohl er sie ja erst seit ein paar Stunden kannte, sehr mochte. Doch das Allerallerallerschlimmste an dieser tragischen Angelegenheit war, dass es auch noch die Gattin seines alten Freundes Toni war, und Martin diesen doofen Gedanken nicht loswurde, dass der alte Gauner etwas damit zu tun hatte. Natürlich gab es für diese Annahme keinerlei Beweise oder Indizien. Nein, rein gar nichts deutete darauf hin. Es stand ja noch nicht einmal fest, dass die Frau überhaupt ermordet wurde. Vielleicht war sie ja einfach gestolpert und ins Meer gefallen. Vielleicht ein Badeunfall oder etwas in der Art. Dennoch traf Martin die Einsicht mit Erschrecken, dass er dem Toni so ziemlich alles zutrauen würde. Kein Wunder, da der ja auch noch nie zimperlich gewesen war. Ja, Martin war sich sicher, dass Toni, um seine Ziele zu erreichen, sogar über Leichen ging. Wenn dem so war ... stellte sich natürlich die Frage, was Martin selbst eventuell, ohne es zu wissen, damit zu tun hatte. Welche Rolle spielte er in Tonis miesem Spiel, wenn es dieses tatsächlich gab?

„Nä, wat is der Toni doch ene Gauner", hörte er sich laut sagen und erschrak darüber im gleichen Moment.

Annemaries Kopf ruckte hoch.

„Was hast du gesagt?", fragte sie irritiert und Martin erschrak noch mehr.

„Ich? Was gesagt ... Nein, ich hab nix gesagt", log er und merkte, wie er rot wurde.

„Doch, hast du. Du hast gesagt, der Toni wäre ein Gauner", wusste sie und nahm nun ein wenig Abstand von ihm.

In Martins Kopf liefen die Rädchen seines Denkapparates nun auf Hochtouren. Er holte tief Luft. Jetzt half hier nur noch die Wahrheit. Lügen war eh noch nie seine Stärke gewesen. Beim Lügen verlor er immer zu schnell den Überblick und warf dann alles durcheinander.

*

„Wir könnten versuchen ein Zimmer zu bekommen und dann morgen, wenn es hell ist, zurückfahren. Vielleicht hat sich bis dahin auch das Wetter ein wenig beruhigt", schlug Lotta vor und versuchte dabei nicht panisch zu klingen.

Wie erwartet schienen ihre Worte jedoch an Kriminaloberkommissarin Moretti abzuprallen wie die Regentropfen an Lottas Ölzeug. Sie verdrehte lediglich die Augen und marschierte weiter in Richtung Hafen, während Krischan und Lotta ihr wie zwei dressierte Hündchen hinterherliefen. Natürlich wollte Lotta auch nach Hause. Am allerliebsten wäre es ihr, dass sie die Augen schließen, bis fünf zählen könnte, und wenn sie sie wieder öffnete, wäre sie in ihrer kleinen hübschen Zweizimmerwohnung in Hannover. Weit weg von der Nordsee, dem Regen, der Kälte und diesem doofen Wind. Doch das ging nun mal nicht und daher würde sie heute Nacht auch mit einem einfachen Hotelbett vorliebnehmen. Hauptsache es war warm und trocken.

Entschlossen schubste Lotta Krischan in die Seite und zischte: „Verdammt, Krischan, sag du doch auch mal was. Wir können doch unmöglich bei dem Sturm und der Dunkelheit zurück nach Langeoog fahren."

Krischan schien unschlüssig.

„Aber ich muss morgen früh zur Arbeit. Tante Annemarie kann es nicht ausstehen, wenn ich zu spät zur Arbeit komme", warf er ein und Lotta hätte sich am liebsten die klammen Haare gerauft.

„Okay", entschied sie. „Dann ruf ich jetzt deine Tante Annemarie an und frag sie, was sie davon hält, dass du heute noch zurück nach Langeoog fahren willst!", keifte sie und merkte sofort an seinem Gesichtsausdruck, dass sie seinen wunden Punkt erwischt hatte. Annemarie Hansen würde ihrem lieben Neffen nämlich was husten. So wie Onno sich vorhin am Telefon ausgedrückt hatte, war die eh schon besorgt genug, dass Krischan bei dem Wetter überhaupt ausgelaufen war und nun ebenfalls der Meinung, dass die Anne II bei diesem Wetter nicht zurück nach Langeoog fahren sollte.

„Wir könnten auf der Anne schlafen! Es gibt unter Deck, da wo früher der Kühlraum war, eine Kajüte für vier Personen", schlug er laut vor und wäre dann beinahe gegen die Frau Oberkommissarin geknallt, die abrupt stehen blieb. Zuerst glaubte Lotta tatsächlich, dass es an Krischans Vorschlag läge, doch dann sah sie, was es gewesen war, das die ansonsten so coole Frau Moretti aus dem Gleichschritt gebracht hatte. Im Schein der Laternenmasten, die sich auf dem gesamten Hafengelände befanden, war deutlich die Gischt der Wellen zu erkennen, die aus der Dunkelheit heraus auf das äußere Ende der Kaimauer brandeten. Lotta trat neben die Oberkommissarin und besah sich das Schauspiel einen Moment. Dann schüttelte sie entschieden den Kopf. Niemand konnte von ihr verlangen, bei diesem Wetter hinaus auf die Nordsee zu fahren. Niemand! Sollten die beiden anderen doch in See stechen, wenn sie unbedingt wollten. Sie würde dies definitiv nicht tun.

Ihr Blick fiel auf die Anne II, die sich im Schutz des Hafens auf und ab bewegte. Zwar waren die Bewegungen des alten Kahns bei Weitem nicht so stark wie vorhin bei der Hinfahrt außerhalb des schützenden Hafens, aber dennoch waren sie so heftig, dass sie auch ohne hinauszufahren an Bord gewiss kein Auge zumachen würde. Die noch kleineren Segelboote weiter links in der Mitte des Hafens tanzten wie Korken auf dem Wasser und selbst das große Fährschiff neben der Anne lag alles andere als ruhig da.

Sie sah, wie Frau Moretti ihr Smartphone aus der Jacke zog, kurz fluchte und es wieder einsteckte.

„Mein Akku ist leer", rief sie ihr gegen den Wind zu und wandte sich dann an Krischan: „Sag mal Krischan, kannst du an Bord nachsehen, wann das Wetter sich wieder beruhigen wird?"

Krischan nickte eifrig.

„Okay, dann würde ich vorschlagen, wir gehen aufs Schiff und warten, bis sich die Wetterlage ein wenig beruhigt. Sonntagsabends während der Hauptsaison drei Einzelzimmer zu bekommen, wird vermutlich schwierig bis unmöglich sein", beschloss sie.

Obwohl es Lotta ganz und gar nicht passte, diese Schiffsschaukel überhaupt zu besteigen, nickte sie zustimmend. Die Frau Oberkommissarin hatte vermutlich recht. Von Langeoog wusste sie, dass dort im August bis auf die letzte Besenkammer alles belegt war. Auf Spiekeroog würde es vermutlich ähnlich sein. Ihr blieb also nichts anderes übrig, als die Nacht irgendwie auf diesem alten Kahn zu überstehen. Auf jeden Fall war es besser als bei Regen und Sturm hier draußen zu nächtigen. Schlafen würde sie bei dem Gewackel und Getöse vermutlich eh nicht. Aber es war trocken und wärmer als auf dem Kai. Zum Glück waren die anderen nun wenigstens auch der Meinung, dass es unklug wäre, den schützenden Hafen bei diesem Wetter zu verlassen. Das war doch schon mal was.

*

Klaus sah auf die Uhr, es war fast halb zehn. Vor einigen Minuten hatte er versucht Nina noch einmal telefonisch zu erreichen. Leider ohne Erfolg. Die letzte Nachricht von ihr war vor knapp einer Stunde auf seinem Handy eingegangen. Der Tote auf Spiekeroog war nicht Harald. Von ihm fehlte weiterhin jede Spur. Noch einmal wählte er die Nummer von Nina und lauschte dann der Computerstimme, die ihm freundlich mitteilte, dass der gewünschte Gesprächspartner derzeit nicht erreichbar war. Er versuchte sich einzureden, dass es vermutlich nur daran lag, dass der Akku ihres Handys, wie so oft in letzter Zeit, leer war. Er warf sein Telefon auf das Bett, ging zum Dachfenster und sah eine Weile in die Dunkelheit. Am Tage hatte man von hier einen wunderbaren Ausblick über die Dünen und den nahen Strand. Jetzt ließ sich das Meer nur erahnen. Klaus mochte die Nordsee. Schon als Kind war er gerne hierhergefahren. Ein Fleckchen Erde, an dem er sich wie zu Hause fühlte. Dabei war es egal, auf welcher Insel oder an welchem Ort der Küste er sich befand. Es war ihm sogar schnuppe, ob gerade Flut oder Ebbe war. Es reichte ihm aus, einfach auf dem Deich oder einer Düne zu stehen, den Wind zu spüren, das Kreischen der Möwen zu hören und den Atem der See mit diesem unverkennbaren Geruch in sich aufzunehmen. Leider vergaßen viele Menschen, wie gefährlich diese wundervolle Landschaft auch sein konnte. Immer wieder holte die Nordsee sich ihre Opfer. Manch einer verschwand für immer in den Tiefen, andere spuckte das Meer irgendwann wieder aus. So wie diesen Toten auf Spiekeroog. Wer er wohl gewesen war? Vielleicht ein Seemann? Nina hatte sich darüber nicht weiter ausgelassen. Es war nicht Harald. Nur das zählte im Moment. Er schob den Gedanken beiseite, ging zurück zum Bett, ließ sich darauf nieder, griff nach dem Handy und wählte noch einmal ihre Nummer. Doch auch diesmal kam sofort wieder die Computerstimme. Nun gut, wenn der Akku leer war, würde sie sich wohl auch nicht mehr melden können. Es blieb ihm also nichts anderes übrig, als zu warten, bis sie zurückkam. Der Streit mit Lara kam ihm wieder in den Sinn. Okay, er hatte ihr dieses eine Mal unrecht getan, als er behauptete, er habe sie mit Toni Belfinger in den Dünen gesehen. Aber sie war doch auch selbst schuld. Wie hätte er denn auch nach all den Lügen der letzten dreißig Jahre auf den Gedanken kommen sollen, dass sie dieses eine Mal die Wahrheit sagte. Klaus musste gestehen, dass er, als seine Mutter einwarf, sie selbst wäre es gewesen, die sich dort mit dem Bauunternehmer getroffen hätte, für einen Moment geglaubt hatte, dass es sich dabei ebenfalls um einen Schwindel handelte. Dass sie dies nur vorgab, um ihr liebes Töchterlein zu schützen. Doch bei näherem Betrachten war ihm dann aufgefallen, dass die Frau, die er mit Belfinger beobachtet hatte, die Kleidung seiner Mutter getragen hatte und dass der pinke Regenschirm seiner Schwester bereits im Schirmständer stand, als diese die Diele betrat. Nun gut, irren war menschlich. Dann hatte er sich eben verguckt. So etwas konnte ja mal passieren. Außerdem sahen seine Mutter und Lara sich von hinten tatsächlich ein wenig ähnlich. Beide waren in etwa gleich groß und besaßen auch ungefähr die gleiche Figur, wenn man mal von der Silikonoberweite seiner Schwester absah. Dazu die blonden Haare ... Egal! Es war, wie es war. Er hatte einen Fehler gemacht und diesen dann auch zugegeben. Nicht mehr und nicht weniger. Entschuldigen würde er sich nicht, dafür hatte sie ihn schon zu oft belogen. Er schloss die Augen und lauschte dem Sturm, der über das Dach hinwegfegte. Kein Auge würde er diese Nacht zubekommen und das gewiss nicht nur wegen der Geräuschkulisse. Wie sollte er in Ruhe schlafen, während seine Frau bei diesem Wetter in einem alten Krabbenkutter auf der Nordsee unterwegs war? Vielleicht sollte er sich anziehen, zum Hafen gehen und dort auf sie warten. Alles war besser als hier herumzusitzen und Däumchen zu drehen. Er erhob sich, ging zum Kleiderschrank, nahm den dicken Rollkragenpullover, den er für gewöhnlich nur im Winter oder halt im Nordseeurlaub trug, heraus und zog ihn über. Als er die Treppe zum Erdgeschoss hinunterschlich, bemerkte er einen Lichtschimmer unter der Tür zum Schlafraum seiner Mutter. Er hielt einen Moment inne, besann sich, kehrte um und klopfte zaghaft an.

„Ja bitte“, hörte er ihre Stimme gedämpft und trat dann ein.

Isabell stand vollkommen bekleidet an der offen stehenden Glastür. Anders als das Zimmer, in dem er und Nina wohnten, verfügte dieser Raum nämlich über einen Balkon. In der einen Hand hielt sie eine Zigarette, in der anderen einen Aschenbecher. Der starke Wind ließ die Gardinen wild hin und her tanzen und drückte den miefigen Rauch der Zigarette in den Raum.

„Ach, Klaus, du bist es“, stellte sie erstaunt fest, worauf ihm glatt die Bemerkung herausrutschte: „Klar ich, wer soll denn sonst nachts hier klopfen?“

Sie lächelte gequält, zog noch einmal an dem Glimmstängel, drückte ihn dann im Ascher aus und stellte diesen nach draußen auf die Fensterbank, wo der Wind die Asche und den Stummel sofort davontrug. Nicht eben clever, ging es ihm durch den Kopf, doch er sagte nichts.

„Ich hatte eigentlich eher mit deiner Schwester gerechnet“, gab Isabell zu, nachdem sie das Fenster verschlossen hatte.

Klaus nickte stumm und überlegte kurz, einen bissigen Kommentar bezüglich Isabells Zigarettenkonsums vom Stapel zu lassen, der in letzter Zeit für seinen Geschmack doch zu sehr ins Uferlose abdriftete. Er entschied sich jedoch dafür seine Klappe zu halten. Sie war wahrlich alt genug, um selbst zu wissen, wie ungesund diese Dinger waren.

„Willst du noch mal weg?", fragte sie und musterte ihn dabei. Er nickte versonnen.

„Ja, ich muss noch mal raus. Hier drinnen werde ich wahnsinnig. Ich dachte mir, ich fahr mit dem Rad hinüber zum Hafen und warte auf Nina."

„Bei diesem Wetter?", stieß sie erstaunt aus.

Er zuckte mit den Schultern.

„Why not? Es gibt kein schlechtes Wetter, nur die falsche Kleidung."

Erneut rang Isabell sich ein Lächeln ab, dann trat sie vor, packte ihn an den Schultern, schlang ihre Arme um seinen Hals, zog ihn ganz fest an sich, gab ihm einen Kuss auf die Wange und hielt so eine Weile inne. Klaus erschrak und erstarrte. Das letzte Mal, als Mama ihn so innig in den Arm genommen hatte, war irgendwann in der Grundschule gewesen.

„Ähm, womit hab ich das verdient?", fragte er irritiert.

Isabell hob die Schultern.

„Einfach nur so, Klaus. Einfach nur so. Das musste jetzt einfach mal sein. Oder darf eine Mutter ihrem erwachsenen Sohn nicht zeigen, dass sie ihn liebt?"

Er grinste verlegen.

„Doch klar ... war jetzt nur irgendwie ungewohnt ... und ähm ... überraschend", stotterte er verlegen. Dann beugte er sich vor und küsste sie ebenfalls auf die Wange und flüsterte ihr auch etwas zu.

„Danke Mama ... aber ich muss dann mal."

Als er bereits die Türklinke in der Hand hielt, fiel ihm wieder ein, warum er überhaupt zu ihr ins Zimmer gegangen war.

„Ach, Mama, was ich noch fragen wollte ... ich meine, du musst mir das nicht sagen ... weil, eigentlich geht es mich ja auch gar nichts an ... aber ... warum hast du dich eigentlich heute Nachmittag mit Toni Belfinger getroffen?"

Isabell hob die Brauen.

„Toni hat mir ein Geschäft vorgeschlagen", antwortete sie sehr ruhig und griff, vermutlich ohne es selbst zu bemerken, zu der Zigarettenschachtel, die neben einem Wasserglas auf der Kommode lag.

„Ein Geschäft?", hakte Klaus nach.

„Ja, Toni hat mir vorgeschlagen, in einen Hotelkomplex hier auf Langeoog zu investieren."

Obwohl er sich bisher noch nie für die Geschäfte seiner Mutter interessiert hatte, wurde Klaus hellhörig. Er wusste lediglich, dass sie mehrere Dutzend Häuser und einige kleinere Beteiligungen an Firmen besaß. Doch den genauen Umfang ihrer Geschäfte und was genau sie alles unternahm, um ihren Reichtum zu mehren, davon hatte er keinerlei Ahnung. Bis zu Vaters Tod vor nun beinahe fünf Jahren hatte der das Geschäft geleitet. Als er starb, stand Isabell vor einem Trümmerhaufen und kurz vor der Pleite. Doch sie hatte es irgendwie hinbekommen, den Laden wieder in Schwung zu bringen. Soweit er das mitbekam, ging es ihr, zumindest finanziell, besser als jemals zuvor.

„Einen Hotelkomplex auf Langeoog? Wo will er den denn noch hinstellen? Darf man das überhaupt?", fragte er und sah vor seinem inneren Auge die Bettenburgen entlang der spanischen Küste, die dort die einst traumhafte Landschaft regelrecht verschandelten.

„Laut Toni sind seine Pläne schon ziemlich weit gediehen. Er hat mir das Gelände in den Dünen sowie die Vorentwürfe heute Nachmittag vor Ort präsentiert. Also ... was ich bisher so gesehen habe. Eine wirklich schöne Anlage mit 750 Betten für Ferien- und Businessgäste. Mit acht Tagungsräumen, drei Restaurants, einem großen Wellness- und Sportangebot. Alles nur vom Feinsten“, berichtete Isabell für Klaus' Geschmack ein wenig zu überschwänglich.

„Ein Betonklotz mit 750 Betten mitten in den Dünen? Da willst du doch wohl nicht mitmachen?“, empörte er sich.

„Wieso nicht?“, antwortete sie und schien von seiner Reaktion nun irgendwie überrascht.

Klaus deutete zum Fenster.

„Weil das da draußen eine der schönsten und unberührtesten Landschaften der Küste ist.“

„Ich weiß, Klaus. Deshalb sollen ja auch möglichst viele erholungssuchende Menschen etwas davon haben.“

*

Martin von Schlechtinger rieb sich mit der Hand über seine linke Wange. Heißa, was hatte der Schlag gesessen. Er konnte sich nicht erinnern, wann er das letzte Mal so eine Klatsche bekommen hatte. Wobei ... eigentlich konnte er sich nicht erinnern, dass ihn überhaupt jemals eine Frau geschlagen hätte, außer natürlich seine Mama, als er noch klein war und wieder einmal etwas verbockt hatte. Die hatte ihm aber nie ins Gesicht geschlagen, sondern ihm stattdessen mit dem großen, hölzernen Kochlöffel den Hintern versohlt. Zumeist, das wusste er heute, war es verdient gewesen. Anders als die Ohrfeige eben von Annemarie. Die hatte er mit Sicherheit nicht verdient. Auf gar keinen Fall. Aber so waren sie halt, die Weiber. Dann war man mal ehrlich und sagte die Wahrheit und zack, bekam man eine geschallert, dass man sich beinahe im Kreis drehte wie ein Brummkreisel. Hätte er bloß seine Klappe gehalten.

Er seufzte. Damit war das Projekt Annemarie Hansen, wenn man es denn als solches bezeichnen wollte, wohl gestorben. Stellte sich nur die Frage, ob er Toni davon noch berichten würde oder morgen in der Früh einfach sofort die erste Fähre nahm, um von der Insel zu verduften. Er überlegte kurz und blickte dabei zum Himmel. Es war immer noch stürmisch, aber nicht unangenehm. Die feinen Regentropfen, die der Wind ihm ins Gesicht blies, taten irgendwie gut. Langsam trottete er die Straße entlang und blieb vor dem Haus von Toni Belfinger stehen. Hinter den Gardinen in der unteren Etage brannte noch Licht. Toni schien also noch wach zu sein. Natürlich, seine Frau war ja vorhin verstorben, oder zumindest hatte man eben erst ihre Leiche gefunden und ihn dann wohl unverzüglich davon unterrichtet, da würde er sicherlich nicht in aller Seelenruhe im Bett liegen und schlafen. So kaltherzig war keiner, noch nicht mal ein Toni Belfinger. Immer noch überlegte Martin, ob es denn sein konnte, dass Toni etwas mit dem Ableben seiner Angetrauten zu tun haben könnte. Wobei ... hätte man es ihm dann nicht in den letzten Tagen anmerken müssen? Nach so einem Mord war man als Täter doch bestimmt ziemlich nervös. Toni war aber wie immer gewesen ... zumindest glaubte Martin dies. Aber vielleicht war der Toni ja doch viel abgebrühter als er es sich vorstellen konnte. Zu gerne hätte er sich über dieses Thema noch mit Annemarie ausgetauscht. Hätte gehört, wie ihre Meinung dazu war. Ach ..., es war wirklich schade, dass dieser bis dato so schöne Abend so aus dem Ruder gelaufen war. Irgendwie hatte er in den wenigen Stunden doch Gefallen an ihrer Anwesenheit ... und auch an ihr selbst gefunden. Aber es war nun mal, wie es war. Schluss, Aus, Ende und vorbei. Genau das würde er Toni auch mitteilen und zwar unverzüglich jetzt und hier.

Er holte tief Luft, schob das kleine Gartentor auf, schritt mit spürbar pochendem Herzen auf die Haustür zu und klingelte. Es dauerte eine Weile, bis von drinnen Geräusche zu hören waren. Das Knacken eines Riegels, das Drehen eines Schlüssels, dann wurde die Tür einen Spalt weit geöffnet.

„Maddin? Wat willst du dann hier um die Zeit?", bellte Toni nicht eben freundlich.

„Ähm ja ... ich wollt mal so hallo ... wollt ich sagen", stammelte er irgendwie sinnlos.

„Sag mal, spinnst du? Hast du nix zu tun?", zischte Toni erbost. „Wir haben gleich zehn Uhr abends. Solltest du nicht um die Zeit bei der ollen Hansen zugange sein?"

„Jo ... nee ... sollte ich, aber ... na jo ... wat nid ess, ess eben nid", versuchte er sich zu erklären.

„Wie nee ... jo? Hes do die jitz rumgekriegt oder nid?", fauchte Toni plötzlich wieder wie früher in ihrer Jugend auf Kölsch.

„Jo ... nee ...jitz eher nid. Dat mit deiner Frau kam mir dazwischen", antwortete Martin wahrheitsgemäß.

Toni kniff die Augen zusammen und Martin erkannte erst jetzt durch den Türspalt, dass sein Jugendfreund genau wie am Morgen wieder den Bademantel trug.

„Meine Frau? Was zum Teufel hat meine Frau damit zu tun?"

„Ähm ... ja ... weil dat Frau Annemarie war so bestürzt ... also ich mein ... die zwei waren ja wohl gute Freundinnen, hes do doch selbst jesaat", versuchte Martin zu erklären.

Toni riss die Tür auf. Sein Kopf schnellte nach vorn. Dann roch er an Martin.

„Sag mal, hast du gesoffen?", fragte er. Martin schluckte. Wäre er doch ins Hotel gegangen und mit der ersten Fähre morgen früh verduftet.

Kapitel 15

Sonntag, 9. August 2015, 22:16 Uhr
Hafen der Insel Spiekeroog

Nina lag in eine dicke Decke eingehüllt in der einzigen Hängematte der kleinen Kajüte und beobachtete Krischan, der sich an einem alten gusseisernen Bollerofen zu schaffen machte, und das im August. Sollten Menschen im August nicht in der Sonne schwitzen und am Strand liegen? Nein, es sollte wohl, zumindest heute, nicht so sein. Sie war hundemüde, ihr war saukalt und sie hatte einen Mordshunger. Der Tag war anstrengend gewesen, obwohl sie ja nicht wirklich etwas getan hatten, außer nach Harald zu suchen. Zwar gab es keine handfesten Beweise für sein Ableben, doch war Nina mittlerweile davon überzeugt, dass er tot sein musste. Seine Jacke, die Klaus am Strand gefunden hatte, war für sie ein ziemlich eindeutiges Indiz. Natürlich würde sie den Teufel tun und ihren Verdacht laut äußern, besonders nicht bei Lara oder Isabell. Wie gerne hätte sie jetzt mit Klaus gesprochen und noch viel lieber mit ihm in dem schönen großen Bett in der Mansarde des Ferienhauses gelegen. Doch das Bett war derzeit unerreichbar weit weg und wie immer, wenn man diese verflixten Mobiltelefone brauchte, war der Akku leer. Lotta hatte ihr angeboten, das ihre zu benutzen. Doch was nützte ihr das Telefon der jungen Polizistin, wenn sie die Nummer von Klaus nicht auswendig wusste? Nina kannte, wenn sie recht überlegte, fast gar keine Telefonnummern mehr auswendig. Wozu auch? Sämtliche Rufnummern, die sie brauchte, waren ja in ihrem

Handy abgespeichert und das zeigte auch immer nur noch den Namen desjenigen an, den sie gerade kontaktierte. Sie wusste ja noch nicht einmal ihre eigene Telefonnummer, ohne in dem Gerät oder auf ihrer Visitenkarte nachzusehen. Nina hatte daher lediglich Lottas Kollegen Onno Federsen gebeten, Klaus und ihre beiden anderen Reisebegleitungen darüber zu informieren, dass sie heute Nacht hier auf Spiekeroog bliebe. Dieser Onno schien zwar etwas träge, aber auch nett zu sein und hatte versprochen sich darum zu kümmern, sobald das Fußballspiel zu Ende war. Wenigstens etwas. Ihr Blick wanderte zu Lotta, die in einer der vier schmalen Schlafkojen lag und genau wie Nina zuvor, Krischan beobachtete. Ihr gelbes Plastikmäntelchen mit der Aufschrift POLIZEI schaukelte im Takt der Wellen an einem Haken neben der Kajütentür sachte hin und her. Sie wirkte erschöpft, sah aber bei Weitem nicht mehr so elendig aus wie auf der Hinfahrt. Konnte man sich an das Geschaukel auf so einem Kahn doch noch gewöhnen? Wie es schien, ja. Nina musste an Toni Belfinger und seine verstorbene Frau denken. Belfinger hatte gestern Abend noch behauptet, seine bessere Hälfte wäre in ihrer Finca auf Mallorca. Da stellte sich ihr doch zuerst mal die Frage, ob Herr Belfinger gelogen hatte oder ob er tatsächlich davon ausging, dass seine Frau in Spanien weilte. Nina wischte den Gedanken beiseite. Das alles ging sie doch gar nichts an. Sie war im Urlaub und hatte gerade ganz andere Probleme. Was mit Frau Belfinger passiert war, würden die norddeutschen Kollegen klären müssen und nicht sie.

„So, das Feuer brennt. Ich mach dann mal Tee. Habt ihr beiden auch so Hunger? Ich kann euch was zu essen machen. Wir haben Ravioli, Zwieback, Erbsensuppe und Bockwurst an Bord", meinte Krischan und deutete auf einige Konservendosen und Verpackungen auf einem Regal. Ganz leicht nahm Nina den Geruch des Rauchs wahr, der nun von dem Ofen ausging. Feiner Qualm drang spärlich aus den Stellen, wo das Ofenrohr zusammengesteckt war. Es war nicht unangenehm. Im Gegenteil, der Geruch nach Feuer verlieh dem Ganzen hier so ein Stück von Zeltlagerromantik und Lagerfeuer. Dennoch fragte sie sich, ob der Qualm okay war oder ob sie hier im Schlaf an einer Kohlenmonoxidvergiftung ersticken würden.

Nina bemerkte, wie Lotta den Kopf schüttelte und dann ziemlich erschöpft sagte: „Nee, Krischan, lass mal gut sein. Ich habe zwar auch ein bisschen Hunger, aber nachher ... nachher wird mir davon wieder nur schlecht." Krischan ging vor ihr in die Hocke, blickte sie eindringlich mit seinen himmelblauen Augen an und meinte leise: „Quatsch Lotta, du musst was essen. Der Onkel Piet sagt immer, man soll nie nicht mit leerem Magen zur See fahren ... weil ... ja dann ... dann ... wird einem ja erst recht schlecht."

Nina musste nicht nur wegen Krischans Wortwahl lächeln. NIE NICHT! Hoben die beiden Wörter sich nicht gegenseitig auf? Egal, es klang irgendwie süß, aber sie war davon überzeugt, dass dieser Onkel Piet niemals etwas in dieser Form geäußert hatte, und dass Krischan gerade log, dass sich die Balken bogen. Natürlich nicht böswillig, und genau wie er war auch sie davon überzeugt, dass er irgendwie recht hatte. Hier zu hungern brachte gar nichts, außer dass einem tatsächlich noch mehr schlecht wurde. Schwerfällig erhob sie sich daher aus der Hängematte, die tatsächlich sehr bequem war, wankte zu dem Regal mit den Konserven, griff nach der Erbsensuppe, da die direkt vorne stand, und besah sich das Etikett. Entgegen ihrer ersten Befürchtung war das Mindesthaltbarkeitsdatum des Doseninhaltes noch nicht abgelaufen und auch die Würstchen in der zweiten Konserve schienen noch okay.

„Krischan hat recht, Lotta, Sie sollten etwas essen", erklärte sie, stellte die beiden Dosen dann auf den kleinen Tisch unterhalb des Bullauges, ging zu der kleinen Polizistin und setzte sich auf die hohe Kante der Koje, die wohl verhindern sollte, dass jemand bei zu stürmischer See aus derselbigen herausfiel.

„Ich bin übrigens Nina", erklärte sie und hielt Lotta die Hand hin. „Ich denke, wenn wir schon gemeinsam hier die Nacht verbringen müssen, könnten wir doch auch DU zueinander sagen, oder?"

Das Küken lächelte und ergriff Ninas Hand. „Klar gerne. Ich bin Lotta."

„Und ich bin der Krischan", meinte Krischan über Ninas Schulter hinweg und das erste Mal für heute musste sie richtig herzhaft lachen.

*

Klaus schlug den Kragen seiner Jacke nach oben und zog die Kapuze bis weit ins Gesicht, als er auf die menschenleere Straße trat. Wie kleine Nadeln stachen die feinen Regentropfen, die der Wind vor sich herschob, auf die Hautpartien ein, die nicht von Stoff bedeckt wurden. Es war nicht wirklich unangenehm. Im Gegenteil, es tat sogar gut die durch die Sonne des Vortages arg strapazierte Haut ein wenig zu kühlen. Außerdem gehörte dieses Wetter doch irgendwie zur Nordsee und man musste damit rechnen, wenn man hierher fuhr. Im Sommer nur mit leichtem Gepäck und dünner Kleidung anzureisen konnte am Meer fatal sein. Klaus liebte die See hier im Norden so wie sie war. Er brauchte nicht jeden Tag 30 Grad im Schatten und Strandwetter. Zu viel Sonne war eh nicht sein Ding, da er als eher heller Typ sie gar nicht so vertrug. Anders Nina, deren südeuropäische Gene wie ein natürlicher Schutz wirkten. Nina konnte stundenlang in der Sonne dösen, ohne einen Sonnenbrand zu bekommen. Er hingegen sah schon nach wenigen Minuten aus wie ein Grillhendl. Er sog die Luft ein und lauschte dem Sturm, der über ihn hinwegdonnerte. Hier am Boden nahm man ihn gar nicht so stark wahr wie zuvor in der Mansarde des Hauses, da die Dünen und umliegenden Häuser noch schützend zwischen ihm und dem Meer lagen. Direkt am Strand, oder draußen auf See, war er sicherlich noch um einiges stärker. War es nicht ein Segen, dass es hier auf der Insel keine Autos gab, kam ihm in den Sinn. Doch, war es. Er musste an die Diskussion mit seiner Mutter vorhin denken. Ein Tagungs- und Wellnesshotel in den Dünen von Langeoog. In seinen Augen ein No-Go. Für seine Mutter nicht. Sie sah tatsächlich nichts Verwerfliches daran, die Insel mit Menschenmassen förmlich zu fluten. Ein Ballermann für gut Betuchte am Nordseestrand. Sylt war wohl gestern. Es musste etwas Neues und Exklusiveres her. Natürlich hatte Klaus sofort eingewandt, dass solch ein Projekt doch gar nicht genehmigt werden würde. Die Insel lag schließlich im UNESCO Weltnaturerbe Niedersächsisches Wattenmeer. Da konnte nicht jeder mal eben ein Hotel bauen wie bei Monopoly auf der Badstraße. Aber auch das sah seine Mutter vollkommen anders. Das Stück Land, auf dem das Hotel später mal stehen sollte, gehörte wohl schon zu großen Teilen Toni Belfinger oder vielmehr dessen Gattin, die irgendein uraltes verbrieftes Recht besaß, darauf bauen zu dürfen. Wie, weshalb und woher dieses Bebauungsrecht kam, hatte Isabell ihrem Sohn auch nicht genau erklären können. Es war Klaus auch egal. Baurecht hin oder her. Diese Insel brauchte keine neumodische Bettenburg, die diese wunderbare Landschaft verschandelte. Er hatte sich bisher noch nie in Isabells Geschäfte eingemischt. Es war ihm immer egal gewesen, wie sie ihr Geld verdiente. Okay, er war meist nicht abgeneigt gewesen, wenn sie ihn, falls mal wieder Ebbe in der Kasse war, sponserte. Im letzten Jahr zum Beispiel, als sie ihm ihr Auto schenkte, nachdem Nina seinen alten Studentengolf geschrottet hatte. Auch die Kohle, die sie ihm immer wieder während seiner Studienzeit zusteckte, hatte er, ohne zu fragen woher das Geld kam, gerne genommen. Natürlich war Isabell keine skrupellose Geschäftsfrau, die über Leichen ging. Im Gegenteil. Sie engagierte sich seit Jahren für ein Kinderheim und andere soziale Projekte. Aber als sie ihm eben von dem Hotel erzählt hatte, war er irgendwie ausgerastet und hatte sie mit Gegenargumenten förmlich torpediert. Als er dann das Zimmer verließ, war sie sehr nachdenklich zurückgeblieben, hatte ihn noch einmal in den Arm genommen, ihm sogar für seinen Rat gedankt und versprochen, Toni Belfinger mitzuteilen, dass sie von dem Projekt, entgegen ihrer anfänglichen Begeisterung, Abstand nehmen würde. Damit hatte Klaus nicht gerechnet. Er ging den Norderpad bis zu der etwas größeren Willrath-Dreesen-Straße und bog dann nach rechts in Richtung Ortsmitte ab. Er hatte keine Ahnung, wie er zum Hafen kommen sollte. Normalerweise würde er jetzt bis zum Inselbahnhof laufen und den Rest des

Weges mit der Bahn zurücklegen, aber es war Sonntagabend nach zehn Uhr und die Inselbahn mit ihren kleinen, roten Lokomotiven und den kunterbunten Waggons stand schon seit Stunden im Lokschuppen und schlummerte vor sich hin. Er würde den Weg also auf Schusters Rappen zurücklegen müssen. Er kannte die ungefähre Richtung. Als er schon einige Meter gelaufen war, entdeckte er das Licht einer Lampe, die vom Dorf her auf ihn zugeholpert kam. Unruhig tanzte der Lichtstrahl, der eindeutig von einer Fahrradbeleuchtung stammte, über die Pflastersteine. Erst jetzt fiel ihm ein, dass er ja ebenfalls einen, wenn auch nur gemieteten, Drahtesel besaß. Noch während er überlegte umzukehren, zum Haus zurückzugehen, um dann doch noch aufs Rad umzusteigen, erkannte er auf dem Regenmantel des Radfahrers die reflektierende Aufschrift POLIZEI. Es handelte sich eindeutig nicht um die kleine Polizistin vom Nachmittag, da die Gestalt auf dem Rad dafür viel zu massig war.

Konnte ja auch gar nicht sein, da diese Frau Weyand ja mit Nina auf dem Krabbenkutter unterwegs war. Kurzerhand trat er dem Polizisten winkend entgegen. Schlingernd, mit blockierendem Hinterrad und laut fluchtend brachte der sein Gefährt zum Stehen.

„Hey, Mann ... sind Sie verrückt!“, schimpfte der Beamte, dessen Gesicht Klaus bei der Dunkelheit nicht richtig erkennen konnte.

„Ähm nein ... noch nicht. Kann aber noch werden“, versuchte er eher halbherzig einen Scherz und stellte sich dem Mann als Klaus Schmitz und Ehemann der Oberkommissarin Moretti vor.

„Ach, Sie sind das. Das trifft sich gut. Zu Ihnen war ich gerade unterwegs. Ich soll Ihnen nämlich von Ihrer Frau ausrichten, dass sie über Nacht gemeinsam mit meiner Kollegin drüben auf Spiekeroog bleibt", brummelte der Polizist zu Klaus' Erstaunen.

„Meine Frau schickt Sie, um mir das zu sagen? Warum zum Teufel ruft sie nicht an?"

„Na ja, wie es scheint ist wohl der Akku des Mobiltelefons Ihrer Frau leer. Und da weder sie noch ich Ihre Nummer auswendig wussten, blieb mir wohl nichts anderes übrig, als mich bei diesem Schietwetter auf mein Dienstrad zu schwingen, um Ihnen Bescheid zu geben", erklärte der Mann und klang dabei nicht gerade begeistert.

„Ohh ... ja ... ähm, das ist nett. Dann mal danke dafür. Da hab ich ja aber noch mal Glück gehabt, dass ich Sie hier treffe", stammelte Klaus.

„Wieso Glück?"

„Na, weil ich gerade im Begriff war zum Hafen zu gehen, um dort auf meine Frau zu warten", erklärte er.

„Haha, ... ja ja, da hätten Sie aber lang warten können", amüsierte sich der Polizist.

„Ja ... haha", stöhnte Klaus nicht wirklich belustigt. Er war enttäuscht. Wie gerne hätte er Nina gleich in die Arme geschlossen. Nun gut ... sie waren keine frischverliebten Teenager mehr. Dennoch hätte er sie gerne bei sich gehabt. Gerade heute, wo es irgendwie gar nicht so gut lief. Erst die Sache mit Harald, dazu das Wetter, das, obwohl er das raue Klima ja mochte, ihm aufs Gemüt drückte, und dann noch der Knatsch mit Lara und seiner Mama. Der ganze Tag heute war irgendwie für die Katz gewesen. Knurrend machte sich sein Magen bemerkbar. Seit dem eher spärlichen Frühstück hatte er heute nichts mehr in den Magen bekommen. Sicherlich war er bereits total unterzuckert.

„Sagen Sie: Gibt es hier auf der Insel ein Restaurant, in dem man um diese Uhrzeit noch etwas zu essen bekommt?", fragte er spontan.

Der Polizist überlegte einen Moment.

„Vielleicht im Seekrug? Wenn Sie Glück haben, hat der Koch da noch keinen Feierabend gemacht."

„Was halten Sie davon, wenn ich Sie einlade?", fiel Klaus ein.

„Einladen? Mich? Ja ...warum eigentlich nicht? Da sag ich doch nicht nein", begeisterte sich der Mann, um dann sofort noch hinzuzufügen: „Aber einladen geht nicht ... ich zahl schon selber. Von wegen Bestechung und so."

*

„Martin, wenn man die Sauferei nicht verträgt, dann sollte man es seinlassen", schnaufte Toni gereizt.

„Ja, aber ... der Polizist am Telefon hat der Frau Annemarie aber gesagt ... dass" Martin kam ins Stocken.

„Der hat was?", hakte Toni nach.

„Na ... der hat gesagt, dass sie drüben auf der Nachbarinsel deine Frau gefunden hätten."

„Tot?"

„Ja klar ... sag ich doch."

Toni verdrehte die Augen.

„Lieber Martin ... keine Ahnung, was du da gehört haben willst. Aber meine Olle ... die is bestimmt nicht tot auf irgendeiner Nachbarinsel, sondern auf Malle und lässt sich dat vermutlich grad von irgendeinem spanischen Jüngelchen, der halb so alt is wie sie selber, heftigst besorgen."

Ohne dass er es hätte verhindern können, klappte Martins Kinnlade herunter. Er war sprachlos. Wie sprach Toni da von seiner Frau? Es schien fast, als wäre es ihm tatsächlich vollkommen egal, ob sie jetzt tot oder mit irgendeinem anderen Mann zusammen war. Wie konnte einer nur so herzlos sein?

„Mach den Mund zo, es zieht", kommandierte Toni grob. Martin gehorchte und sah zu, wie Toni zu einer Kommode ging, sie öffnete, eine Flasche Whisky und zwei Gläser herausholte und sie auf den Tresen in der Küche stellte. Er goss eines der Gläser zur Hälfte voll, zögerte dann und ließ, mit einem verächtlichen Blick auf Martin, die Flasche sinken.

„Hmmm, du kriegst nichts mehr, hast ja eh schon genug intus", erklärte er todernst, drehte die Flasche zu, stellte sie neben die Gläser und trank dann einen Schluck.

Martin war nicht böse drum, dass Toni ihm nicht auch etwas einschenkte, obwohl es ja schon sehr unhöflich war, einem Besucher nichts anzubieten. Doch in einem hatte Toni tatsächlich recht, er hatte wirklich genug. Und das nicht nur vom Alkohol, sondern von all dem hier. Wäre er doch bloß nicht auf diese blöde Insel gefahren! Wie schön könnte er jetzt in seinem Zimmer auf Mamas Dachboden hocken, Fernseh gucken und Kartoffelchips knabbern. Aber nein! Stattdessen musste er sich hier beschimpfen und erniedrigen lassen.

„Siehst du denn noch irgendwie eine Chance, die alte Hansen klarzumachen?", fragte Toni nach einer Weile.

Martin überlegte kurz und schüttelte dann den Kopf.

„Nein, die will nichts mehr mit mir zu tun haben", antwortete er, da er keine Chance mehr sehen wollte. Er wollte nur noch raus aus dieser Sache. Nach Hause! Nach Köln-Kalk!

Toni schüttelte ziemlich fassungslos den Kopf.

„Nä nä, Maddin, du hast dich echt nit verändert. Zu doof enen Eimer Wasser umzuschütten. Du bist wirklich für gar nix zu gebrauchen“, sinnierte der Bauunternehmer vor sich hin.

Seine Worte taten weh. Sehr weh! Und Martin spürte, wie sich seine Faust ballte. Er hatte noch nie einen Menschen geschlagen, außer ... na vielleicht in der Grundschule. Da hatte er sich schon das eine oder andere Mal mit Mitschülern geprügelt. Danach nie mehr. Nicht mal seinem Gesellen, nachdem der ihm seine Frau ausspannte, hatte er etwas antun können. Vielleicht lag es tatsächlich an dem vielen Alkohol, dass er plötzlich wie unbeteiligt dabei zusehen musste, wie seine Faust sich verselbstständigte, nach vorne schnellte und Toni mit voller Wucht auf der Nase traf. Schmerz durchfuhr seine Knöchel, als Tonis Nase darunter höllisch knackte und der ehemalige Kumpel daraufhin nach hinten torkelte, das Gleichgewicht verlor und zu Boden ging. Dabei ruderten Tonis Arme Halt suchend durch die Luft. Mit einem heftigen Rums knallte er auf dem Weg nach unten gegen das schicke Küchenbüfett und riss auch noch einen Stapel Teller mit, die wirklich sehr dumm an der Kante gestanden hatten. Laut scheppernd zerbarst das Geschirr auf den Kacheln, direkt neben Tonis Kopf, der ebenfalls sehr, sehr hart aufschlug. Martin sprang erschrocken einen Schritt zurück und blickte mit Entsetzen auf die reglose Gestalt vor ihm. Was hatte er getan? Wozu hatte er sich hinreißen lassen? Er sprang vor und tätschelte Toni die Wange.

„Toni ... Toni ... verdammt, jetz sach doch wat.“

Doch Toni sagte nichts. Der lag einfach nur da, wie erschlagen. Nun gut, das war er ja auch irgendwie.

Martin sprang auf. Was sollte er jetzt nur tun? Er, Martin von Schlechtinger, war ein Totschläger! Ein Krimineller! Dafür würde er ins Gefängnis kommen. Wie hatte er sich nur so gehen lassen können? Er würde mindestens lebenslänglich bekommen ... wenn nicht noch mehr. Er musste weg! Weit weg! Untertauchen. Er würde ins Ausland flüchten und seine Identität ändern müssen. Ja, nur so konnte er seine Freiheit behalten.

*

Annemarie Hansen kochte vor Wut. Noch nie in ihrem Leben hatte sie eine solche Wut verspürt und sich so erniedrigt gefühlt. Selbst die Trauer um Rieke konnte sie jetzt nicht gnädig stimmen. Im Gegenteil, der Gedanke, dass ihre Freundin nun tot war, machte Annemarie nur noch wütender. Toni war ein Schwein. Das hatte sie zwar schon immer gewusst, aber es auch respektiert, da sie es hasste, sich Gedanken über Dinge zu machen, die sie nicht ändern konnte. So wie bei Toni Belfinger, der sich niemals auch nur ein klitzekleines Stück ändern würde. Genau so hatte sie das Rieke schon zigmal erklärt, aber die musste sich ja damals unbedingt mit diesem Hallodri einlassen. Jetzt hatte sie die Quittung dafür bekommen. Annemarie riss die unterste Schublade ihres Nachttisches auf, griff Heiners alte Pistole und steckte sie in ihre Manteltasche. Sie hatte keine Ahnung, was für ein Fabrikat die Waffe war oder wo Heiner sie einst herhatte. Die Pistole war früher immer an Bord der Anne II gewesen. Versteckt in einem Fach unterhalb der Steuerkonsole. Natürlich nur für den Notfall. Onkel Piet hatte sie Annemarie nach Heiners Unfall gebracht. Seitdem lag sie griffbereit im Nachttisch. Ebenfalls nur für den Notfall. Sie hatte sie bisher nur ein einziges Mal gebraucht. Das war vor vier oder fünf Jahren drüben am Strand gewesen. Damals hatte sie bei ihrer morgendlichen Laufrunde einen schwer verwundeten Seehund am Strand gefunden. Das arme Tier hatte sich in einem alten Treibnetz verfangen und selbst Onkel Piet und Krischan, die ansonsten auch noch die schwierigsten Fälle wieder aufpäppelten, hatten gemeint, dass keinerlei Hoffnung bestand. Die Schnitte, die der Seehund durch die dünnen Leinen bekommen hatte, waren einfach zu tief. Sie hatte Krischan ins Haus geschickt, um die Pistole zu holen. Geschossen hatte aber schlussendlich Onkel Piet, da außer ihm keiner der umstehenden Insulaner es übers Herz brachte, das Tier von seinen Qualen zu erlösen. Annemarie hatte genau beobachtet, wie die Pistole funktionierte. Wie Piet sie entsichert, gehalten und abgedrückt hatte. Natürlich wollte sie diesmal die Waffe nicht benutzen. Nein, weit gefehlt. Doch mit ihr in der Tasche fühlte sie sich ein wenig besser. Wer wusste schon, wie Toni reagierte, wenn sie ihn jetzt gleich zur Rede stellte? Was, wenn er handgreiflich wurde? Rieke war tot und selbst Martin, Tonis langjähriger Freund, schien es dem Mistkerl zuzutrauen, etwas mit ihrem Ableben zu tun zu haben. Während sie hinter sich die Haustür ins Schloss zog, rollte ihr erneut eine Träne über die Wange. Dieser Martin war auch so eine Enttäuschung. Wie hatte sie sich bloß so in dem scheinbar netten, lustigen Kerl täuschen können? Als der ihr gestanden hatte, dass Toni ihn auf sie angesetzt habe, war sie total ausgerastet und hatte ihm sofort eine geschallert, dass ihm Hören und Sehen verging. Seitdem überlegte sie, was Toni mit dieser Aktion bezweckte. Warum hetzte er diesen

Kerl auf sie? Was hatte Toni davon, wenn sie mit Martin ein Verhältnis anfing, was vermutlich eh nicht passiert wäre. Sie war nicht die Sorte Frau, die sich dem erstbesten Kerl an den Hals warf oder gar mit ihm ins Bett ging. Nein, so etwas hatte sie nicht nötig. Wobei ... zugegeben ... dieser Martin hatte ihr irgendwie gefallen. Weniger sein Äußeres, da er ja nicht wirklich eine Schönheit war. Aber als sie getanzt hatten, als er sie im Discofox durch das Wohnzimmer schob, da hatte sie sich schon für einen Augenblick vorgestellt, wie es wohl mit ihm wäre. Martin hatte sie zum Lachen gebracht. Umso schlimmer empfand sie nun aber auch den Verrat, den er zweifelsohne an ihr begangen hatte.

Bei Toni brannte noch Licht. Er war also noch wach. Hätte er schon geschlafen, hätte sie ihn aber auch ohne Hemmungen aus dem Bett geklingelt. Somit blieb ihm das schon einmal erspart. Sie schritt auf die Haustür zu und hatte bereits den Arm gehoben, um die Klingel zu betätigen, als sie von drinnen ein lautes Scheppern vernahm. Es klang, als würde in großen Mengen Glas oder Porzellan zerschlagen. Ihre Hand zuckte vom Klingelknopf zurück, schnellte in die Manteltasche und bekam die Pistole zu fassen. Flink zog sie die Waffe hervor, entsicherte sie, ging einen Schritt zurück, richtete sie auf die Haustür und lauschte zitternd in die Dunkelheit. Eine Weile geschah nichts. Dann sah sie einen Schatten hinter der kleinen Scheibe in der Tür. Sie hörte, wie jemand die Türklinke herunterdrückte. Ihr Finger fasste etwas fester um den Abzug der Pistole. Dann wurde die Tür aufgerissen und sie blickte in das panische Antlitz von Martin von Schlechtinger. Den Schuss, der sich aus der Pistole löste, nahm sie erst wirklich wahr, als Martins Augen sich entsetzt weiteten und er zurück ins Haus kippte.

Kapitel 16

Sonntag, 9. August 2015, 22:52 Uhr
Hafen der Insel Spiekeroog

Die Mahlzeit hatte gut getan. Lotta musste zugeben, dass sie noch nie so eine gute Erbsensuppe mit Bockwurst aus der Dose gegessen hatte. Nun gut, das konnte auch daran liegen, dass sie tatsächlich sehr hungrig gewesen war, und natürlich auch an der frischen Seeluft, die mächtig Appetit machte. Ihr war auch nicht mehr schlecht, und dass, obwohl die Anne II sich nach wie vor im Takt der Wellen auf, ab, hin und her bewegte. Trotzdem würde sie bei der Dunkelheit und dem Wetter nicht auslaufen wollen. Nein, es war gerade gut so, wie es war. Die Kojen in der Kajüte waren bequemer als sie auf den ersten Blick aussahen, und auch ihre Reisebegleitung hätte schlimmer sein können. Selbst die Frau Oberkommissarin kam ihr, seit sie sich duzten, irgendwie viel netter vor. Nina, war privat, wie es schien, eigentlich eine ganz Nette und gar nicht so hyperaktiv, wie sie sie zuerst eingeschätzt hatte. Lotta erhob sich von der schmalen Bank, lächelte Nina, die wieder in der Hängematte lag, knapp zu und verließ die nun doch sehr warme Kajüte, um draußen frische Luft zu schnappen. Der kühle, feuchte Wind an Deck tat jetzt, da der Magen voll war, gut. Vielleicht hätte sie ihr Ölzeug überziehen sollen, kam ihr in den Sinn. Doch sie verwarf den Gedanken gleich wieder. Es war ja nicht so wild, da sie eh nicht lange hier oben bleiben würde. Nur ein paar Sekündchen. Einige Male tief durchatmen, dann wieder nach unten gehen, um sich aufs Ohr zu hauen und wenigstens versuchen ein bisschen zu schlafen. Ihr Blick fiel auf das kleine Steuerhaus am Heck des Schiffes, in dem Licht brannte. Deutlich konnte sie Krischan erkennen, der am Steuer saß und an den Monitoren herumhantierte. Krischan hatte auf Langeoog den Status eines Dorftrottels. Zumindest hatte Lotta ihn bisher so gesehen. Nun gut, sie hatte sich vor dem heutigen Tag auch noch nie wirklich mit ihm unterhalten. Als sie vorhin nach der Leichenbeschau mit ihm am Strand gewesen war, hatte sie das erste Mal überhaupt mit ihm gesprochen. Also jetzt so richtig ... und nicht nur hallo und guten Tag. Krischan hatte ihr von seinen Kunstwerken und den gestrandeten, verletzten Seehunden erzählt, um die er sich kümmerte. Erst als er mit ihr redete, sie miteinander sprachen und er dabei voll in seinem Element war, hatte sie gemerkt, dass er gar nicht der Trottel war, für den sie ihn bisher gehalten hatte. Im Gegenteil. Eine Weisheit ihrer Oma war ihr wieder eingefallen. Die hatte mal gesagt: „Lotta, verwechsle niemals Dummheit mit Gutmütigkeit. Das sind zwei vollkommen verschiedene Paar Schuh, aber leider nun mal nur sehr schwer voneinander zu unterscheiden." Genau das war nämlich Krischans Problem. Krischan war gutmütig, aber nicht unbedingt dumm, nur leider verwechselten das viele Menschen. Gut, er schien, was das Nachdenken betraf, schon mal ein wenig langsam zu sein. Aber wenn er nachdachte, dann kam da meist etwas Gutes bei heraus. Zumindest für die anderen. Da er erst einmal an seine Mitmenschen dachte und dann an sich selbst. Sie schämte sich nun sogar ein wenig dafür, dass sie ihn so oberflächlich gesehen hatte.

Leicht fröstelnd verschränkte sie die Arme vor der Brust, ging die paar Schritte zum Steuerhaus und klopfte an die Scheibe der Tür. Krischan fuhr erschrocken herum, lächelte dann aber und winkte ihr zu, sie solle hereinkommen.

„Hallo Lotta, ich wollte nur eben schnell für die Frau Kommissar das Wetter angucken“, erklärte er hastig, was sie längst wusste, und deutete auf einen der Monitore. Lotta trat neben ihn und stierte auf den Bildschirm. Sie hatte keine Ahnung, was die Linien und Ziffern zu bedeuten hatten und fragte daher nach.

„Und wie sieht es aus? Hält sich der Sturm noch oder wird es wieder schön?“

„Laut dem deutschen Wetterdienst waren das nur die Ausläufer eines Orkans hier über dem Nordatlantik“, erklärte er und fuhr über ein Gebiet auf der elektronischen Karte. Lotta beugte sich vor, um besser sehen zu können. Dabei nahm sie Krischans Geruch war. Er roch gut. Eine Mischung aus einem fruchtigen Shampoo, gepaart mit dem Weichspüler, den ihre Mama auch immer benutzte, der aus der Fernsehwerbung mit dem Teddybären.

„Und, sagen die vom Wetterdienst auch, wann es wieder besser wird?“, erkundigte sie sich vorsichtig und sog dann noch einmal den Duft ein. Er roch wirklich sehr gut.

„Es wird schon weniger. Bestimmt ist morgen früh das Schlimmste vorbeigezogen“, wusste er und fuhr dann herum. Ihre Blicke trafen sich.

„Is was? Muffel ich?“, erkundigte er sich ein wenig erschrocken.

„Ähm nee ... ähm ... alles in Ordnung. Mir ist nur gerade aufgefallen, dass deine Klamotten nach dem gleichen Waschmittel riechen wie das, was meine Mama immer benutzt“, beeilte sie sich zu sagen und wäre am liebsten vor Scham im Boden versunken.

Krischan grinste.

„Tante Annemarie wäscht meine Sachen immer. Die mag es nicht, wenn ich schlecht rieche", antwortete er, lächelte und klang nun wieder wie der kleine Lausebengel. Lotta sah ihm in die Augen. Krischan hatte wirklich sehr hübsche blaue Augen, genau wie dieser Schauspieler, der, der den Lucky Luke gespielt hatte. Ja, wenn sie recht überlegte, hatte Krischan mit seinen strohblonden Haaren sogar eine gewisse Ähnlichkeit mit dem Mann, dessen Name ihr aber nicht mehr einfiel.

„Sag mal, Krischan ... das geht mich ja eigentlich nichts an ... aber ... warum kümmert sich deine Tante um dich ... hast du keine ...", sie brach den Satz ab, schüttelte den Kopf und machte eine abfällige Handbewegung.

Es stand ihr nicht zu, das zu fragen. Das war einfach zu persönlich. So etwas gehörte sich nicht. Warum war sie auch immer so verdammt neugierig. Doch Krischan schien ihre Frage nichts auszumachen, da er immer noch lächelte.

„Meine Mama ist mit einem Urlauber abgehauen und wer mein Papa ist, wollte die nie sagen. Is aber auch egal. Ich hab ja Tante Annemarie und Onkel Piet", erklärte er lapidar, doch Lotta erkannte nur zu gut den Kloß im Hals des großen Jungen. Krischan war ein sehr schlechter Schauspieler.

*

Nina stand auf dem Deck der Anne II und beobachtete die Szenerie im Steuerhaus. Eigentlich hatte sie sich bei Krischan nur noch einmal kurz wegen des Wetterberichts erkundigen wollen, ihr Vorhaben aber dann aufgeschoben. Es brachte sie im Moment eh nicht weiter, wenn sie wusste, wann es wieder weitergehen würde. Sie mussten hier ausharren, ob sie wollten oder nicht. Die Tatsache, dass sie wüsste wie lange, half ihr dabei nicht wirklich.

„Mensch, Junge, jetzt pack sie doch einfach und küss sie", flüsterte sie leise vor sich hin. Es war nicht mit anzusehen, wie die beiden da miteinander um den heißen Brei herumturtelten. Den zweien war echt nicht mehr zu helfen. Am besten ließ man sie einfach in Ruh. Sie seufzte, drehte sich um, ging zurück in die Kabine, legte sich wieder in die Hängematte und schloss die Augen. Sofort hatte sie wieder das Bild der toten Frau vor sich. Das Bild, wie der Einsiedlerkrebs aus ihrem Mund krabbelte, und der Anblick der geschwollenen Zunge. War Frau Belfinger vielleicht vergiftet worden? Zu dumm, dass ihr Telefon nicht funktionierte. Gerne hätte sie noch einmal mit Doktor Wagner aus der Gerichtsmedizin telefoniert. Wobei der sich vermutlich nicht bedanken würde, wenn sie ihn aus dem Urlaub mitten in der Nacht anrief und Sachen fragte, die sie nichts angingen. Ihre Gedanken wanderten weiter zu Harald. Würden die Krebse und Fische an ihm auch schon herumnagen? Vermutlich ja. Doch eins stand für Nina fest: Um Fisch, insbesondere Kugelfisch, würde sie ab sofort einen großen Bogen machen. Und wer wusste schon, was alles unter der Panade in diesen Fischstäbchen drin war. Dann lieber ein Rindersteak, die Viecher fraßen wenigstens nur Gras.

*

Annemarie stand da wie angewurzelt und sah auf Martin herab, der sich mit schmerzverzerrtem Gesicht die Hände auf die Seite seines Bauches presste und wimmerte wie ein kleines Kind. Zitternd legte sie den Sicherungshebel der Pistole um, steckte die Waffe zurück in ihre Tasche und glitt dann zu Boden. Was hatte sie nur getan? Wie konnte das nur passieren? Sie hatte doch nicht schießen wollen! Das alles war ein tragisches Missverständnis. Niemals hätte sie damit gerechnet, dass der Abzug der Pistole so leichtgängig war. Sie hatte immer geglaubt, dass man richtig feste draufdrücken musste, damit sich ein Schuss löste.

„Verdammt, warum hast du auf mich geschossen?", stöhnte der Schwerverletzte vor ihr.

Annemarie schüttelte den Kopf und wischte sich eine Träne aus dem Auge.

„Ich hab das nicht gewollt, Martin. Ehrlich ... ich weiß auch nicht ... ich dachte ...", sie brach den Satz ab. Sie wusste ja nicht einmal, was sie gedacht hatte.

„Wir müssen sofort einen Arzt rufen", stellte sie fest, erhob sich wieder und sah sich dann Hilfe suchend um. Dabei bemerkte sie, wie Martin den Kopf schüttelte.

„Kein Arzt. Keine Polizei", röchelte er und versuchte mühsam aufzustehen.

Annemarie verstand nicht recht. Sicher war das der Schock. Sie hatte so etwas im Rote-Kreuz-Kurs gelernt. Verletzte Menschen realisierten oft gar nicht, wie es um sie stand.

„Toni!", schrie sie panisch und sprang an Martin vorbei ins Haus. Sie wusste, dass Rieke meist ein Mobiltelefon in der Küche auf dem Tresen, direkt neben der protzigen, teuren Kaffeemaschine, liegen hatte. Als sie jedoch die Küche betrat, hätte sie bei dem Anblick Tonis fast ein weiteres Mal der Schlag getroffen. Toni lag auf dem Rücken, neben seinem Kopf zerborstenes Geschirr, aus seiner Nase sickerte Blut. Sie wirbelte herum zu Martin, der gerade die Haustür ins Schloss warf und mit schlurfenden Schritten auf sie zukam.

„Was hast du ihm angetan?“, kreischte sie wesentlich hysterischer als beabsichtigt und deutete auf den leblosen Körper.

„Ich han dat nit gewollt. Dat musst du mir glauben, Frau Annemarie. Ich weiß auch nit, wie dat passiert ist. Aber der Toni, ... der hat mich so produziert, da hab ich ihm enen auf die Nas gehauen. Wat kann ich dafür, dat der so doof umfällt“, keuchte er in einer Mischung aus Kölsch und Hochdeutsch.

Annemarie begann zu verstehen. Ein Unfall. Eindeutig. Genau wie bei ihr und Martin gerade. Doch wenn das rauskäme, dass sie mit einer nicht registrierten Waffe auf jemanden geschossen und Martin den Toni erschlagen hatte, gingen sie wohl vermutlich beide ins Gefängnis. Sie rannte zum Waschbecken, drehte das kalte Wasser auf und ließ es über ihre Handgelenke laufen. Sie musste sich beruhigen und das kalte Wasser half ihr immer dabei. Sie sah zu Martin, der sie verständnislos beobachtete und die Hand auf seine rechte Seite drückte.

„Zieh dich aus“, gab sie ihm Anweisung, als sie spürte, dass sie langsam wieder klarer im Kopf wurde.

„Ähm ... wie jetzt ... alles?“, fragte er entsetzt.

Annemarie verdrehte die Augen.

„Nein, nur die Jacke und das Hemd. Wir müssen sehen, wie schlimm es ist und die Kugel entfernen“, erklärte sie selbstsicher, obwohl sie keinerlei Ahnung hatte, wie man eine Pistolenkugel aus einem Menschen entfernte.

Nachdem sich ihr Pulsschlag noch ein wenig weiter beruhigt hatte, trocknete sie ihre Hände an einem der Geschirrtücher ab. Ihr Plan stand fest. Sie musste Martin irgendwie wieder zusammenflicken und dann gemeinsam mit ihm die Leiche von Toni entsorgen. Spätestens morgen früh würde die Polizei hier auftauchen, um mit Toni über Rieke zu sprechen. Wenn der nicht hier und auch sonst nicht auffindbar war, würden die Polizisten vermutlich denken, dass Toni von der Insel geflüchtet war. Dass der in Wahrheit unter einer der Dünen schlummerte, da würde doch nie und nimmer einer drauf kommen. Den ersten Gedanken, die Polizei jetzt anzurufen, Martin ans Messer zu liefern und selbst auf Notwehr zu plädieren, hatte sie sofort wieder verworfen. Diese Lüge könnte auch schnell nach hinten losgehen. Nein, ihr Entschluss stand fest. Toni musste verschwinden. Schade war es um ihn ohnehin nicht.

Sie zögerte kurz und trat dann auf Martin zu, der mit nacktem Oberkörper auf einem der Küchenstühle saß und ein Gesicht wie sieben Tage Regenwetter schnitt. Angst, dass er auch ihr was antun könnte, hatte sie nicht. Sie glaubte ihm sogar, dass der Tod von Belfinger ein blöder Unfall war. Sie beugte sich vor, ging in die Hocke, besah die blutige Wunde an der Seite seines behaarten Bauches und musste dann erleichtert lächeln.

„Und wie schlimm ist es? Kannst du den Einschuss oder die Kugel sehen?“, stöhnte er. Annemarie erhob sich, griff nach dem Sakko von Martin und suchte nach dem Einschussloch. Sie fand es sofort und auch das Loch, wo das Projektil wieder ausgetreten war.

„Nu sag, muss ich sterben?“, fragte Martin jämmerlich.

„Ja, sieht fast so aus, mein Lieber. Aber nicht hier und heute. Du hast noch ein bisschen Zeit. Die Kugel hat lediglich eine deiner Speckrollen gestreift“, antwortete sie und lief dann in den Flur, um im Bad nach

Verbandsmaterial zu suchen. Sie würde die Wunde grob reinigen und nachher bei sich zu Hause etwas von der jodhaltigen Salbe daraufschmieren.

Auf dem Weg ins Bad untersuchte sie die Wände im Korridor. Es dauerte schon ein bisschen, bis sie das kleine Loch in der Holzvertäfelung neben der Tür zum Wohnzimmer entdeckte. Um die Kugel darin würden sie sich später kümmern, wenn sie hier alles reinigten. Annemarie wusste genau, wie man Spuren beseitigte und wie die Arbeit bei der Polizei funktionierte. In den letzten zehn Jahren hatte sie den Tatort, sonntags um Viertel nach acht auf dem ersten Programm, nicht ein einziges Mal verpasst. Es konnte also gar nichts schiefgehen. Im Bad schnappte sie sich ein Handtuch, einen Waschlappen, ein Päckchen mit Kosmetiktüchern und Riekes Nagellackentferner, um damit die Wunde zu desinfizieren. Auch diesen Trick hatte sie vom Fernseher gelernt.

Martin war eine Mimose, das merkte sie nicht erst, als sie ihm den Nagellackentferner in die Wunde goss. Er schrie und fluchte nämlich dabei, als sei der Leibhaftige hinter ihm her. Aber so waren sie eben, die Männer. Alles Memmen. Heiner hatte sich auch immer so angestellt.

„Und wat machen wir jetzt mit dem da?", fragte Martin, als er sein Hemd wieder zuknöpfte, und deutete mit einer Kopfbewegung auf Toni.

„Den wickeln wir in den Läufer aus dem Flur und verscharren ihn in den Dünen", ließ sie ihn an ihren Gedanken teilhaben.

Martin starrte sie mit großen Augen an. „Aber wir können ihn doch nicht einfach ..."

„Hast du vielleicht eine bessere Idee?", keifte sie gereizt.

Martin schüttelte den Kopf.

„Also, dann schwatz nicht lange rum, sondern geh in den Flur und hol den hässlichen Teppich“, gab sie klare Anweisungen.

„Maddin? Sag ma, wat is dann hier eigentlich los?“, hörte sie plötzlich Tonis Stimme hinter sich stöhnen.

Annemarie wirbelte herum und sah zu ihrem Entsetzen in Tonis verstörten Blick. Ihr Puls begann erneut zu galoppieren. Keine Ahnung warum, aber, ob aus Schreck oder einer anderen Art Reflex heraus, griff sie neben sich, bekam die Bratpfanne zu fassen und schlug damit zu.

*

Als Lotta die Kajüte betrat und auf Zehenspitzen zu der Koje schlich, hatte sie zuerst geglaubt, Nina würde schlafen. Dass dem nicht so war bemerkte sie erst, als der Mund der Kommissarin sich plötzlich langsam bewegte. „Wegen mir brauchst du nicht leise sein. Ich bin noch wach“, sagte Nina ganz ruhig.

„Sorry, ich dachte ... na weil ... es sah halt so aus, als würdest du schon schlafen“, flüsterte Lotta immer noch bemüht, leise zu sein. Ein Lächeln zeichnete sich auf Ninas Lippen ab.

„Und seid ihr beiden wenigstens weitergekommen?“, fragte sie und Lotta musste zugeben, dass sie ihr gerade nicht ganz folgen konnte.

„Hä wie? ... Was meinst du? Wegen des Wetters oder was?“, wollte sie daher wissen.

„Genau. Wegen des Wetters. Was meint Krischan denn, wann das besser wird?“

„Ähm ja ... so genau kann man das wohl ... ich weiß jetzt auch nicht“, kam sie nun ins Schleudern, da sie zwar noch wusste, ihn gefragt zu haben, sie sich aber nicht wirklich daran erinnern konnte, was er geantwortet hatte, da sie mit ihren Gedanken irgendwo ganz anders gewesen war.

„Ähm ... der Krischan müsste aber auch jeden Moment kommen. Der wollte nur noch schnell die Geräte abschalten ... wollte der", erklärte sie deshalb hastig.

„Ach so. Na dann frag ich ihn wohl besser gleich selbst", meinte Nina.

Lotta erkannte deutlich, wie die Kommissarin mit sich kämpfte, um nicht lachen zu müssen. Hatte sie etwa irgendetwas Dummes gesagt oder getan? Lotta hatte keine Ahnung. Wer nicht fragt bleibt dumm, sagte ihre Oma immer. Lotta nahm also all ihren Mut zusammen und hakte vorsichtig bei Nina nach.

„Ähm ... ist was Lustiges passiert, das ich verpasst habe?"

Nina schüttelte den Kopf und kicherte fast unhörbar, dann öffnete sie die Augen, spähte kurz zur Tür und meinte knapp: „Ist ein netter Junge, der Krischan."

Lotta nickte und musste nun auch grinsen.

„Ja, Krischan ist echt eine Seele von Mensch."

„Und auf was wartest du dann noch?", fragte Nina nach.

Lotta glaubte sich verhort zu haben.

„Du meinst ... ich und ..." Sie deutete zur Kabinentür.

„Ja, mein ich", antwortete Nina und schloss dann wieder die Augen.

Lotta ließ sich auf die Bank hinter den kleinen Tisch sinken. Stumm und in Gedanken goss sie sich aus der großen Kanne einen Tee ein und warf einige Stücke Kluntje in die Tasse. Sie lauschte dem Plätschern an der Bordwand und dem Wind, der um das alte Schiff herumwehte und dachte angestrengt nach.

„Sag mal, Nina, wie hieß noch mal dieser blonde Schauspieler, der den Lucky Luke gespielt hat?“, fiel ihr ein.

„Der Blonde mit den blauen Augen?“

„Ja, genau den mein ich. Ich überleg die ganze Zeit, wie der hieß.“

„Du meinst Terence Hill“, antwortete Nina und prustete dann laut los. Lotta konnte ebenfalls nicht an sich halten und fiel in das Gelächter ein. Vor lauter Gegacker merkte sie noch nicht einmal, wie sich die Tür der Kajüte öffnete und Krischan eintrat.

„Warum lacht ihr denn so?“, fragte er und sah irritiert grinsend immer wieder zwischen Lotta und Nina hin und her.

„Ein Mädchenwitz, nichts Wildes“, meinte Nina, verstummte dann aber und schloss immer noch friedlich lächelnd die Augen.

„Ach so. Ich dachte schon, ihr lacht über mich“, meinte Krischan und klang dabei ein wenig ratlos.

*

„Und die tote Frau auf Spiekeroog ist tatsächlich die Gattin von dem Toni Belfinger?“, fragte Klaus ungläubig und ließ sein Besteck auf den Teller sinken.

Onno Federsen stellte das Bierglas auf den Tisch, wischte sich mit dem Handrücken über den Mund und nickte.

„Jep, der Floh ... ähm ... ich meine natürlich ... Polizeimeisterin Weyand und Krischan ... die sind sich da zu hundert Prozent sicher“, berichtete er.

Klaus kniff die Augen zusammen und begann auf seiner Unterlippe herumzukauen. Wie konnte denn so etwas sein? Toni Belfinger hatte doch noch gestern

Abend bei dem japanischen Essen behauptet, seine Frau sei in deren Finca auf Mallorca.

„Weiß man denn schon, woran Frau Belfinger gestorben ist?", erkundigte er sich bei Onno.

„Nein, nein. So weit sind wir mit den Ermittlungen noch nicht. Da muss morgen erst mal der Leichenbeschauer ran."

„Morgen erst?", fragte Klaus erstaunt, da er bisher immer geglaubt hatte, bei so einem Mord wäre Eile geboten. Zumindest sagte Nina das immer. Wenn sie und ihre Kollegen nämlich zu Hause in einem Mord ermittelten, ging es da immer recht zügig zur Sache. Da ließ man die Leiche nicht erst mal ein paar Tage liegen.

„Ja, heut geht da nichts mehr. Es ist ja Sonntag ... noch dazu Schietwetter. Außerdem läuft so eine Leiche ja nicht mehr weg ... nich?", antwortete Onno, grinste, trank noch einen Schluck Bier und säbelte dann weiter an seiner großen Scholle mit Salzkartoffeln herum.

Klaus schob seinen Teller ein wenig von sich. Das Essen hatte gut getan. Der Schmorbraten vom Langeooger Rind, der angeblich vierundzwanzig Stunden lang bei schwacher Hitze gegart wurde, war ein Gedicht gewesen. Doch mit dem Sättigungsgefühl kam auch wieder die Sorge um Harald und so ein wenig auch ein schlechtes Gewissen. Der Gedanke, dass er und dieser Polizist hier saßen, aßen und Bier tranken, während sein Schwager in spe vermutlich tot in der Nordsee trieb, schlug ihm schon heftig auf das Gemüt. Was zum Geier war dem armen Kerl bloß zugestoßen?

„Und hat's geschmeckt?", wollte Onno Federsen wissen.

Klaus nickte versonnen.

„Ja, ja, alles okay. Ich musste nur gerade wieder an Harald denken und was ihm wohl zugestoßen ist."

„Ach ja, der Vermisste. Der mit der angeblichen Fischvergiftung. Eine sehr dumme Sache. Aber ... glauben Sie wirklich, dass die da bei dem Japaner giftigen Fisch servieren?", gab Onno zu bedenken.

Klaus zuckte mit den Schultern. Er hatte keine Ahnung. Fest stand nur, dass ihn zu dem Japaner keine zehn Pferde mehr hinbrachten. Er würde den Teufel tun und diesen Laden noch einmal betreten. Allein die Szene, wie der Koch den armen Kugelfisch massakrierte, hatte sich für immer in sein Gedächtnis eingebrannt. Er sah auf seine Armbanduhr. Es war gleich halb zwölf in der Nacht. Morgen früh, wenn es hell wurde, würde Onno die Kavallerie auf dem Festland verständigen. Zumindest hatte er sich eben, als sie auf das Essen warteten, so ausgedrückt. Klaus bezweifelte allerdings, dass die nach dem Sturm der Nacht noch irgendetwas finden würden.

Kapitel 17

Sonntag, 9. August 2015, 23:38 Uhr
Haus von Toni Belfinger / Insel Langeoog

„Bist du blöde Kuh jetzt total übergeschnappt?! Ich könnte tot sein!", schrie Toni Belfinger und tupfte sich mit dem Eiswürfelbeutel seinen lädierten Zinken. Er bot ein trauriges Bild, wie er da auf seiner teuren Ledercouch hockte.

„Genau, du hättest uns wirklich den Gefallen tun und das Zeitliche segnen können", bekräftigte Annemarie ihn in seiner Annahme.

„Spinnst du, damit macht man doch keine Späße", schrie er nun.

Annemarie nickte zustimmend. Richtig, mit so etwas machte man keine Späße und es tat ihr deshalb fast leid, dass sie nicht fest genug zugehauen hatte. Aber Toni war in dieser Beziehung wie Unkraut. Es verging einfach nicht. Da konnte man so oft draufhauen und treten wie man wollte, so richtiges Unkraut reckte sich trotzdem immer wieder in Richtung der Sonne. Natürlich war sie auch irgendwie froh, dass Toni den Schlag mit der Bratpfanne überlebt hatte. Weil, so gerne sie ihn auch losgeworden wäre, so ungerne wäre sie dafür anschließend in den Knast gegangen. Er war es nicht wert, dass jemand seinetwegen auch noch für Jahre hinter schwedischen Gardinen verschwinden müsste.

„So, mein Lieber. Jetzt mal Butter bei die Fische. Was hast du mit Rieke gemacht?", wechselte sie geschickt das Thema zum Wesentlichen.

Toni ließ den Eisbeutel sinken und stierte sie mit großen Augen an.

„Sag mal, fängst du jetzt auch mit diesem Blödsinn an? Nichts hab ich gemacht. Rieke ist auf Malle und macht Urlaub", erzürnte sich Belfinger.

„Quatsch. Da ist sie nicht. Ich hab in den letzten Tagen zigmal probiert sie anzurufen. Rieke konnte aber ja nicht rangehen ... weil sie nämlich tot drüben auf Spiekeroog angespült wurde. Krischan hat sie selbst gesehen. Also, was hast du Scheusal ihr angetan?"

Belfinger lachte auf.

„Ha ... der Krischan hat sie also gesehen. Ich sag dir mal was, meine Liebe ... dein Krischan, der sieht schon mal viel, wenn der Tag lang ist. Der hat nämlich nicht mehr alle Nadeln an der Tanne ..., dein Krischan", tobte Belfinger.

„Mein Krischan weiß genau, was er sieht. Außerdem hat die kleine Polizistin, die neue Kollegin von Onno, Rieke auch erkannt."

Belfinger winkte ab, schien sich aber, seiner Miene nach, gar nicht mehr so sicher zu sein. In Annemaries Kopf arbeitete es auf Hochtouren. Wenn Toni schon so vehement bestritt, dass es sich bei der Leiche drüben auf Spiekeroog um seine Rieke handelte, konnte das natürlich bedeuten, dass er tatsächlich davon überzeugt war, dass sie in der spanischen Finca weilte. Damit schied er als Mörder natürlich aus. Wie konnte jemand auch ein Mörder sein, wenn er davon überzeugt war, dass sein Opfer noch lebte. Das passte nicht zusammen. Annemarie entschied sich daher, die Strategie zu wechseln. Sie trat auf Toni zu und sah ihm in die Augen.

„Okay, du Mistkerl. Nun gut, gehen wir mal davon aus, Rieke ist wirklich auf Mallorca. Dann erklär mir aber doch jetzt mal bitte schön, warum du mir diesen Vorstadtcasanova auf die Pelle hetzt!", knirschte sie und deutete dann mit einer leichten Kopfbewegung in Martins Richtung, der erschrocken zusammenzuckte.

Ein Schatten huschte über Tonis Gesicht, bevor er losbellte: „Ich ... den da ... nee ... wer sagt denn so was?"

Annemarie deutete auf Martin. „Er sagt das."

„Quatsch, der lügt doch wie gedruckt. Hat der früher schon immer", behauptete Toni.

„Ach und du hast mich auch nicht zu deiner Geburtstagsparty eingeladen, um uns da zu verkuppeln?", hakte sie nach.

„Nein ... Unsinn. Ich hab dich eingeladen, weil du eine gute Freundin der Familie bist und ich dich, an meinem Ehrentag, gerne dabeihaben wollte. So etwas gehört sich doch unter Freunden", erwiderte Toni sehr überzeugend.

Annemarie schnellte nach vorne, fasste mit spitzen Fingern Belfingers gebrochene Nase und drückte zu.

„Sag mal, denkst du eigentlich, ich wär total tüdelig in der Hirse? Du hast doch erst im Dezember Geburtstag, du mieses Aas", schrie sie wütend und genoss es, wie er schmerzerfüllt zu wimmern begann.

„Höl auf, höl auf, höl auf", kreischte er und verschluckte dabei das R. Annemarie ließ wieder von ihm ab.

„Also Toni, ... noch mal von vorne. Warum setzt du Martin auf mich an?", versuchte sie es erneut. Dabei ging sie einen Schritt zurück, setzte sich in den Sessel gegenüber von Belfinger, zog die Pistole aus ihrer Jackentasche und legte sie vor sich auf den Schoß. Sie erfuhr schon noch, was sie wissen wollte, auch wenn es die ganze Nacht dauerte. Natürlich würde sie nicht noch einmal den Fehler machen und die Pistole entsichern, nein, gewiss nicht. Einmal auf einen Menschen zu schießen reichte ihr für den Rest ihres Lebens. Doch allein der Anblick der Pistole weitete bereits Tonis Augen.

„Das wagst du nicht ... auf mich zu schießen", presste er hervor.

Sie deutete auf Martin und versuchte ein gespieltes Lächeln.

„Dann frag ihn doch mal, ob ich dazu fähig bin."

Martin nahm die Hand von seiner Bauchseite und gab den Blick auf das mit Blut durchtränkte, zerfetzte, hellblaue Hemd frei. Tonis Mund ging wie bei einer Kaulquappe auf und zu.

„Du bist ja total irre, so eine wie du gehört ja weggesperrt", schnaufte Belfinger sichtlich entsetzt.

„Kann sein, Toni. Doch bevor die mich wegsperren, frag ich dich jetzt noch ein letztes Mal. Wenn mir die Antwort gefällt, verschwinde ich. Wenn nicht ... also wenn ich glaube ... dass du mich anlügst, sehe ich mich gezwungen dir fürs Erste ..." Sie überlegte kurz und deutete dann auf seine Beine. „... in deine Kniescheibe zu schießen. Also überleg dir gut, was du jetzt sagst. Warum warst du so erpicht darauf, mich mit Martin zu verkuppeln?"

*

Woher wohl dieses seltsame Brummen kam? Das Geräusch war Nina so überhaupt nicht vertraut. Sie öffnete die Augen und blinzelte verschlafen. Der Raum, in dem sie sich befand, bewegte sich. Es schaukelte. Sie rieb sich die Augen und bemerkte nun, dass sie es war, die sich bewegte, und dass sie nicht in einem Bett, sondern immer noch in der Hängematte lag. Es dauerte einen Moment, bis sie begriff, was los war. Durch das Bullauge über dem kleinen Tisch drang spärliches Licht in die Kajüte. Deutlich war das Kreischen von Möwen zu hören. Ihr Blick fiel auf die beiden Kojen, in denen Lotta und Krischan liegen sollten. Sie waren leer und das Schiff fuhr. Nina wurde hektisch. Sie rollte sich aus der Hängematte, kam auf ihren Füßen auf und hätte, schlaftrunken wie sie war, beinahe das Gleichgewicht verloren. Sie stolperte zum Bullauge und sah nach draußen, wo das Ende des Anlegers zu sehen war, das die Anne II gerade passierte. Sie fuhren tatsächlich. Nina strich sich durch die Haare, rannte aus der Kajüte und polterte die schmale Treppe hinauf an Deck. Blinzelnd blickte sie nach Osten. Von der Sonne war noch nichts zu sehen, aber dort, wo sie vermutlich gleich aufgehen würde, war es bereits sehr hell. Der Himmel strahlte an der Stelle schon blau und klar und der gestern noch so stürmische Wind hatte deutlich abgeflaut. Sie ging die wenigen Schritte zum Steuerhaus und schaute durch die Scheibe ins Innere. Lotta und Krischan hockten einträchtig nebeneinander auf der Bank am Steuer. Ihr Kopf ruhte an seiner Schulter. „Na siehst du, Mädchen, geht doch", flüsterte Nina, klopfte und trat ein.

„Guten Morgen, Nina. Wir hatten gedacht, wir lassen dich noch ein bisschen schlafen", meinte Lotta und rutschte wie ertappt hastig ein Stück von Krischan weg.

Nina nickte verschlafen. „Mmmhhh. Danke, ... wie viel Uhr haben wir denn?"

„Zwanzig nach fünf. Laut Kalender müsste in neun Minuten die Sonne aufgehen", erklärte Krischan nach einem Blick auf seinen Monitor.

Nina sah an ihm vorbei nach draußen. Zwanzig nach fünf war jetzt nicht wirklich ihre Zeit. Noch nicht einmal wenn sie arbeiten musste, stand sie so früh auf. Krischan und Lotta hingegen wirkten topfit und ausgeruht. Das Meer vor ihnen schien noch immer recht aufgewühlt, doch es war kein Vergleich zu dem Seegang vom Vortag.

„Der Sturm hat sich aber schnell wieder gelegt“, stellte sie deshalb fest.

Krischan nickte.

„Ja, das ist aber oft so. Onkel Piet sagt auch immer: In einer Minute denkst du noch, die Welt geht unter und in der nächsten is wieder alles gut.“

Nina musste ihm zustimmen. Diese Weisheit traf nicht nur auf Stürme und Orkane zu. Leider würde das mit Harald wohl nicht so schnell wieder gut werden.

„Krischan hat übrigens diesen Harald gesehen“, erklärte Lotta begeistert.

Nina nickte in Gedanken und beobachtete zwei große Möwen, die auf dem Deck vor dem Steuerhaus herumstolzierten. Es dauerte eine Weile bis sie registrierte, was die junge Uniformierte da eben gesagt hatte. Mit einem Mal war sie hellwach.

„Hast du gerade gesagt, Krischan hat Harald gesehen?“, hakte sie nach.

Lotta nickte.

„Ja, stell dir vor ... Wir haben heute Nacht noch Fotos auf meinem Handy angesehen ... das war, als du schon geschlafen hast. Die Blonde hatte mir doch gestern ein Bild von Harald gesendet ... für die Suche. Krischan hat es eher zufällig gesehen und ihn sofort erkannt“, erklärte Lotta.

Nina stierte irritiert zu Krischan, der stolz grinste.

„Wann und wo hast du ihn gesehen?“, wollte sie nun sofort wissen.

*

Obwohl er sich eigentlich sicher war, dass seine Augen geöffnet waren, konnte Harald seine Umwelt nur schemenhaft wahrnehmen. Es war nicht direkt finster um ihn herum. Nein, alles war nur so seltsam verschwommen. Er rieb sich die Augen, versuchte dann den Kopf zu heben und sah sich kurz um. War das da ein Fenster, oder spielte ihm sein Verstand einen Streich? Erschöpft ließ er sich zurück in die Kissen gleiten. Auf jeden Fall lag er eindeutig in einem Bett, das aber noch eindeutiger nicht sein eigenes war. Verflixt, wo war er nur und wie zum Kuckuck war er hierhergekommen? Er schlug die Bettdecke zurück und stellte mit Entsetzen fest, dass er splitternackt war. Er begann leicht zu frösteln. Es war irgendwie frisch in dem Raum oder was immer das hier für eine Behausung war. In der Luft lag ein Geruch nach Salz und auch irgendwie nach Fisch. Sein Mund fühlte sich entsetzlich trocken an und seine Blase war kurz vor dem Platzen. Das Letzte, an das er sich erinnern konnte, war dieses plötzliche Taubheitsgefühl in seinem Mund und die Probleme beim Atmen, als er auf dem Weg nach Hause gewesen war. Er war daraufhin zum Strand gegangen, um besser Luft zu bekommen ... zumindest glaubte er das. Oder nicht? Doch, genau so musste es gewesen sein. Weil er sich nämlich noch ganz deutlich erinnern konnte, dass er dazu seine Schuhe und die Strümpfe ausgezogen hatte, so wie er es immer tat, wenn er bewusst an den Strand ging. Letztens, als er mit Lara spazieren gegangen war, hatte er einmal dummerweise im Sand seine Sandalen und die Strümpfe angelassen und die waren nachher total sandig gewesen. Er hasste es, wenn seine Schuhe voller Sand waren. Schwerfällig hob er ein Bein nach dem anderen aus dem Bett. Seine Blase schien zum Bersten voll. Wenn er nicht ziemlich schnell eine Toilette fand, würde er für nichts garantieren können. Er rieb sich noch einmal über die Augen und blickte sich um. Spärliches Licht fiel durch ein schmutziges Fenster mit kleinen Butzenscheiben. Um ihn herum stapelte sich undefinierbarer Krempel. Mühsam erhob er sich, schwankte dabei gefährlich hin und her und stolperte auf eine große, zweiflügelige Tür zu. Wie es schien, war es die einzige in diesem Raum. Als er sie aufstieß, wehte ihm eine frische Brise entgegen. Am Horizont entdeckte er die Sonne, deren oberer Rand sich über einen sandigen Hügel erhob. Links davon, zwischen zwei anderen Sandhaufen, lagen der Strand und das Meer. Vorsichtig lugte er um die Ecke der Bude. Außer ihm war hier keine Menschenseele zu sehen. Er trat also noch zwei Schritte vor und ließ dem Druck seiner übervollen Blase freien Lauf. Er konnte sich nicht erinnern, wann es jemals so gut getan hatte zu pinkeln. Meine Güte. Hatte er wirklich so viel getrunken? Ja, bei näherer Überlegung konnte dem wirklich so sein. So etwas war ihm noch nie zuvor in seinem Leben passiert. Wobei ... nun gut, es war hin und wieder schon mal ein Glas zu viel gewesen. Aber noch nie zuvor in seinem Leben hatte er einen solchen Filmriss gehabt. Nachdem er seine Notdurft verrichtet hatte, ging es ihm deutlich besser. Jetzt brauchte er noch etwas zu trinken, Kleidung und jemanden, der ihm den Weg zurück in die Zivilisation und zu seinen Schuhen zeigte.

*

Die Sonne lugte schon über die Dünen, als Annemarie das Haus verließ und wie jeden Morgen hinunter zum Strand trabte. Kurz überlegte sie, ob sie nach Westen zum Dorf hin oder in die andere Richtung laufen sollte. Sie entschied sich heute für den östlichen Strandabschnitt, immer der Morgensonne entgegen. Es würde ihr guttun, die wärmenden Strahlen in ihrem Gesicht zu spüren. Was war das nur für eine blöde Nacht gewesen. Bis gegen drei Uhr hatte sie wach gelegen und gegrübelt. Über Toni, Rieke, Martin und sich selbst. Anfangs hatte sie sich noch tierisch über Tonis Idee, sie mit Martin von Schlechtinger zu verkuppeln, aufgeregt. Doch je mehr sie darüber nachdachte, desto mehr hatte sie darüber schmunzeln müssen. Toni war und blieb ein Depp.

Wie sie jetzt so an der Brandungslinie entlanglief, schweifte ihr Blick über die grandiose Dünenlandschaft. Ein Teil des Geländes gehörte ihr, Annemarie Hansen. Auch Rieke Belfinger besaß dort noch einige Morgen Land. Ein Hotel würde es dort nie geben. Zumindest nicht, solange Annemarie noch lebte. Und wenn es das Letzte war, was sie in ihrem Dasein auf Erden täte. Sie wusste, dass Rieke dies ein wenig anders sah, beziehungsweise anders gesehen hatte. Es war noch kein Jahr her, seit sie beide deshalb gestritten hatten. Rieke hatte ihr von Tonis grandiosen Plänen berichtet, hier in den Dünen ein Wellnesshotel zu bauen. Annemarie hatte damals geglaubt, dass mit ihrem „Nein“ zu dem Projekt dieses auch gestorben war, da Toni ohne das verbriefte Baurecht auf Annemaries Grund nichts unternehmen konnte.

Dieses Baurecht war eine uralte, im Grundbuch eingetragene Last und bezog sich auf den Dünenabschnitt, auf dem noch heute der alte Bootsschuppen stand. Früher, noch vor Annemaries Geburt, hatte dort einmal ein Haus gestanden und zwar das von Heiners Familie. Quasi das Stammhaus der Hansens. Die Hansens hatten über Generationen auf eben diesem Fleck Erde gelebt, bis irgendwann vor dem Krieg eine Sturmflut das Haus dem Erdboden gleichmachte. Nur der Schuppen, in dem ganz früher das Fischerboot gelagert wurde, hatte überlebt. Heiner hatte, Jahre vor seinem Tod, einmal überlegt, das Haus wieder aufzubauen, war aber nie mehr dazu gekommen. Wozu auch. Sie hatten ja Annemaries Elternhaus. Wie dem auch war. Toni hatte den Gedanken mit dem Haus in den Dünen weitergesponnen. „Denke groß", war schon immer seine Devise gewesen. Deshalb hatte er direkt ein Hotel an der Stelle bauen wollen. Doch für Toni gab es kein Nein. Dieses Wort existierte gar nicht in seinem Wortschatz. Ein Toni Belfinger gab nicht auf. Seine Idee war es nun gewesen, Annemarie mit Martin zu verkuppeln. Immer in der Hoffnung, dass der als Annemaries neuer Lebenspartner sie nach und nach so stark beeinflusste und auf sie einwirkte, dass sie schlussendlich ihm zuliebe in dieses dumme Projekt einwilligte und ihren Grund und Boden dafür zur Verfügung stellte. Hielt Toni sie wirklich für so naiv? Vermutlich ja, da er alle Frauen für naiv und dumm hielt. Niemals würde Annemarie für einen Mann ihre Insel verschandeln lassen. Niemals! Doch das würde ein Mensch wie Toni nicht verstehen können. Er war eben nicht von hier und würde auch nie hierher gehören.

Was Annemarie in der letzten Nacht viel mehr bewegt hatte als Tonis Schnapsidee, war die Tatsache, dass Rieke tot war. Rieke, die sie schon seit ihrer Kindheit kannte und mit der sie so vieles verband, war nun für immer fort. Annemarie hatte lange über Tonis Rolle an Riekes Ableben nachgedacht und war zu der Überzeugung gelangt, dass der vermutlich wirklich nichts damit zu tun hatte. Aber wer dann? Dass die Freundin sich etwas angetan haben könnte oder das Opfer eines Unfalls geworden war, daran wollte sie ebenfalls nicht glauben. Natürlich konnte es passieren, dass ein unvorsichtiger Schwimmer am Strand von Langeoog weggespült und hinaus ins Meer gezogen wurde. Doch die Polizei auf Spiekeroog hatte ja zuerst geglaubt, Rieke wäre ein Mann, weil die, wie so oft in letzter Zeit, wieder einen ihrer fürchterlichen Anzüge getragen hatte. Niemand ging in einem Businessoutfit zum Baden. Zum letzten Mal hatte Annemarie sie letzten Dienstag gegen Nachmittag in Hilkes Café getroffen. Da hatte Rieke davon gesprochen, dass Mittwochmorgen gegen elf ihr Flug nach Spanien ginge und sie auch noch packen müsse. Nur zu gut wusste Annemarie, dass Rieke solche Dinge immer bis kurz vor der Reise aufschob und es dann auch schon mal bei ihr in Hektik ausartete.

Als Annemarie fast auf Höhe von Heiners altem Bootshaus war, nahm sie eine Gestalt wahr, die durch den Sand auf sie zugewankt kam. Der Mann, sie war sich sicher, dass es ein Mann war, hatte eine Decke um seinen Oberkörper gewickelt. Annemarie verlangsamte ihren Schritt und behielt den Kerl im Auge. Dem Gang nach schien er erschöpft oder vielleicht betrunken zu sein. Vermutlich einer vom Zeltplatz drüben bei der Jugendherberge, fiel ihr ein. Man kannte das ja. Diese jungen Leute tranken schon gerne mal einen über den Durst, obwohl sie es nicht vertrugen.

Winkte der Mann ihr jetzt? Sie blieb stehen und hob die Hand schützend über die Augen, um besser gegen die tief stehende Sonne sehen zu können. Ja, eindeutig, der winkte ihr zu. Fast so wie ein Schiffbrüchiger auf einer einsamen Insel, wenn er ein Schiff am Horizont vorbeisegeln sah. Langsam ging sie weiter. Dann erkannte sie ihn. Es war dieser Graf, Baron, Freiherr oder was auch immer der Kerl für einen Titel besaß. Auf alle Fälle war es der, den alle seit gestern Morgen suchten.

*

„Mensch, Krischan, warum hast du denn nicht eher was gesagt?!", fragte Nina fassungslos. Krischans Mundwinkel klappten nach unten. Deutlich war ihm anzusehen, dass er nach Worten suchte.

Lotta war es, die ihm zu Hilfe kam und ihn verteidigte.

„Wie sollte er denn wissen, dass wir nach Harald suchen, Nina. Wir haben doch in Krischans Anwesenheit nicht einmal über ihn gesprochen. Es ging immer nur um die angespülte Leiche. Du hast jemanden gesucht, der uns rüber nach Spiekeroog bringt, damit wir uns die Leiche ansehen können. Wir haben Krischan gegenüber deinen Harald nicht ein einziges Mal erwähnt", mischte sie sich ein. Nina wandte sich nachdenklich ab und sah nach vorne durch das Fenster des Steuerhauses auf das Meer.

Es konnte tatsächlich sein, dass Lotta recht hatte. Sie hatten Krischan nicht ein einziges Mal gefragt oder in seiner Gegenwart über einen Mann gesprochen, der am Strand von Langeoog verschwunden war. Es war am Anfang tatsächlich immer nur um den Toten gegangen, den sie identifizieren mussten. Später, als klar war, dass es sich um Rieke Belfinger handelte, war die mal kurz Thema gewesen und am Schluss hatten sie nur noch beratschlagt, wie sie zurück nach Langeoog kamen und was es zum Abendessen geben sollte.

„Okay ... sorry, Krischan. Ich wollte nicht ausfallend werden. Tut mir leid", meinte sie nach einer Weile.

Krischan nickte knapp und strahlte nun wieder. Terence Hill, Lotta hatte recht. Krischans Augen ähnelten denen von Terence Hill, fiel Nina auf.

„Wir müssen deinen Kollegen drüben anrufen. Er muss sich sofort auf seinen Drahtesel schwingen und zu Krischans Hütte fahren. Oder noch besser sofort einen Krankenwagen hinschicken. Harald ist jetzt seit ...", sie überschlug kurz die Uhrzeit, „achtundzwanzig Stunden verschwunden. Nicht, dass der doch noch an der Vergiftung ..."

Sie ließ den Satz unvollendet. Sie waren jetzt so nah dran ihn zu finden, da durfte man das schlimmste aller Szenarien noch nicht einmal mehr in den Mund nehmen. Jetzt hieß es hoffen.

„Als ich gestern Morgen zur Arbeit bin, hat er noch gelebt", meinte Krischan zuversichtlich.

„Und wo hast du den jetzt genau gefunden?", interessierte es Nina, während Lotta bereits ihr Telefon am Ohr hatte und auf Langeoog anrief.

„Der lag nachts am Strand, in der Brandung. Ich geh da schon mal gucken, wenn ich nicht schlafen kann. Erst hab ich ja gemeint, das wär ein Seehund oder ein Schweinswal. Es war ja so dunkel. Ich bin also hin, um nachzusehen und da seh ich, dass da ein Mann liegt. Total nackig. Der lag einfach da und hat das Wasser über sich schwappen lassen. Der bekam schon richtig schlecht Luft. Hatte wohl schon eine Menge Nordseewasser geschluckt. Ich hab ihn an den Strand gezogen und erst mal richtig kotzen lassen", erklärte Krischan und Nina versuchte schnell die Bilder des letzten Satzes wieder aus ihrem Kopf zu bekommen.

„Und dann hast du ihn zu dir nach Hause geschleppt? Aber der wiegt doch schon einiges", gab sie zu bedenken.

Krischan winkte ab. „Ich hatte doch den Handkarren dabei gehabt, den, mit dem ich sonst die verletzten oder toten Seehunde fahr. Du, die wiegen auch ganz gut. Das glaubst du nich, wie schwer so eine Robbe is. Ich dachte ja erst, der Mann wär ein toter oder verletzter Seehund", wiederholte er sich.

Nina runzelte die Stirn.

„Du sammelst da nachts Seehunde auf?", fragte sie ungläubig.

Krischan nickte begeistert. „Klar, Nina, einer muss sich da ja drum kümmern."

„Und was machst du dann mit denen? Essen oder was?"

An seinem entsetzten Gesichtsausdruck bemerkte sie sofort, dass sie etwas sehr Dummes gesagt haben musste.

„Man kann doch keine Seehunde essen!", empörte Krischan sich auch prompt und Nina wollte schon einwenden, dass sie aber gehört habe, dass Eskimos sehr wohl Seehunde essen würden. Doch sie unterließ diese Belehrung und hielt einfach den Mund.

„Ich mach die wieder gesund ... wenn es geht. Wenn die noch klein sind, kommen die in die Seehundaufzucht nach Norddeich. Die großen versorg ich schon mal direkt am Strand und lass sie wieder frei. Manchmal nützt es aber auch nichts mehr, dann muss man die totmachen. So schlimm wie das ist. Nachher schreib ich dann alles auf und melde das. So, wie sich das gehört", erklärte er ein wenig traurig und wischte sich mit dem Ärmel seines Pullis über die hübschen Augen.

Kapitel 18

Mittwoch, 12. August 2015, 16:01 Uhr
Inspektion der Inselpolizei / Insel Langeoog

„So tschüss, Onno, und schönen Feierabend", trällerte Lotta und legte die Akte fein säuberlich zusammen, an der sie bis eben gearbeitet hatte. Ein schwerer Fall von Missachtung der Vorfahrtsregelung, bei der am Vormittag zwei Radfahrer frontal ineinandergebrettert waren. Zum Glück waren die beiden Beteiligten mit nur einigen Schrammen davongekommen. Für die Fahrräder war es nicht so glimpflich ausgegangen. Beide waren Totalschaden.

„Wie Feierabend?", hakte Onno erstaunt nach. „Es ist doch gerade mal vier Uhr. Was ist denn das für eine Arbeitsauffassung, mein Fräulein?"

Lotta winkte ab.

„Aber um vier ist hier halt offiziell Feierabend. Jetzt stell dich mal nicht so an. Weißt du eigentlich, wie viele Überstunden ich vor mir herschiebe? Seit Wochen hab ich nicht einen einzigen Tag freigehabt. Und dann will ich ein einziges Mal pünktlich los, ... dann muss ich mir noch dein Gemecker anhören", erklärte sie, räumte dann unter Onnos wachsamen Blick ihre Kaffeetasse weg und packte ihre Habseligkeiten in den Fahrradrucksack.

„Hast noch was vor ... nicht wahr?", fragte der Kollege und grinste.

Lotta grinste zurück und antwortete lapidar: „Kann sein ... muss aber nicht."

„Aha ... da steckt ja dann wohl vermutlich ein junger Mann dahinter?", ließ Onno nicht locker.

Lotta verdrehte die Augen und stöhnte.

„Mensch Onno, wie kann einer nur so neugierig sein: Aber, wenn es dich beruhigt? Nein, es steckt kein junger Mann dahinter. Ich geh nämlich zu einer Grillparty. Freiherr Harald von Friedwitz hat alle eingeladen, die an der Suche nach ihm mitgeholfen haben."

Onno riss die Augen auf.

„Und was ist mit mir? Hab ich nicht auch geholfen?", stieß er hervor.

Lotta überlegte kurz und schüttelte dann den Kopf.

„Nee, soweit ich mich erinnern kann, hast du hier rumgesessen, Fußball geglotzt und dich nachher mit dem zukünftigen Schwager von dem Freiherrn von Friedwitz im Seekrug betrunken", stellte sie klar.

„Ich hab mich aufopferungsvoll um die Angehörigen gekümmert. Bin sogar bei dem Sturm rausgefahren in den Norderpad, um Bescheid zu geben", protestierte er.

Lotta gab es auf.

„Okay Onno, dann zieh dich halt um und komm einfach mit. Wird ja wohl kein Problem sein. Ich war eh in Begleitung eingeladen und hätte jemanden mitbringen dürfen", gab sie nach.

Onno verschränkte die Arme vor der Brust.

„Nee, so nicht, mein Fräulein. Jetzt will ich nicht mehr."

Lotta sah ihn entgeistert an. Dann bemerkte sie das Blitzen in seinen Augen und sah, wie die Mundwinkel zu zucken begannen.

„Du veräppelst mich gerade, oder?", fragte sie vorsichtig und erntete prompt schallendes Gelächter.

„Mach bloß, dat du abkommst, du Floh. Und grüß mir den Klaus schön. Sag ihm, wenn er mag können wir gerne noch mal einen im Seekrug heben gehen. War mir ein Vergnügen", grölte er und Lotta sah nun schleunigst zu, dass sie aus diesem Tollhaus rauskam. Vor dem Haus schwang sie sich auf ihr Dienstfahrrad und fuhr zu der kleinen Pension zwei Straßen weiter, wo sie, genau wie Onno, während der Saison wohnte. In Windeseile duschte sie, schminkte sich nur sehr dezent und zog seit Langem wieder ihre zivile Kleidung an. Ein Sommerkleid mit blau-rosa Blumenmuster, das sie sich extra für den Aufenthalt hier auf der Insel gekauft, aber noch nie getragen hatte, da sie bisher noch keine Minute wirklich richtig freigehabt hatte. Was hätte sie in ihrer Freizeit auf Langeoog auch anstellen sollen? Sie kannte hier bisher ja niemanden auf der Insel, außer natürlich Onno. Aber der zählte irgendwie nicht.

Es war kurz nach halb sechs, als sie das Rad an den Friesenzaun vor dem Ferienhaus der Familie Schmitz ankettete. Sie klingelte an der Haustür und wartete, bis geöffnet wurde.

„Hey, da bist du ja", begrüßte Nina Moretti sie freundlich und bat sie herein. Erst jetzt fiel Lotta auf, dass sie gar nichts mitgebracht hatte. Weder Blumen noch eine Flasche Wein oder sonst etwas in der Art. So etwas war sehr unhöflich. Aber sie war so in Eile gewesen, dass sie dies total verschwitzt hatte.

„Bin ich etwa die Letzte?", erkundigte sie sich vorsichtig.

Nina lächelte.

„Ja, bist du, macht aber nichts. Die meisten mussten nämlich, im Gegensatz zu dir, nicht vorher noch zur Arbeit", beruhigte Nina sie.

Sie folgte der Oberkommissarin durch das Haus in den Garten, wo auch die anderen sie recht herzlich begrüßten. Als Krischan sie sah, sprang er sofort auf und bot ihr einen Platz neben sich auf der Gartenbank an.

Das Grüppchen an dem großen ovalen Gartentisch war überschaubar. Außer ihr, Krischan und Nina war da noch der Gastgeber Harald von Friedwitz, seine Verlobte, Ninas Mann Klaus, Frau Schmitz und Annemarie Hansen. Die hatte den Freiherrn nämlich morgens am Strand gefunden und ihm geholfen, nach Hause zu kommen. Was natürlich auch irgendwie dumm gewesen war, da die von Lotta verständigten Sanitäter und Onno währenddessen ziemlich vergeblich den Bereich um das alte Bootshaus in den Dünen abgesucht hatten. In ein Krankenhaus hatte der Freiherr nicht gewollt und so, wie er jetzt aussah, war das auch nicht nötig gewesen. Es schien ihm wieder blendend zu gehen.

„Und, wie läuft es mit dir und Terence Hill?", raunte Nina ihr irgendwann nach dem sehr leckeren Essen zu.

Lotta tat, als verstände sie nicht.

„Mit wem ... wie?", stellte sie sich einfach blöd, obwohl sie genau wusste, was, oder vielmehr wen, Nina meinte.

Nina deutete auch prompt mit einem Kopfnicken zu Krischan, der seit geraumer Zeit damit beschäftigt war, Klaus und dem Freiherren alles über Seehunde zu erzählen, was er wusste.

„Was soll denn da laufen?", zischte Lotta zurück.

Die Kommissarin seufzte und winkte ab. „Vergiss es, Lotta. Ich dachte, ihr beiden hättet es mittlerweile kapiert."

Lotta blickte sich noch einmal schnell um, ob gerade tatsächlich niemand zuhörte und flüsterte dann, um das Thema zu wechseln: „Die Frau Belfinger wurde wohl eindeutig vergiftet."

Nina, die gerade an einer Bierflasche nippte, ließ diese sinken.

„Woher weißt du das denn? Ist doch gar nicht dein Ressort."

Lotta grinste.

„Der Flurfunk im Polizeipräsidium funkt sogar bis hier nach Langeoog. Onno hat es von einem Kollegen drüben aus Wittmund. Die Leiche von Rieke Belfinger bleibt erst mal gesperrt, bis die toxikologischen Befunde vorliegen", erklärte sie.

Deutlich war zu sehen, wie es im Kopf der Oberkommissarin zu arbeiten begann.

„Das heißt, sie wissen zwar, dass sie vergiftet wurde, aber nicht wie?", kombinierte Nina.

„Genau, der Kollege in Wittmund sagte nur, es müsse irgendetwas Exotisches gewesen sein. Aber um das zu analysieren, braucht es wohl noch ein paar Tage. So lange darf die Frau Belfinger nicht bestattet werden", wusste Lotta.

„Ich muss mal telefonieren", erklärte Nina nach einer kurzen Pause und zog Lotta dann einfach mit sich fort.

„Was hast du denn jetzt vor?", zischte sie, während sie Nina ins Haus folgte.

„Du hast doch auch die geschwollene Zunge von der Frau Belfinger gesehen, oder?", fragte Nina.

Lotta nickte, obwohl sie ja eigentlich gar nicht so genau hingesehen hatte. Wasserleichen waren nun mal nicht wirklich ihr Ding. Außerdem war ihr an dem Abend auf Spiekeroog eh schon schlecht genug von der Überfahrt gewesen. Sie wusste nur noch, dass die Kommissarin die geschwollene Zunge erwähnt hatte, sonst nichts.

„Und was hat das zu bedeuten?", fragte sie daher irritiert.

Sie waren mittlerweile in der Küche, wo auf der Anrichte Ninas Mobiltelefon lag.

„Als Harald an dem Morgen nach Hause kam, hat er erzählt, dass sich nachts, als er das Lokal verließ, seine Zunge total dick angefühlt hat. Außerdem hat er Probleme gehabt zu atmen."

„Klar, du hast doch gesagt, er hätte von der giftigen Leber ..." Lotta stockte. „Du meinst, die Belfinger hat auch von der Leber gegessen?"

Nina zuckte mit den Schultern und wählte dann eine Nummer aus dem Speicher ihres Telefons. Lotta war schnell klar, mit wem Nina da sprach. Der Mann, ein Doktor Wagner, schien ein Gerichtsmediziner zu sein. Als sie auflegte, grinste Nina boshaft und meinte nur: „Doktor Wagner sagte, es könnte passen. Das Symptom der geschwollenen Zunge könnte auf eine Vergiftung durch den Verzehr von einem asiatischen Kugelfisch deuten."

„Das hieße ja ... der japanische Koch steckt dahinter."

Nina schüttelte den Kopf.

„Nicht unweigerlich. Es könnte auch jemand sein, der Zugang zu den giftigen Fischresten oder den Fischen hat."

„Wenn die denn wirklich giftig sind oder waren", gab Lotta zu bedenken.

„Klar war das Vieh giftig. Oder glaubst du, den Harald haben die paar Bier für achtundzwanzig Stunden ins Land der Träume geschickt. Doktor Wagner meinte doch eben auch, dass es an dem Gift gelegen hat, dass Harald so lange weggetreten war."

„Aber warum ist Harald nicht daran gestorben?"

„Na, ist doch klar. Weil es nicht genug Gift war, um ihn zu töten. Doktor Wagner sagt, dass sich das Gift, wenn es in kleinen Dosen verabreicht wird, im menschlichen Körper wieder abbaut. Haralds Körper hat es über die Nieren und die Leber wieder ausgeschieden. Hätte er nur eines der Stücke gegessen, so wie der Koch es uns empfohlen hat, hätte er vermutlich noch viel weniger gespürt. Es soll ja in kleinen Mengen angeblich nur die Zunge und den Gaumen betäuben. Das ist schließlich der Kick an der Sache mit der Fischleber. Die Japaner essen die ja nicht, weil sie sterben wollen. Es geht um den gewissen Kick. Nun gut, bei Harald kam dann noch der viele Alkohol dazu. Das war schon blöd."

„Dann hieße das ja, dass Rieke Belfinger wesentlich mehr davon zu sich genommen haben muss als nur zwei kleine Stückchen Leber", kombinierte Lotta.

„Genau. Und ich würde mal vermuten, dass sie das nicht freiwillig gemacht hat", sprach Nina das aus, was auch Lotta gerade dachte.

„Und wer außer dem Koch käme dann noch infrage?", überlegte Lotta laut.

Nina überlegte kurz, bevor sie antwortete.

„Einer der Angestellten des Restaurants oder Toni Belfinger. Ich kann mir nämlich nicht vorstellen, dass viele Außenstehende von den Kugelfischen wussten. Immerhin ist der Besitz der Tiere in Deutschland verboten."

„Im Restaurant gibt es keine Angestellten. Da sind nur der Koch und seine Frau", wusste Lotta.

„Hhmm, dann kämen also auch nur die beiden und Toni Belfinger infrage", schloss Nina.

Lotta schüttelte den Kopf

„Toni Belfinger scheidet aus. Das haben die Kollegen schon überprüft. Toni ist erst am Freitag von einer Geschäftsreise aus Frankreich zurückgekommen. Frau Belfinger ist aber bereits irgendwann zwischen Dienstagnachmittag und Mittwochmorgen verstorben", wusste Lotta.

„Dann bleiben also nur noch der Koch oder seine Frau übrig."

„Oder beide gemeinsam", gab Lotta noch zu bedenken.

„Aber es ist doch schon merkwürdig, dass der Herr Belfinger seine Frau nicht vermisst hat. Ich meine, auch wenn die nicht zu Hause war ... es gibt doch Telefon. Also, wenn mein Klaus sich mal einen Tag nicht bei mir meldet ... also ... na, da wäre ich aber doch beunruhigt", überlegte Nina laut.

„Aha, du würdest mich also doch noch vermissen. Freut mich das zu hören, mein Schatz", vernahm Lotta eine Männerstimme von der Tür her und fuhr erschrocken herum. Klaus Schmitz stand da an den Türrahmen gelehnt und grinste breit. In seinen Armen hielt er einen Sixpack Bier.

„Ja, mein Bärchen, und jetzt geh bitte wieder mit den anderen Jungs spielen. Wir haben hier was zu bequatschen. Mädchenangelegenheiten", knallte Nina ihm dann einfach vor den Latz und Klaus trollte sich mit einem Lächeln.

Lotta seufzte. Ja, so musste dann wohl wahre Liebe funktionieren, ging es ihr durch den Sinn.

„Wir müssen noch mal mit Belfinger reden und herausfinden, ob diese Japaner ein Motiv gehabt hätten, Tonis Frau aus dem Weg zu räumen", flüsterte Nina, als sie wieder allein waren.

Lotta zuckte zusammen.

„Mit Belfinger? Wir? Aber das geht uns doch gar nichts an. Wenn die Kripo aus Wittmund mitbekommt, dass ich mich da einmische, dann gibt das einen Riesenärger", zischte Lotta besorgt.

„Quatsch, Lotta, die können dir doch nicht verbieten, dich nach Feierabend mit einem gut betuchten

Witwer zu treffen. Außerdem bin ich ja dabei", versuchte Nina sie zu beruhigen.

„Ich soll mich was ...?", stieß sie entsetzt hervor.

Nina begann zu lachen. „War doch nur Spaß. Du kannst den Mund ruhig wieder zumachen. Wir gehen doch nur mal hin und befragen ihn zu den Japanern. Immerhin gehört ihm das Restaurant. Die beiden sind ja nur die Pächter von dem Laden."

Lotta schnaufte. Sie mochte Nina. Irgendwie waren sie ja in den letzten Tagen sogar so etwas wie Freundinnen geworden. Aber an ihre Späße musste Lotta sich erst noch gewöhnen.

„Okay gut, wir reden also noch mal mit Toni Belfinger. Nur mal so ... und ganz belanglos", stimmte sie dem Vorhaben zu.

„Genau, so machen wir das. Na, dann mal los", meinte Nina und setzte sich bereits in Bewegung.

„Ähm wie ... jetzt?"

„Klar jetzt. Wann sonst?"

Das Haus von Toni Belfinger lag friedlich da und wurde von der tief stehenden Abendsonne in ein wunderschönes Orange getaucht. Als sie vor der Tür standen und Nina klingelte, hoffte Lotta immer noch, dass niemand zu Hause war und sie schleunigst zurück auf die Party konnten. Gerne hätte sie sich noch mit Klaus, Harald und Krischan unterhalten und das Thema Seehunde vor Langeoog weiter vertieft. Ihr war nicht wohl bei dieser Schnüffelei. Andererseits war sie aber auch schon ein bisschen neugierig. Und war dies nicht der Grund, warum sie Polizistin geworden war? Ja, irgendwie schon. Auf jeden Fall trug sie die Uniform nicht, um bis ans Ende ihrer Tage Fahrradunfälle aufzunehmen.

Gerade als Nina zum zweiten Mal die Klingel betätigen wollte, wurde die Tür geöffnet. Toni Belfinger stand da vor ihnen und sah, gelinde ausgedrückt, übel aus. Sehr übel. Sein Gesicht war irgendwie geschwollen. Sein rechtes Auge zierte ein Veilchen und die Nase war mit Pflastern getapt. Er trug ein schwarzes T-Shirt und eine schwarze, lange Hose. In seiner Hand hielt er ein halb volles Whiskyglas.

„Guten Abend, Herr Belfinger, entschuldigen Sie die Störung. Wir hätten nur mal eine kleine Frage an Sie ... Natürlich rein geschäftlich", begann Nina zuckersüß ihr Anliegen vorzubringen und Lotta musste wieder einmal feststellen, wie freundlich ihre neue Freundin doch sein konnte, wenn sie dies wollte.

„Geschäftlich?", hakte Belfinger nach und wankte dabei leicht.

„Ich wüsst aber nid, wat ich mit euch zwei lecker Mädche für ene Jeschäft machen könnte. Außer vielleicht ... na ja, ... dann kommt mal rein", lallte er in rheinischem Dialekt und grinste dabei vulgär. Lotta fand Betrunkene einfach nur widerlich. Belfinger war sturzbesoffen und, wie es den Anschein hatte, bereits kurz vor dem Verlust der Muttersprache. Aber es hieß ja immer, Kinder und Betrunkene würden stets die Wahrheit sagen. Demnach kamen sie wohl gerade passend. Sie folgten Toni ins Wohnzimmer, wo er sich wie ein nasser Sack auf das Sofa fallen ließ. Nina nahm in dem einzigen Sessel ihm gegenüber Platz und schlug die Beine übereinander, eine Geste, die Toni, wie es schien, gefiel und die er prompt mit einem spitzen Pfiff kommentierte. Nina ließ das absolut kalt, sie lächelte Toni einfach nur weiter an. Lotta selbst bevorzugte es, stehen zu bleiben und dem Schauspiel lediglich zuzusehen.

„Also, ihr beiden Hübschen, wat kann der nette Onkel Toni denn für euch zwei tun?", fragte Belfinger.

Nina fuhr sich mit den Händen durch ihre lange, dunkle Lockenpracht und warf sie gespielt über ihre Schultern. „Ja, wissen Sie, Herr Belfinger. Die Sache ist ein wenig delikat. Ich weiß nicht richtig, wie ich anfangen soll", begann sie gespielt herumzudrucksen.

„Wissen Sie, es geht um meinen Freund."

„Um den Klaus? Den Klaus Schmitz?", erkundigte Belfinger sich überrascht.

Nina nickte. „Ja, stellen Sie sich vor: Klaus ist ja so ein Nordseefan ... und ein begnadeter Koch. Sein sehnlichster Wunsch war es schon immer, ein eigenes Restaurant zu eröffnen. Eines auf einer Nordseeinsel", log Nina. Lotta merkte, wie sie selbst unruhig wurde. Was faselte Nina da bloß? Das Ganze war so überhaupt nicht abgesprochen gewesen.

„Dat is schön, Frau ... Schmitz. Aber wat ich nid versteh, is, ... wat hab ich damit zu tun? Wegen mir kann der Klaus Restaurants eröffnen, so viel der will", lallte Toni.

Nina wiegte den Kopf hin und her.

„Ja, wir hatten halt gedacht, ... weil bei Ihnen ja demnächst was frei wird und bevor Sie sich da für einen anderen Pächter entscheiden ..., na haben wir gedacht ... wir hören mal nach, ob man da was machen kann", erklärte Nina und Lotta schwante bereits Übles. Nina würde sie noch in Teufels Küche bringen.

Belfinger runzelte die Stirn.

„Mädche ... ich glaub, ich kann dir nid ganz folgen. Wat soll denn bei mir frei werden?"

„Na ... das Nagaya Sami wird doch, so wie es aussieht, frei ... Und wenn das erst mal frei ist ... dann stehen die Nachfolger da doch bestimmt Schlange, bei der tollen Lage“, ließ Nina die Katze aus dem Sack.

Toni Belfinger bewegte langsam den Kopf hin und her.

„Nä, Mädchen, da vertust du dich. Der Vertrag mit dem Japsen läuft noch fast fünf Jahre. Der is da ja grad erst frisch eingezogen“, wiegelte Toni ab.

Nina beugte sich vor und sprach nun ein wenig leiser und verschwörerischer.

„Wir wissen aber aus einer todsicheren Quelle, dass der Japaner demnächst auf eine lange Reise gehen wird und deshalb das Restaurant nicht mehr führen kann.“

Toni beugte sich ebenfalls vor und flüsterte nun: „Wie, der will weg? Wohin denn?“

Nina spreizte die Finger und hielt sie sich vor das Gesicht.

„Der wird wohl für ein paar Jährchen in den Knast müssen. Wegen Mordes.“

Tonis Augen weiteten sich. Zitternd führte er das Whiskyglas an den Mund und trank daraus, als wäre es Apfelsaft.

„Wegen Mord? Aber ... wen zum Kuckuck soll der denn umgebracht haben?“, fragte er bestürzt.

Nina tat erstaunt. „Wie, das wissen Sie nicht?“

Toni schüttelte den Kopf. „Nä, Mädchen. Ich hab keine Ahnung.“

„Die Polizei geht davon aus, dass Ihre Frau Rieke mit dem Gift eines Kugelfischs umgebracht wurde. Und es gibt hier auf Langeoog nicht viele Köche, die mit diesen Fischen hantieren ... eigentlich nur einen“, warf Nina ihm den Köder direkt vor die Füße.

Tonis Kinnlade klappte herunter. Dann schüttelte er ungläubig den Kopf.

„Dat glaub ich nid. Dat würde der doch nie tun. Aber jetzt wo du dat sagst, Mädchen ... da geht mir ja plötzlich ein ganzer Kronleuchter auf ...“, stotterte er.

„Wieso, ich versteh jetzt nicht ganz. Glauben Sie etwa, er könnte unschuldig sein?“, stellte Nina sich gekonnt doof.

Toni nickte wie in Trance und sprang dann auf.

„Kinders, dat tut mir ja leid, aber ich muss noch weg“, meinte er und zeigte zur Tür.

„Okay, Toni, keine Ursache, aber Sie geben mir Bescheid, falls Sie neu verpachten möchten“, meinte Nina und erhob sich ebenfalls. Sekunden später hatte Belfinger sie bereits zur Tür geleitet und aus dem Haus hinausbefördert.

„Puh“, zischte Nina, als sie durch den Vorgarten zurück zur Straße gingen, „wenn der Idiot mich noch einmal Mädchen genannt hätte, hätte ich für nichts garantieren können. Was für ein blöder Macho.“

„Und was machen wir jetzt? Viel schlauer als vorher sind wir ja nun nicht“, fand Lotta.

Nina lächelte wieder süffisant. „Noch nicht, meine Liebe, noch nicht. Ich bin aber mal gespannt, wo der Toni jetzt hinwill. Ich hab da schon so eine Idee.“

Fünf Minuten später folgten sie dem betrunkenen Toni Belfinger, in einigen Metern Abstand, zum Nagaya Sami.

„Hab ich es mir doch gedacht“, triumphierte Nina und zog Lotta mit in Richtung Eingang.

„Du willst da aber jetzt nicht reingehen?!“, fragte sie erschrocken nach.

„Klar will ich das. Hier draußen bekommen wir ja nichts mit“, konterte Nina und stieß auch bereits die Tür zum Lokal auf.

Das kleine Restaurant war gut besucht. Vier der fünf Tische waren besetzt. Von Toni, der Bedienung und dem Koch war nichts zu sehen.

„Ähm, sorry ... ist hier gerade ein Mann im schwarzen T-Shirt hereingekommen?", erkundigte Nina sich an dem erstbesten Tisch bei einem älteren Pärchen.

Der Mann nickte verwundert und deutete auf eine Tür hinter der Theke. „Der ist, glaub ich, in die Küche gegangen."

Noch bevor der Opi den Satz beendet hatte, war von der Küche her ein lautes Poltern zu hören. Lotta sprintete los und erreichte die Tür zur Küche noch vor Nina. Als sie den weiß gekachelten Raum mit den vielen Edelstahlgerätschaften betrat, strauchelte sie bei dem Anblick, der sich ihr da bot, zurück und prallte mit Nina zusammen, die direkt hinter ihr war.

Toni Belfinger stand da mit einem großen, silbernen Revolver im Anschlag. Eines von diesen altertümlichen Schießeisen, wie man sie schon mal in Wildwestfilmen sah. Zwar wusste Lotta, dass diese Waffen nicht sehr präzise waren, aber das war hier auch nicht notwendig, da Toni keine zwei Meter von den beiden Japanern entfernt stand, die erschrocken die Hände in die Höhe hielten.

„Du blödes Miststück hast sie vergiftet", schrie Toni lautstark und selbst Lotta war nun klar, wen er damit meinte.

„Und wenn? Sei doch froh, dass du sie endlich los bist", keifte die Japanerin.

Toni schüttelte den Kopf. In seinen Augen flackerte der pure Wahnsinn.

„Ich hab die Rieke geliebt und du Satansweib hast sie vergiftet!", kreischte er.

„Du hast nicht zufällig deine Dienstwaffe in der Handtasche?", flüsterte Nina in Lottas Ohr.

Stumm schüttelte sie den Kopf. Die Waffe lag, wie es sich gehörte, im Tresor der Dienststelle und das schon seit Wochen. Auf was sollte sie hier auf Langeoog auch damit schießen, außer vielleicht auf Radfahrer, die die Verkehrsregeln missachteten.

„Warum hast du das gemacht? Warum ... ich will es wissen", bellte Toni.

„Weil sie gestört hat. Sie stand unserem Glück doch nur im Wege. Außerdem hast du doch selbst gesagt, wenn sie nicht wäre, würdest du mich heiraten", wimmerte die Asiatin nun etwas resigniert.

Es dauerte einen Moment bis Lotta verstand, was gerade passiert war. Die Japanerin hatte gestanden. Sie hatte gerade zugegeben, Rieke getötet zu haben.

Toni ließ entsetzt die Waffe sinken.

„Du hast meine Rieke vergiftet, weil du gedacht hast ... dat ich dich heirate? Sach ma, Mädchen, bist du total bekloppt?! Wat hätte ich davon, su eine wie dich zu heiraten? Wenn ich eine wie dich will, kann ich mir die im Internet oder im Katalog bestellen, vögeln und wieder vor die Tür setzen. Wenn ich ein Steak will, kauf ich mir doch auch keine Kuh", bellte er und Lotta sog bei seinen Worten die Luft ein. Was war der Belfinger doch für ein arroganter, egoistischer Dreckskerl. Der hatte, wie es schien, der Japanerin das Goldene vom Himmel versprochen, um sie ins Bett zu bekommen, und servierte sie jetzt knallhart ab. Die Asiatin schien dies ähnlich zu sehen. Langsam ging sie auf Belfinger zu. Dann griff sie blitzschnell eine der Pfannen und schüttete mit einem eleganten Schlenker die kochende Flüssigkeit in Tonis Richtung. Der schrie augenblicklich auf, ließ den Revolver fallen und riss die Hände vor das Gesicht, das sich blitzschnell rötete. Lotta spürte einen Schlag im Rücken und bemerkte Nina, die wie eine Furie an ihr vorbei auf die Asiatin zustürmte. Doch die war schneller. Bevor Nina und Lotta sich nämlich versahen, hatte die Japanerin den Revolver aufgehoben, ihn auf Toni gerichtet und abgedrückt. Es knallte ohrenbetäubend. Toni strauchelte nach hinten. Die Asiatin wirbelte herum, zielte auf Nina und drückte erneut ab. Nina erstarrte förmlich und blickte geschockt an sich herunter. Dann begann sie sich abzutasten. Die Japanerin stierte mit weit aufgerissenen Augen zuerst auf Nina und dann auf die Waffe. Lotta sah zu Toni, auch ihn schien die Kugel verfehlt zu haben. Als Erste begriff Nina die Situation und bevor Lotta sich versah, hielt die Oberkommissarin eine weitere Bratpfanne in der Hand, schwang sie wie einen Baseballschläger durch die Luft und traf die Japanerin mit voller Wucht am Kopf. Es gab ein dumpfes „Bong“ und die Asiatin flog rückwärts gegen ein Regal mit Geschirr, von dem einige Stapel ungebremst zu Boden rauschten und in einem mächtigen Getöse zerbarsten.

*

„Nee, nee, Floh, du machst mir ja Sachen“, meinte Onno und strich Lotta väterlich über den Rücken. „Das hätte aber auch böse ins Auge gehen können. Was hättet ihr zwei denn gemacht, wenn der Revolver, beziehungsweise die Munition, echt gewesen wären? Ihr könntet mausetot sein.“

Onno schüttelte den Kopf und rammte die Hände in seine Seiten.

„Sag mal, was habt ihr zwei überhaupt hier im Nagaya Sami gemacht. Ich dachte, ihr seid bei einer Grillparty?“, wollte er jetzt auch noch wissen.

Lotta sah Hilfe suchend zu Nina, die neben ihr auf der Treppe vor dem Restaurant hockte.

„Wir hatten eben noch Bock auf rohen Fisch, nach dem ganzen Gegrillten“, log die nun so schlecht, dass selbst Onno grinsen musste.

Lotta sah hinüber zu dem Krankenwagen, in dem Toni Belfinger gerade versorgt wurde. Er sah übel aus. Die kochende Flüssigkeit in der Pfanne war Fett gewesen. Die Verbrennungen laut dem Sanitäter richtig schlimm. Gleich würde ein Helikopter vom Festland kommen und ihn in eine Spezialklinik bringen. Die Kollegen aus Wittmund waren auch bereits unterwegs, um Frau Su Ling abzuholen. Sie hatte gestanden, Rieke Belfinger am letzten Dienstag die giftigen Innereien eines Kugelfisches ins Abendessen gerührt zu haben. Anschließend war sie ihr nach Hause gefolgt. Kurz vor ihrer Haustür war Rieke Belfinger dann ohnmächtig geworden. Ihre Leiche ans nahe Meer zu bringen war dumm gewesen. Die Nordsee behielt nicht immer bei sich, was man ihr anvertraute. Manchmal gab sie es auch zurück. Es wäre vermutlich einfacher und sicherer gewesen, die Leiche irgendwo im Sand der Dünen zu vergraben. Der Sand hütete sein Geheimnis zwar auch nicht ewig, aber er war zuverlässiger und berechenbarer als die Nordsee.

Samstag, 22. August 2015, 6:22 Uhr
Insel Langeoog

Als Lotta die Augen aufschlug, war es draußen schon taghell. Die Sonnenstrahlen, die durch die kleinen Butzenscheiben in den Raum fielen, malten ein schachbrettartiges Muster auf die gegenüberliegende Wand. Sie reckte sich, gähnte noch einmal herzhaft und strich über das noch warme Laken neben ihr. Heute war Samstag und ihr erster freier Tag seit zwei Monaten. Sie musste nicht aufstehen. Sie konnte hier liegen bleiben, so lange sie wollte. Sie war so zufrieden mit sich und der Welt wie lange nicht mehr. Alles war gut und die letzten zwei Wochen die bisher aufregendsten in ihrem Leben. Sie hatte einen Mord aufgeklärt. Gut, es war nicht allein ihr Verdienst, aber sie war auch nicht ganz unschuldig daran, dass die Mörderin von Rieke Belfinger für lange Zeit ins Gefängnis musste. Es war viel passiert und es würde, so wie es aussah, noch eine Menge mehr geschehen in den nächsten Tagen. Heute in ziemlich genau drei Wochen würde ihre offizielle Dienstzeit als Saisonbeamter hier auf Langeoog zu Ende gehen. Ein Sommer, der so langweilig begonnen hatte und der für sie so schnell noch nicht enden würde. Nein, der Traum vom „da arbeiten, wo andere Urlaub machen" war noch nicht ausgeträumt. Gestern Nachmittag hatte sie die ersehnte Mail ihrer bisherigen Dienststelle aus Hannover bekommen. Ihr Antrag auf Versetzung war genehmigt worden. Sie musste zugeben, dass sie nicht so schnell damit gerechnet hatte.

Waren doch erst drei Tage vergangen, seitdem sie ihn gestellt hatte. Onno war wenig begeistert gewesen. Für einen Moment hatte es fast so ausgesehen, als sei er eifersüchtig auf sie. Dabei war er es doch immer gewesen, der gesagt hatte, nur ein Dummbeutel würde sich für die feste Stelle hier auf der Insel bewerben.

In der nächsten Woche hatte sie drei Tage frei. Dann musste Onno den Laden halt mal alleine schmeißen. Lotta würde nach Hannover fahren, um dort ihre Wohnung aufzulösen. Wohin sie mit dem ganzen Krempel sollte, wusste sie zwar noch nicht, aber es würde sich schon ein Platz zum Zwischenlagern finden. Zumindest so lange, bis sie hier eine ordentliche Bleibe gefunden hatte. Zur Not würde sie ihre Eltern fragen, die besaßen eine große Garage, in der die Möbel erst einmal bleiben konnten. Was die wohl zu den Veränderungen sagen würden?

Ein Flügel des Tores öffnete sich und Krischan betrat das alte Bootshaus, das drinnen irgendwie noch urgemütlicher war als es von draußen aussah. Die Möbel bestanden allesamt aus dem, was die meisten Menschen als Müll bezeichnen würden. Alles Zeugs, das das Meer angespült hatte. Zumeist alte Bretter und Kisten, aus denen Krischan mit viel Geschick wunderbare Möbel hergestellt hatte. Echte Designerstücke, fand Lotta. Wirklich wohnen konnte man hier im Bootshaus allerdings nicht. Jeder Campingplatz bot mehr Komfort. Es gab weder Strom noch Wasser. Von sanitären Einrichtungen mal ganz zu schweigen, jetzt im Sommer und für den Übergang war es aber okay.

„Oh, du bist ja schon wach", begrüßte Krischan sie, setzte sich dann auf die Kante des Bettes und strich ihr sanft über die Stirn. Er roch wieder genauso gut wie an dem Abend, als sie sich in ihn verknallt hatte.

„Und du bist dir ganz sicher, dass ich auf Langeoog bleiben soll?“, fragte sie ihn, nachdem sie eine Weile seine blauen Terence Hill-Augen betrachtet hatte.

Krischan nickte.

„Jepp, ganz sicher ... das heißt natürlich nur, wenn du mich nicht bei deinen Kollegen verpetzt und ich dann ins Gefängnis muss“, erklärte er und grinste schelmisch.

Lotta beugte sich vor, gab ihm einen Kuss, hob zwei Finger zum Schwur und flüsterte dann verschwörerisch: „Nein, mach ich bestimmt nicht ... ganz großes Ehrenwort.“

Letzte Nacht hatte Krischan sie in sein großes Geheimnis, wie er es nannte, eingeweiht. Gemeinsam hatten sie beide in den Dünen einen toten Seehund vergraben. Das verendete Tier hatten sie am Abend am Strand gefunden. Ein altes Fischernetz war ihm zum Verhängnis geworden. Der Anblick des armen Geschöpfes hatte Lotta die Tränen in die Augen getrieben. Laut Krischans Aussagen war es nicht der Erste gewesen, der so gestorben war und den er unter die Erde brachte. Klar wusste sie als Polizistin, dass es verboten war, irgendwelche Kadaver hier im Naturschutzgebiet zu verbuddeln. So etwas ging eigentlich gar nicht. Für so etwas gab es in Deutschland nämlich strenge Regeln und Gesetze. Doch Krischan weigerte sich strikt, die toten Tiere zur Entsorgungsstelle zu bringen. Er war fest davon überzeugt, dass die von der Müllfirma die Tiere in eine Fabrik brachten, um Seife und Shampoo aus ihnen zu machen. Er vertrat die Meinung, dass jedes Lebewesen ein ordentliches Begräbnis verdiente. Und Lotta musste eingestehen, dass er recht hatte und es genau diese Sicht der Dinge war, die sie so an ihm liebte. Krischan war ein großes Kind und würde es hoffentlich auch noch lange bleiben. Er war nicht dumm, wie viele der anderen glaubten. Er war eben nur anders. Einfühlsamer, ihm lag am Wohl der Menschen, der Natur und den Tieren. Und ihr ... ihr lag viel an Krischan.

*

„Martin? Hast du den Spülkasten in Wohnung zweiundzwanzig eigentlich schon repariert?", rief Annemarie aus dem Büro heraus.

„Ähm ... jawohl Chefin ... Alles paletti, Auftrag ausgeführt", antwortete er und stand stramm, wie zuletzt damals bei der Bundeswehr.

„Gut, dann fahr bitte gleich rüber in die Friesenstraße und schau bei den defekten Rollladengurten", gab sie klare Instruktionen.

„Jawohl, Chefin", rief er abermals.

Sie nickte zufrieden, ging dann wieder zurück ins Büro und er belud weiter den Anhänger an seinem neuen Dienstrad. An die Sache mit den Fahrrädern musste er sich erst noch gewöhnen. Auch, dass es hier auf der Insel im Sommer keine Wochenenden gab, kam ihm schon seltsam vor. Die Leute arbeiteten hier vom Frühjahr bis in den Herbst durch und legten das Wochenende einfach in das Winterhalbjahr. Dann war hier auf Langeoog vier Monate lang täglich Sonntag. Er würde sich auch daran gewöhnen können.

Seine Chefin war ein herrischer Schrubber, das war ihm schon am ersten Tag klar geworden. Sie führte den Laden mit eiserner Hand, doch es war ihm egal. Hauptsache, er hatte endlich wieder eine Aufgabe. Eine Arbeit, für die er entlohnt wurde und die ihm Spaß machte.

Abends nach Feierabend ging der Schrubber nach Hause. Dann kam die andere Annemarie Hansen zum Vorschein, die Nette, die, mit der er lachen konnte. Arbeit und Privates würden sie strikt trennen, da waren sie sich beide einig gewesen, als er den Arbeitsvertrag bei ihr unterschrieben hatte.

*

Es war ein herrlicher letzter Urlaubstag gewesen, zumindest bis zu dem Moment, als Nina und Klaus die Inselbahn bestiegen und sich Familie Wolfskin zu ihnen in den Waggon setzte. Klaus und der Herr Wolfskin begrüßten sich sofort wie zwei alte Schulfreunde, die sich mindestens seit dem Abitur nicht mehr gesehen hatten. Auf der Überfahrt zum Festland war es Nina dann gelungen, die beiden besten Kumpels zu trennen, indem sie sich mit Klaus in den Salon im untersten Deck verkrümelte, anstatt schön auf dem Oberdeck in der Sonne zu sitzen.

„Was du wieder hast“, jammerte Klaus, folgte ihr aber brav nach unten, wo sie dann an seine Schulter gelehnt noch ein wenig döste.

Isabell, Harald und Lara waren bereits vor zwei Tagen abgereist, da ein befreundetes Pärchen von Harald an diesem Wochenende heiraten wollte und sie Harald gebeten hatten, als Trauzeuge zu fungieren.

Da Isabell nicht mit dem eigenen Wagen angereist war, sondern mit der Bahn, aber keine Lust hatte, wegen deren Unpünktlichkeit wieder stundenlag auf überfüllten Bahnsteigen auszuharren, hatte sie den Vorschlag Haralds angenommen, sich von ihm in seinem großen Mercedes bis nach Hause fahren zu lassen. Ninas Einwand, sie könne auch am Samstag mit ihr und Klaus in Ninas Käfer nach Hause tuckern, hatte sie, wie nicht anders zu erwarten, dankend abgelehnt. Nun gut, Nina hatte es ihr wenigstens angeboten. Somit sollten nachher auch keine Beschwerden kommen.

Bei der Gepäckausgabe am Fähranleger trafen sie dann noch einmal auf die Wolfskins, die aber nun damit beschäftigt waren ihre herumzankende, nervende Brut zu beruhigen. Soweit Nina das mitbekam, hatte Friedrich Amadeus den iPod seiner Schwester Amalia Luise irgendwo zwischen Langeoog und Bensersiel über Bord der Fähre geworfen, weil da angeblich nur Kackmusik drauf wäre. Wie sich solche Kackmusik anhörte, wusste Nina nicht, doch sie bereute es nun sogar ein wenig, nicht bei den Wolfskins auf dem Oberdeck gewesen zu sein. Aber so war das eben, ... wenn es mal richtig lustig wurde, war sie wieder einmal an der falschen Stelle.

„Hoffentlich springt Maggiolino an, nachdem er zwei Wochen da auf dem Parkplatz gestanden hat“, gab Klaus zu bedenken, als sie die schweren Koffer über den Parkplatz wuchteten.

„Maggiolino springt immer an“, erwiderte Nina mit voller Überzeugung und fügte dann noch hinzu: „außer natürlich, du hast mal wieder das Licht angelassen.“

Klaus verdrehte die Augen.

Als sie an dem kleinen blauen VW Käfer ankamen, schien auf den ersten Blick auch alles in Ordnung. Nina ließ die Koffer zu Boden sinken, verschnaufte kurz und drehte dann eine Runde um den Wagen. Tatsächlich! Alles in Ordnung. Keine Kratzer oder Beulen. Der kleine Wagen hatte die zwei Wochen schadlos überstanden. Sie schloss auf und begann damit, das

Gepäck auf dem Rücksitz zu verstauen, während Klaus mit dem Hebel im Handschuhfach den vorderen Kofferraum entriegelte.

„Das gibt's doch nicht“, hörte sie ihn plötzlich laut fluchen und ihr fiel sofort wieder siedend heiß ein, dass sie doch selbst vorne hatte einräumen wollen. Jetzt half nur noch auf doof stellen.

„Was ist denn, Schatz?“, fragte sie deshalb und ging zu ihm um den Wagen herum. Klaus stand an den vorderen Kotflügel gelehnt und deutete auf den Inhalt des Kofferraums: ein Zelt, zwei Schlafsäcke und zwei fein säuberlich zusammengerollte Isomatten.

„Hoppla, wo kommt das denn her?“, tat sie sehr überrascht.

„Das frag ich dich, Nina. Schon merkwürdig, oder? Da klaut einer unsere Campingausrüstung und bringt sie anschließend wieder“, knurrte er.

Nina schüttelte fassungslos den Kopf.

„Echt ... Sachen gibt das ... Aber da siehst du mal wieder, die Welt ist gar nicht so schlecht. Es gibt doch noch ehrliche Menschen“, säuselte sie und blickte Klaus tief in seine Mandelaugen.

Der schüttelte fassungslos den Kopf, musste aber nun auch grinsen.

„Nee, Nina, du kannst tatsächlich lügen, ohne rot zu werden. Wenn du noch ein bisschen so weitermachst, dann glaub ich dir sogar noch, dass nicht du, sondern irgendjemand anders die Klamotten da reingepackt hat“, stellte er fest.

Sie zuckte mit den Schultern.

„Schatz, anstatt hier rumzunölen, solltest du dem Dieb lieber dankbar sein ... oder hättest du lieber zwei Wochen im Zelt auf dem Boden schlafen wollen?“, erklärte sie und gab ihm einen Kuss. „So, und jetzt lass uns mal alles einpacken und nach Hause fahren. Irgendwie hab ich jetzt schon ein bisschen Heimweh nach dem Westerwald."

„Sag mal Micha, warum zum Kuckuck schreibst du jetzt plötzlich einen Ostfriesen-Krimi?"

Diese Frage wurde mir, so oder ähnlich, oft in letzter Zeit gestellt. Ich muss zugeben, dass diese durchaus berechtigt ist. Viele meiner Freunde und Fans wissen, dass ich meine freien Tage seit Jahren oft und gerne an der Nordsee verbringe. Hier finde ich die Ruhe, um mich voll auf meine Buchprojekte zu konzentrieren. Zu Hause im Westerwald ist das mittlerweile schon mal schwierig, da dort einfach zu viele Ablenkungen lauern. An der See ist das anders. Dort kennt man mich nicht, dort wartet keine Gartenarbeit auf mich und da mir das Feriendomizil auch nicht gehört, muss ich weder renovieren noch die Einfahrt fegen. Telefon hat die Ferienwohnung zum Glück auch nicht. So kommt es, dass ROMEO, TOD IN ROT, NEANDER und natürlich auch SAND IM SCHUH zum größten Teil an der Küste geschrieben wurden. Es war, zumindest für mich, eine logische Konsequenz, dass auch meine Lieblingskommissarin Nina Moretti einmal einen Urlaub an der Nordsee verdient hat.

Klar, ich schreibe auch noch zu Hause im Westerwald, dem ich auch literarisch weiterhin treu bleibe. Zu Hause ist nun mal da, wo deine Freunde sind!

Apropos Freunde ... da wäre ja noch was ... und zwar das Wichtigste. Danke an alle, die mich und meine Bücher immer wieder so fleißig unterstützen.

Zum Beispiel Heribert Wolf, der mich des Nachts durch halb Deutschland zu meinen Lesungen chauffiert, meine Gitarren schleppt und, und, und. Danke auch mal an Claudia Günther und ihre Damen aus der Buchhandlung Braun, die von Anfang an hinter mir und meinen Büchern standen und wo ich immer wieder gerne lese. Vielen Dank ebenfalls an die „Mädels" der Buchhandlung Mankelmuth in Betzdorf ... was ihr alles für mich tut, ist nicht selbstverständlich und damit mein ich nicht nur den guten Kaffee, den ich regelmäßig bei euch schnorre.

Dann wäre da natürlich auch noch die „Micha Krämer Band" mit Georg Zimmermann am Bass, der mich auch oft nur im Duett begleitet, Oliver Moschner-Schweder am Schlagzeug, Jürgen Winkel an der Gitarre und Günter Pfeiffer am Keyboard. Es macht wirklich einen Mordsspaß, mit euch zu musizieren.

Danke an Ingo Molly, den Betzdorfer Jugendpfleger, der schon mehr als eine Buchpremiere mit mir geplant hat. Kerstin und Henning Himmrich für die super tolle Lokation beim Dreh des Weihnachtsvideos und auch für sonst alles, was ihr mir Gutes tut. Danke an Bärbel Eigner fürs Gegenlesen und Korrigieren.

Ein Riesendank auch mal an Johanna Schneider, die meinen vom vielen Sitzen verkorksten Rücken immer wieder hinbekommt, bisher fast alles, was ich zu Papier gebracht habe, vorab gegengelesen hat und bei der es tatsächlich den besten Tee überhaupt gibt. Danke an die Damen und Herren des Verlags CW Niemeyer; wahrlich nicht jeder Verlag ist so bemüht um das Wohl seiner Autoren. Meine liebe Autorenkollegin Nané Lénard, eine Buchmesse ohne dich könnte ich mir gar nicht mehr vorstellen.

Meinem Sohn Mika für die mediale Unterstützung in Ton und Bild. Meiner Frau Doris fürs erste Lesen, Korrigieren und die mich auch schon mal bremst, wenn die Sense des Gevatters allzu sehr an der Gesundheit und dem Leben der Hauptprotagonisten nagt. Wenn sie nicht wäre, hätten Klaus Schmitz und Oberkommissar Hans Peter Thiel schon lange das Zeitliche gesegnet. Meine Mama, die unermüdlich alle Zeitungsberichte für mich sammelt.

Was wäre ein Autor ohne seine Leser? Gar nichts!

Deshalb möchte ich zu guter Letzt natürlich auch meinen mittlerweile sehr zahlreichen Fans danken. Danke, dass es euch gibt!

Sicherlich habe ich wieder einmal den einen oder anderen, der es verdient hätte, hier erwähnt zu werden, vergessen. Keine Panik, bitte nicht böse sein, ihr dürft mir das gerne mitteilen und ich schreib das dann beim nächsten Mal an dieser Stelle. Okay? Denn eines ist sicher: Nina Moretti ermittelt weiter. Zu Land, zu Wasser und ... wo auch immer.

Es grüßt euch herzlich

Euer Micha

Leseprobe

Micha Krämer

Teufelsfeuer

Nina Morettis nächster Fall

Prolog

Wie die feurigen Hände des Leibhaftigen reckten sich die Flammen züngelnd zum Himmel. Funken stoben empor zu den Sternen. Der Geruch des Feuers, der Atem des Dämons, lag beißend in der Luft. Was hatten sie nur getan? Warum taten sie ihm das an? Hatte er das verdient? Zwei Jahre lang war sie der Mittelpunkt seines Lebens gewesen. Sein Sonnenschein und der Lichtblick seines ansonsten sinnlosen Daseins. Aufopfernd hatte er sich um sie gekümmert. Und diese dummen Menschenkinder nahmen sie ihm einfach weg. Brannten alles nieder, für das er gelebt hatte. Dafür würden sie bezahlen. Sie würden diesen Tag und ihre Tat noch verfluchen. Niemand beraubte ihn ungestraft. Niemand!

Mit dem Finger wischte er sich eine Träne aus dem Augenwinkel, führte den Finger dann an den Mund und kostete von ihr. Sie schmeckte salzig und genauso wie die Tränen der Trauer, deren Geschmack er nur zu gut kannte. Das war seltsam. Er hätte vermutet, dass die Tränen der Wut anders schmeckten als die der Trauer und der Angst. Wobei Trauer und Angst in seinen Augen das Gleiche war. Trauer war nichts weiter als die Angst alleine zurückzubleiben. Weiter nichts.

Gebannt beobachtete er, wie der rote Hahn das Dach des Hauses in einem Meer aus Funken und Flammen zusammenkrachen ließ. Die Rufe der zurückweichenden Feuerwehrleute drangen durch das laute Prasseln und Krachen bis zu dem Platz, an dem er das Geschehen beobachtete.

Dann sah er sie. Im Arm eines Feuerwehrmannes. Wie eine Puppe trug der große Mann, dessen Gesicht er unter der Atemmaske nicht erkennen konnte, sie vor sich her. Ihr Kopf hing schlaff nach hinten und ihre langen, blonden Haare tanzten im Wind. Es versetzte ihm einen Stich ins Herz, sie so zu sehen. Er hatte sie für immer verloren. Sie war so nah und doch so unerreichbar weit weg für ihn. Da, wo sie sie hinbringen würden, käme er nicht mehr an sie heran. Wütend ballte er die Faust. Das alles war nicht gut. Sie hätten sie niemals finden dürfen! Sie war sein Eigentum und es wäre besser gewesen, wenn sie in den Flammen verbrannt wäre. Beim nächsten Mal würde er vorsichtiger sein müssen! Seine Taktik ändern. Doch zuvor würde er sich an dem rächen, der ihm das angetan hatte. Er war unachtsam gewesen. Es würde ein Leichtes sein, ihn zu finden.

Kapitel 1

Sonntag, 10. Juli 2016, 5:49 Uhr
Betzdorf/Bruche – Karl-Stangier-Straße

Nina packte das feuchte Kopfkissen und presste es fest auf den Hinterkopf und ihre Ohren. Sie wollte jetzt weder etwas sehen noch etwas hören. Schon gar nicht das penetrante Klingeln ihres Telefons. Sie überlegte, wie lange sie wohl geschlafen hatte. Zehn Minuten oder vielleicht eine Stunde? Keine Ahnung. Sicher war, dass es nicht lange genug gewesen war. Sie spürte, wie sich seine Hand auf ihre verschwitzte Schulter legte und er sie sachte zu rütteln begann.

„Nina, ... Schatz ... Telefon. Willst du nicht mal rangehen?“, hörte sie seine Stimme sanft sagen.

Sie schüttelte den Kopf. Nein, sie wollte jetzt nicht telefonieren. Sie wollte schlafen. Endlich wieder einmal in Ruhe schlafen. Soweit das bei dieser verdammten Hitze überhaupt möglich war. Seit Tagen brannte die Sonne auf den Westerwald. Nina mochte die Sonne. Sie genoss den Sommer ..., zumindest bis zu einem gewissen Grad.

Als sie heute am späten Nachmittag nach Hause gekommen war, hatte das Thermometer neben der Hauswand achtunddreißig Grad im Schatten angezeigt. Das war eindeutig zu viel des Guten. In ihrer kleinen Wohnung unter dem Dach des Siebzigerjahre-Eigenheimes, das ihr Papa damals für sie und Mama gebaut hatte, waren es locker noch einmal fünf bis sechs Grad mehr, dazu eine Luftfeuchtigkeit wie im Tropenhaus eines zoologischen Gartens. Alles, was man anfasste, war warm und irgendwie klamm. Und jetzt, wo sie trotz der unangenehmen Temperaturen endlich eingeschlafen war, klingelte auch noch ihr Diensthandy Sturm. Sie nahm wahr, wie Klaus sich neben ihr erhob. Dann endlich hörte das Läuten auf.

„Ja ... Hallo ... Hier Klaus Schmitz, Apparat von Oberkommissarin Moretti", hörte sie stattdessen seine Stimme gedämpft durch das Kopfkissen und hätte am liebsten laut geschrien. Genervt schob sie das Kissen beiseite, drehte sich um und blinzelte in Klaus' Richtung, der nun auf der Bettkante hockte, das Telefon an sein Ohr presste und geduldig zuhörte.

„Okay, ... alles klar, ich sag ihr Bescheid. Tschüss ... Man sieht sich", erklärte er, strich mit dem Daumen über das Gerät, legte es auf den Nachttisch und blickte dann zu ihr hinüber.

„Das war dein Kollege Horst Peters, du sollst zu einem Wohnhausbrand am Struthof kommen."

Nina schloss die Augen für einen Moment und wischte sich dann mit der Hand einige verschwitzte Haare aus dem Gesicht.

„Hat er auch gesagt, was ich mit diesem Brand zu tun haben soll?", schnaufte sie ziemlich resigniert.

„Ähm ... ja nee ... er hat nur gesagt, du sollst dringend vorbeikommen", stammelte Klaus.

„Hat er wenigstens gesagt, wo genau am Struthof ich hin soll?"

„Ähm nee, ... hat er nicht ... aber er hat gemeint, du würdest schon sehen, wo du da hinmusst."

Sie schielte auf die Leuchtziffern des Radioweckers. Es war zehn vor sechs. Normalerweise würde sie in zehn Minuten aufstehen und zur Arbeit fahren müssen. Heute war aber kein normaler Tag, sondern Sonntag und sie hatte weder Dienst noch Bereitschaft. An solchen Sonntagen blieb man im Bett und schlief aus, außer natürlich die Kollegen von der Wache riefen an und klingelten einen aus den Federn. Horst Peters würde vermutlich seine Gründe haben, sie an ihrem freien Wochenende zu belästigen und Nina war jetzt doch ein klein wenig neugierig.

Durch das offene Fenster schien bereits die Sonne und entfernt war das Quietschen und Rattern eines Zuges zu hören, der gerade durch die lang gezogene Schleife unterhalb des Hanges auf der anderen Straßenseite in Richtung des Betzdorfer Bahnhofs fuhr. Lokführer zu sein war auch so ein undankbarer Job, fiel ihr ein. Die mussten auch bei jedem Wetter, zu jeder Tageszeit an dreihundertfünfundsechzig Tagen raus. Sie reckte sich und musste gähnen.

Nur noch fünf Wochen, schoss es ihr durch den Kopf. Dann würden sie in den Urlaub fahren. Wieder nach Langeoog an die Nordsee, in das Haus an den Dünen, in dem sie bereits die letzten Ferien verbracht hatten. Sie versuchte sich den kühlen Wind vorzustellen, der sanft über die hügelige Dünenlandschaft wehte und den Strandhafer sachte hin und her bewegte. An der See war es jetzt bestimmt nicht so drückend.

„Ich mach uns mal nen Kaffee", hörte sie Klaus sagen und beobachtete, wie er nur mit einer Unterhose bekleidet aus dem Bett sprang und flink durch die Tür hinaus in den Flur verschwand. Nina würde es nie verstehen, wie jemand am frühen Morgen so viel Energie versprühen konnte. Sie und der frühe Morgen würden nie Freunde werden.

Als sie in ihren kleinen blauen VW Käfer stieg und rückwärts aus der Einfahrt rollte, war es bereits kurz nach halb sieben. Im Vorbeigehen hatte sie einen Blick auf das Thermometer geworfen. Es herrschten immer noch, oder bereits wieder, achtundzwanzig Grad. Nicht eine einzige Wolke war am Himmel zu sehen, und das, obwohl der Wetterfrosch im Radio vorhin für heute unwetterartige Hitzegewitter vorhergesagt hatte. Nun gut, vielleicht brachten die ja die ersehnte Abkühlung.

Als sie in Höhe des Mercedes Autohauses über die Siegbrücke fuhr, fiel ihr Blick auf den Fluss.

Man musste kein Fachmann sein, um zu bemerken, dass die Sieg verdammt wenig Wasser mit sich führte. Es wurde wahrlich Zeit, dass es einmal ordentlich regnete. Die Natur lechzte förmlich danach.

Während sie vorhin ihren Kaffee trank, hatte sie Horst Peters, den Kollegen der Schutzpolizei, zurückgerufen. Es hatte, wie so oft in den letzten Wochen, wieder einmal in Betzdorf gebrannt. Dieses Mal in einem Haus am Struthof, wie der kleine Vorort siegaufwärts hieß. Horst hatte die Vermutung geäußert, dass es sich eventuell, wie auch bereits bei den Bränden in den letzten Wochen, um Brandstiftung handeln könnte. Eine sehr leidige Sache, die ihnen derzeit eine Menge Arbeit bereitete. Neu bei diesem Brand war, dass es diesmal ein Todesopfer gab. Die Feuerwehr hatte in den schwelenden Resten des Hauses eine Leiche gefunden. Mehr wusste der Kollege nicht zu berichten. Es war weder klar, wer der oder die Tote war noch woran er oder sie gestorben war. Dies zu klären würde Ninas Aufgabe sein. Kriminalkommissar Thomas Kübler, der eigentlich Bereitschaft hatte, hatte er nicht erreicht und deshalb kurzerhand Nina angerufen.

Sie hatte während seines Berichts sofort nachgehakt, wie Horst darauf kam, dass es sich wieder um Brandstiftung handelte. Der Kollege hatte augenblicklich begonnen zurückzurudern. Doch Nina verstand Horst nur zu gut. Auch ihr erster Gedanke war es gewesen, dass der Feuerteufel, der seit einiger Zeit sein Unwesen in der Region trieb, wieder zugeschlagen hatte. Ob dem schlussendlich auch so war, würden die polizeilichen Ermittlungen zeigen. Als ob sie nicht schon genug zu tun hätten!

Während sie mit leicht überhöhter Geschwindigkeit durch die Stadt brauste, kurbelte sie die Fenster ihres alten VW Käfers herunter und öffnete die beiden kleinen, dreieckigen Ausstellfenster davor. Eine Klimaanlage besaß Maggiolino, wie sie den kleinen blauen Wagen aus den frühen Siebzigern nannte, noch nicht.

So ein Kaltmacher wurde auch vollkommen überbewertet, weil es erstens ja Fenster zum Öffnen gab und zweitens der übermäßige Gebrauch der Klimatisierung die Leute krank machte. Dies war eine erwiesene Tatsache. Außerdem traf einen, wenn man nach der Fahrt aus seinem eisgekühlten Vehikel ausstieg, die Hitze nur noch härter. Nein, Maggiolino brauchte so etwas nicht. Zumindest redete Nina sich dies hartnäckig ein. Wenn sie gelegentlich dann einmal mit einem der Dienstwagen oder dem Auto von Klaus fuhr, ertappte sie sich jedoch immer wieder dabei, wie sie den Regler der Klimaanlage auf die niedrigste Temperaturstufe stellte. Doch deshalb würde sie ihren geliebten Volkswagen nicht hergeben. Das Wägelchen war vermutlich eines der letzten Vehikel, bei denen der Wolfsburger Autobauer die Abgaswerte nicht geschönt hatte, weil es damals nämlich noch keinen Menschen interessiert hatte, was da aus dem Auspuff kam.

Sie drückte die Kassette in das Radiogerät und sofort schepperte Billy Idols „Dancing With Myself" blechern aus den Boxen.

Ihre Gedanken glitten wieder zu den Bränden. Das erste Mal hatte der Feuerteufel in der Nacht zum ersten Mai gezündelt. Eine frei stehende Scheune war bis auf die Grundmauern abgebrannt. Zu Schaden war dabei niemand gekommen, da das Gebäude, wenn man den alten windschiefen Schuppen denn überhaupt als solches bezeichnen wollte, auf einer großen Weide, weit weg von jeglicher Zivilisation, gestanden hatte. Die paar Kühe, die dort weideten und den Schuppen als Unterstand nutzten, waren mit dem Schrecken davongekommen. Die Brandermittler waren zuerst von einem Dummejungens-Streich ausgegangen. So etwas gab es immer wieder mal, dass Heranwachsende unter Gruppenzwang - und wenn vielleicht noch Alkohol im Spiel war - auf solch blöde Gedanken kamen.

Nur eine Woche später hatte es erneut gebrannt. Diesmal war es ein Schutzwagen in einem Wald bei Scheuerfeld, der in der Woche von Holzfällern genutzt wurde und in dem sich mehrere Kanister mit Benzin und Öl für die Kettensägen befanden. Wie bereits beim ersten Brand schlugen die Täter auch diesmal wieder in der Nacht von Samstag auf Sonntag zu. Die Detonation, als der gelagerte Treibstoff explodierte, war gewaltig gewesen und hatte auch noch große Teile des Waldstückes rund um den Schutzwagen in Brand gesetzt. Kein Wunder bei dieser Dürre, die zurzeit herrschte. Die Jungs von der Feuerwehr hatten beinahe bis Sonntagmittag gebraucht, um den Waldbrand endlich unter Kontrolle zu bekommen. Seitdem war kein Wochenende vergangen, an dem die Flammen nicht gelodert hatten. Man konnte beinahe die Uhr nach dem Feuer stellen. Immer in der Nacht von Samstag auf Sonntag zwischen null und ein Uhr morgens schlugen der oder die Feuerteufel zu. Wobei Nina nicht glaubte, dass es sich um mehrere Täter handelte. Solch krankhafte Taten gingen meist auf das Konto eines Einzeltäters.

Schon von Weitem entdeckte sie die weißgraue Rauchwolke, die vom Struthof aus in den klaren Morgenhimmel stieg, und ihr, genau wie Horst es eben am Telefon gemeint hatte, den Weg zeigte. Der Qualm, der aus der Asche des einstigen Hauses stieg, stammte vermutlich vom Löschwasser, das nun verdunstete. Nina parkte ihren VW Käfer etwas abseits an der Hauptstraße. Die letzten Meter den Berg hinauf, vorbei an den zahlreichen Einsatzwagen, ging sie zu Fuß. Sofort begann sie wieder zu schwitzen. Diese verfluchte Schwüle war wirklich kaum noch zu ertragen. Bei einem Notarztwagen entdeckte sie die uniformierten Kollegen Horst Peters und Jürgen Wacker, bei ihnen zwei Sanitäter, eine Notärztin und Henning Himmrich, einer der ortsansässigen Bestatter. Nina kannte Henning seit Jahren. Sie mochte ihn. Doch wenn man ihn und sein Himmelstaxi, wie er den großen Leichenwagen gelegentlich nannte, schon am frühen Morgen bei einem Tatort traf, taugte dies meist nichts. Die Blicke der Männer und der Ärztin waren steinern und auf den Zinksarg des Bestatters gerichtet, der geöffnet zwischen der Gruppe auf dem Boden stand und in dem ein gefüllter Leichensack lag.

„Ach hallo, Nina, da bist du ja“, begrüßte Polizeihauptmeister Jürgen Wacker sie, kam einige Schritte auf sie zu und gab ihr die Hand. Nacheinander begrüßte sie die anderen und reichte jedem die Hand.

Nur die Notärztin, die Nina ebenfalls vom Sehen her kannte, begrüßte sie, beim Anblick der Gummihandschuhe, lediglich mit einem kurzen Nicken.

„Und was haben wir?", erkundigte sie sich und deutete auf den Leichensack. Die Ärztin ging wortlos in die Hocke und zog den Reißverschluss des Sackes zurück. Nina war auf das Schlimmste gefasst. Sie hatte schon öfter in ihrer Laufbahn bei der Kriminalpolizei die Opfer von Bränden gesehen. Auch Wasserleichen oder verstümmelte Körper waren ihr nicht neu. Doch das, was da zum Vorschein kam, war ihr so bisher noch nie untergekommen. Die Tote, es war mehr als eindeutig eine Frau, sah aus, als würde sie lediglich schlafen. Ihr blondes Haar war ordentlich frisiert, ihr Gesicht dezent geschminkt. Ein Lächeln umspielte ihren Mund. Ihre Haut wirkte im Schein der Morgensonne rosig und überhaupt nicht tot. Für einen Moment überlegte Nina, sich zu bücken, um den Puls am Hals der recht hübschen und vermutlich noch sehr jungen Frau zu fühlen, da sie wirklich den Eindruck hatte, dass da noch Leben in ihr war.

Sie trug, soweit das ersichtlich war, ein weißes Kleid mit hübschen bunten Sommerblumen darauf. Nina musste schlucken. Sie würde sie auf Anfang bis Mitte zwanzig schätzen. Viel zu jung, um zu sterben. Wieder einmal kam ihr der Gedanke, wie grausam der Gevatter in seiner Wahl doch war. Anstatt alte und schwer kranke Menschen zu erlösen, die oft schon sehnsüchtig auf ihn warteten, holte er sich immer wieder die, die noch ein ganzes Leben vor sich gehabt hätten.

„Wissen wir schon, wer sie ist?", fragte sie leise an Horst gewandt. Der Beamte schluckte und sah in die Runde der betroffenen Gesichter. Überdeutlich konnte

Nina erkennen, dass er etwas sagen wollte, sich aber aus irgendeinem Grund zurückhielt. Sie schaute ebenfalls zu den anderen und hakte noch einmal nach.

„Was ist los? Wissen wir, wer sie ist, oder nicht?"

Ihr Blick blieb an Henning Himmrich hängen, der gerade nach Worten zu suchen schien. Sie nickte ihm aufmunternd zu.

„Ich glaub, ich kenn sie", sagte der Bestatter schließlich sehr leise.

„Schön, Henning. Und? Wer ist sie?"

Henning wiegte den Kopf hin und her.

„Ähm ja ... das klingt jetzt irgendwie ziemlich seltsam, Nina ... aber ich glaube ... also ich meine, ... dass das da Sonja Ludovic ist", stammelte er.

Nina kniff die Augen zusammen. Irgendetwas war hier faul. Henning war ein ziemlich direkter Typ, dem selten die Worte fehlten.

„Aber du bist dir nicht sicher?", hakte sie daher nach.

Henning ging neben der Leiche in die Hocke und kniff die Augen zusammen.

„Doch, Nina, eigentlich schon. Ich könnte schwören, dass das die Sonja ist. Ich kannte ihren Vater gut. Der war damals Fahrer im Betrieb meiner Eltern. Aber ...", sinnierte er.

„Was, aber?"

„Sie kann es nicht sein, Nina. Ich selbst habe Sonja vor zwei Jahren hier in Betzdorf auf dem Friedhof bestattet."

Nina brauchte einen kleinen Moment, bis sie begriff, was Henning da sagte.

„Ach so. Du meinst, sie sieht nur aus wie die junge Frau, die du vor zwei Jahren bereits beerdigt hast", hakte sie nach und war sich in diesem Moment im Klaren darüber, dass diese Erkenntnis sie keinen Schritt weiterbrachte. Sie musste nicht wissen, wem die Tote ähnelte, sondern wer sie war.

„Nein, nein, Nina, ich bin mir ziemlich sicher, dass sie es tatsächlich ist", erklärte er sehr entschlossen und sah dann Hilfe suchend zu der Notärztin, die ihm immer noch gegenüberhockte und die Nina nun einen knappen Wink gab, näher zu kommen. Nina trat einen Schritt nach vorne, beugte sich vor und beobachtete, wie die Ärztin versuchte den Mund der Leiche zu öffnen. Doch es war nicht möglich. Lediglich eine Reihe dünner heller Fäden kam auf der Innenseite der feurig roten Lippen zum Vorschein.

„Sehen Sie, Frau Moretti, der Mund der Leiche wurde vernäht. Ebenso die Augen", erklärte sie knapp, ließ von dem Mund ab und deutete auf ein kaum sichtbares Stück Faden am Lid des geschlossenen Auges. Nina zuckte unwillkürlich zurück.

„Meine Güte, wer macht denn so etwas?", flüsterte sie beinahe unhörbar.

Die Ärztin blickte zu Henning und Nina folgte ihrem Blick. Als Henning dies bemerkte, schüttelte er empört den Kopf.

„Was guckt ihr mich jetzt so vorwurfsvoll an? Das war ich nicht ... Klar wird so was schon mal vor Aufbahrungen gemacht. Aber doch nicht hier. Wir sind hier schließlich im Westerwald und nicht im Wilden Westen. Das ist ein kleiner Unterschied", stieß er aus und erhob sich wieder.

Nina wusste, dass die Augen der Toten, wenn diese aufgebahrt werden sollten, gelegentlich künstlich verschlossen wurden. Der Grund war simpel. Man stelle sich nur einmal vor, die Angehörigen stünden bei der Trauerfeier um den Sarg und der Verstorbene öffnete, bedingt durch den Prozess der Verwesung, die Augen wieder. Die lieben Leute bekämen vermutlich einen Schock fürs Leben. Nein, so etwas ging gar nicht.

„Was würden Sie denn sagen, wie lange sie bereits tot ist?“, erkundigte Nina sich bei der Ärztin. Diese erhob sich nun und zuckte mit den Schultern.

„Ich habe keine Ahnung, Frau Moretti. So etwas ist mir bisher noch nicht untergekommen. Aber ich würde sagen, dass sie bereits seit mehreren Tagen, wenn nicht gar Wochen, tot ist. Wie es aussieht hat sich da jemand richtig Arbeit gemacht, um den Leichnam zu erhalten.“

Nina sah in die Runde der Anwesenden und wandte sich dann an Henning. Wenn sich einer auskannte, dann er. Als Bestatter war der Tod ihm nicht fremd.

„Sag mal, Henning ..., angenommen ... das ist wirklich diese ...“ – „Sonja Ludovic“, half er ihr auf die Sprünge.

„Genau ... Also angenommen, das wäre tatsächlich Sonja Ludovic, wäre es dann überhaupt möglich, sie so lange aufzubahren? Würde die nach zwei Jahren nicht längst verwest oder ausgetrocknet sein?“

Henning zwirbelte gedankenversunken an seinem Schnurrbart, dessen Enden sich kunstvoll nach oben rollten, und begann dann den Kopf zu schutteln.

„Also eher nicht“, deutete Nina sein Verhalten.

Er hob die Schultern und stieß die Luft aus.

„Keine Ahnung, Nina, es hat schon so Fälle gegeben. Einfach ist das aber nicht. Überleg doch mal, welchen Aufwand die Russen mit ihrem Lenin betreiben. Der sieht auch aus, als wäre er erst kürzlich verstorben, ist aber schon um die 90 Jahre tot. Also, wenn jemand das hinbekommt, dann muss er oder sie schon eine sehr gute thanatologische Ausbildung besitzen.“

„Du meinst, man bräuchte da spezielle Apparaturen für?"

„Natürlich. Gerade bei diesen Temperaturen. Du musst die Leiche, auch wenn sie zuvor chemisch konserviert wurde, zumindest kühlen und die Luftfeuchtigkeit annähernd auf dem gleichen Niveau halten."

Nina blickte zu den Feuerwehrleuten, die damit beschäftigt waren, ihre Schläuche und Gerätschaften zusammenzuräumen und wandte sich dann an Horst.

„Sag mal, wer von den Jungs hat sie eigentlich aus dem Haus geborgen?"

Horst zuckte mit den Schultern und deutete dann zu einem der Feuerwehrleute, der an dem nagelneuen Einsatzleitwagen lehnte und telefonierte.

„Keine Ahnung, Nina, am besten du fragst mal Oli."

Nina versuchte ein Lächeln, nickte knapp und ging dann hinüber zu Oliver Pfeifer, dem Wehrführer der Betzdorfer Feuerwehr.

Betzdorf mit seinen rund zehntausend Einwohnern war, wie es der Name schon sagte, irgendwie immer noch ein Dorf. Hier kannte man sich noch. Die Chance, als Einheimischer durch das Städtchen zu bummeln, ohne jemanden zu treffen, den man kannte, lag bei annähernd null. Nina genoss diesen Umstand, den sie in den zehn Jahren, die sie nach ihrer Ausbildung in Köln wohnte und arbeitete, sehr vermisst hatte.

„Guten Morgen, Nina", begrüßte Oli sie, als sie bis auf wenige Meter herangekommen war. Er ließ sein Handy in der Brusttasche seiner schweren Einsatzjacke verschwinden und streckte ihr eine seiner riesigen Pranken entgegen. Oli war ein wahrer Hüne, ein Kerl wie ein Baum mit dem Herz am rechten Fleck. Er wohnte, wie Nina, in dem kleinen Vorort Bruche.

„Boah Oli, sag mal, ist euch Jungs nicht zu warm in den Klamotten?", bemerkte sie und reichte ihm ihre Hand.

„Doch, klar, Nina, aber was sollen wir machen? Wir können ja schlecht in Badehose löschen, oder?"

Sie musste trotz des verkorksten Morgens lachen und verzog dann gespielt angewidert das Gesicht.

„Och neeeee, Oli, ... jetzt werde ich Tage brauchen, um das Bild von euch Jungs in Badehose wieder aus dem Kopf zu bekommen", flachste sie und wurde dann aber wieder ernst.

„Du sag mal, wer von euch hat die Frau eigentlich gefunden und da rausgeholt?"

„Das waren ich ... und Reiner Schmidt ..., weshalb?", antwortete er nun ebenfalls mit ernster Miene.

„Die Notärztin und Henning meinen, dass die Frau schon länger tot sein könnte. Kannst du mir mal beschreiben, wie und wo genau ihr sie gefunden habt?"

Oliver überlegte kurz, öffnete dann die Tür des Feuerwehrautos, griff zwei große Taschenlampen aus dem Fußraum und zwei gelbe Feuerwehrhelme, die nebeneinander hinter der Frontscheibe auf dem Armaturenbrett lagen. Fragend sah sie ihn an, als er ihr einen der Helme und eine Lampe hinhielt.

„Komm mit, ich zeig's dir", meinte er knapp und stapfte dann zu der Hausruine.

„Ähm, Moment ... du willst da doch wohl nicht noch mal rein?", rief sie ihm entsetzt nach.

*

Diese Trottel hatten doch alle keine Ahnung. Wie gerne wäre er jetzt einfach vorgetreten und hätte sich zu erkennen gegeben. Doch das ging nicht. Er würde sich in Zurückhaltung üben müssen und seinen Triumph in aller Stille auskosten.

Sein Blick heftete sich an die feuerroten Lippen seiner Schöpfung. Wie schön sie doch war und auch so still. Er liebte es, wenn sie still war, die Ruhe und die Momente, in denen er nichts hörte außer seinem eigenen Herzschlag und seinen Atemzügen. Wenn er mit ihr allein gewesen war dann war es ihm gewesen, als würde die Erde sich langsamer drehen. Nur sie und er. Sie war sein Eigen gewesen, genau wie früher die Puppen, die ihn schon als Kind fasziniert hatten. Gefasst sah er zu, wie der Bestatter den Reißverschluss zuzog und den Deckel des Zinksarges verschloss. Ein Moment des Abschiedes. Es war nicht das erste Mal, dass man ihm eines seiner Spielzeuge genommen hatte. Deutlich fühlte er, wie erneut eine Wutträne über seine Wange rollte und ballte unbemerkt seine Faust. Beim nächsten Mal würde er es noch besser machen. Sie würden sehen, was sie davon hatten, ihn zu bestehlen.

*

Nina war erleichtert, als Oliver sie nicht geradewegs in die Ruine des alten Fachwerkhauses führte, sondern in eine Art Anbau, der vom Feuer weitestgehend verschont geblieben war. Trotz der hier nicht unmittelbar zu erkennenden Gefahr bestand er darauf, dass sie diesen albernen und viel zu großen Schutzhelm trug. Der Raum war niedrig, stockdunkel und schien früher einmal ein Kuhstall oder etwas in dieser Art gewesen zu sein. Nina ließ den Kegel der Taschenlampe über die weiß gekalkten Wände flitzen. In regelmäßigen Abständen waren da, wo sich wohl die Fenster befanden, Stahlplatten angeschraubt worden. Obwohl der Raum vom Feuer verschont geblieben war, roch es beißend nach Rauch. Dennoch war es hier kühl und irgendwie feucht. So und nicht anders stellte sie sich die Luft in einer Gruft vor.

„Da hat sie gesessen", meinte Oli und deutete auf einen von zwei Sesseln in der hinteren Ecke des Raumes.

Nina trat näher und beleuchtete die Szenerie. Zwischen den beiden Sesseln stand ein Tisch, auf dem sich ein Schachbrett befand, daneben auf dem Boden eine Stehlampe. Das Ganze erinnerte irgendwie an ein Bühnenbild.

„Zuerst hab ich geglaubt, da sitzt eine Schaufensterpuppe", hörte sie Oli sagen.

„War der Raum eigentlich verschlossen?", wollte Nina wissen.

„Ja, wir haben die Tür aufbrechen müssen", erklärte er. Langsam umrundete Nina die Sitzgruppe und ging zu einem Gerät, das in Kopfhöhe direkt hinter einem der Sessel an der Wand befestigt war.

„Sag mal, Oli, hast du 'ne Ahnung, was das sein könnte?", fragte sie den Feuerwehrmann.

Oliver Pfeifer trat neben sie, betrachtete das Gerät kurz und deutete auf mehrere Leitungen, die aus dem komischen Kasten herauslugten und in der Wand verschwanden.

„Sieht aus wie eine ganz normale Klimaanlage", meinte er schließlich.

Nina deutete mit dem Kegel der Taschenlampe auf die Leitungen.

„Und wozu braucht das Ding diese Rohre und Kabel?", fragte sie, da sie gar keine Ahnung hatte, wie so eine Klimaanlage funktionierte.

„Na, die werden wohl nach draußen zum Kompressor führen“, meinte Oli lapidar.

„Ach, du meinst diese Kisten mit den großen Propellern drin, die man schon mal an den Hauswänden sieht?“, glaubte sie zu wissen.

„Ja, genau die Dinger mein ich“, bestätigte er.

Ninas Blick fiel auf einen Werbeaufkleber, der seitlich an dem Gerät angebracht war. KÄLTE KLIMA KIPPING stand da. Darunter die Adresse der Firma in der Gontermannstraße hier in Betzdorf und eine Telefonnummer. Spontan zog sie ihr Handy aus der Tasche und speicherte die Nummer. Wie gesagt, Betzdorf war klein und so war es nicht verwunderlich, dass Nina auch Andreas Kipping, den Chef der Firma, zumindest vom Sehen her kannte. Sie würde ihn später einmal anrufen. Nicht nur dienstlich. Die Sache mit der Klimaanlage war doch gar nicht mal so schlecht. Wenn man mit dem Ding einen Kuhstall auf Leichenkellertemperatur bringen konnte, würde das doch sicherlich auch bei ihrem Schlafzimmer zu Hause funktionieren.

Kapitel 2

Sonntag, 10. Juli 2016, 8:26 Uhr
Alsdorf bei Betzdorf – Industriestraße

Nina saß in dem sehr geschmackvoll eingerichteten Besprechungsraum des Beerdigungsinstituts Himmrich und starrte auf den großen Bildschirm an der Wand. Es gab frischen Kaffee, Kekse und einen total verschlafenen und zudem noch erkälteten Kriminalkommissar Thomas Kübler.

„Sorry, Nina, tut mir leid, dass sie dich aus dem Bett geklingelt haben, aber ich hatte versehentlich mein Handy auf lautlos“, entschuldigte er sich nun zum zigsten Mal und schniefte dabei. Nina verdrehte die Augen.

„Ist ja schon gut, Thomas. Dafür lädst du mich und Klaus gleich einfach bei euch zu Hause zum Frühstück ein“, meinte sie und beobachtete dann wohlwollend, wie er nickend begann, auf seinem neuen Tablet Computer herumzuwischen und zu tippen. Das Ding war in den letzten Wochen zu seinem ständigen Begleiter geworden. Kurz hatte Nina überlegt, sich ebenfalls so etwas zuzulegen, den Gedanken aber wieder verworfen, da sie genau wusste, dass sie sich eh nicht damit auseinandersetzen und beschäftigen würde. Bei Thomas war das anders, der war ein Technikfreak durch und durch. Er war ein lieber Kerl und mehr als einfach nur ein Kollege bei der Kripo. Er war ein Kumpel, einer, mit dem man Pferde stehlen konnte und außerdem der Ehemann von Ninas bester Freundin Alexandra. Der Gedanke, gleich mit

Klaus zu den beiden hinauf in den Westerwald zu fahren, gefiel ihr.

„Ah, da hab ich es ja“, meinte Henning plötzlich und Nina wandte sich wieder dem Monitor zu, auf dem nun eine Todesanzeige zu sehen war.

„Sonja Ludovic, geboren am 20. Juli 1992, gestorben am 5. April 2014“, las sie laut und betrachtete dann das Bild neben dem Namen, das ein lachendes blondes Mädchen zeigte.

„Hmmm. Könnte schon sein“, meinte sie und kniff die Augen zusammen. Sicher war sie sich nicht.

„Das könnte nicht nur sein. Das ist sie“, war Henning allerdings total überzeugt.

„Aber du sagst doch selbst, du hast sie beerdigt“, warf Nina ein.

„Natürlich hab ich das“, empörte sich der Bestatter.

„Ja und wie zum Kuckuck kommt sie dann in das Haus am Struthof?“

Henning zuckte mit den Schultern.

„Keine Ahnung ... ja was weiß ich, Nina. Ich hab sie bestimmt nicht dahingesetzt“, zischte er gereizt.

Sie hob beschwichtigend die Hände.

„Sorry, Henning, niemand behauptet, dass du etwas damit zu tun hast. Lass uns einfach nur mal in Ruhe überlegen, was passiert sein könnte.“

Henning nickte und lächelte wieder.

„Also, nehmen wir mal an, bei der Toten, die die Feuerwehrleute heute Morgen geborgen haben, handelt es sich wirklich um Sonja Ludovic. Wie könnte sie also dorthin gekommen sein?“ Sie machte eine Pause, bevor sie fortfuhr. „Lasst uns einfach mal ganz vorne anfangen und zwar an dem Punkt, an dem sie verstorben ist. Was ist damals passiert, Henning?“

Der Bestatter senkte den Blick und schloss für einen Moment die Augen.

„Sonja war, ... zumindest glaube ich das ... abends mit einer Freundin im Auto unterwegs. Die beiden Mädchen kamen wohl von einem Konzert oder irgendetwas in der Art. Soweit ich mich erinnere, ist dieses andere Mädchen gefahren. Sonja saß auf dem Beifahrersitz. Auf jeden Fall ist ... warum auch immer ... der Wagen von der Fahrbahn abgekommen und gegen einen Baum geprallt. Sonja verstarb auf dem Weg ins Krankenhaus, während ihre Freundin mit schweren Verletzungen überlebt hat“, berichtete er.

„Und dann? Dann hast du sie dort abgeholt, oder ...?“, hakte Nina nach.

Henning nickte.

„Genau, ich und meine Auszubildende oder eine der Aushilfen, so genau weiß ich es nicht mehr, haben sie da abgeholt, eingesargt und zur Friedhofshalle gebracht. Drei Tage später wurde sie dann von dort aus zum Grab getragen und bestattet“, erklärte er und deutete auf die Traueranzeige auf dem Monitor, auf der schwarz auf weiß das Datum und der Ort der Bestattung abgedruckt waren.

„War der Sarg, als sie da in der Totenhalle war, verschlossen oder offen aufgebahrt?“, fragte Nina.

„Der war schon zu. War ja auch kein so hübscher Anblick nach dem Unfall. Ihr Vater hat sich im Krankenhaus von ihr verabschiedet und mich gebeten, den Sarg endgültig zu verschließen.“

„Der Sarg stand also demnach zwei bis drei Tage lang verschlossen in der Kapelle auf dem Friedhof“, vergewisserte sich Nina.

„Genau so war es“, bestätigte er.

„Wer hat denn alles einen Schlüssel von der Halle?", wollte sie wissen.

Henning überlegte erneut einen Moment.

„Wir haben einen, wenn wir ihn brauchen, und ansonsten die von der Stadtverwaltung."

„Die Angehörigen haben in solchen Fällen keinen?"

Der Bestatter wiegte den Kopf hin und her.

„Manchmal schon. Aber in diesem Fall nicht. Paulus, Sonjas Papa, wollte keinen Schlüssel. Da kann ich mich noch ziemlich genau dran erinnern."

„Ist das üblich, dass ihr die Verstorbenen sofort zum Friedhof fahrt? Soweit ich weiß, hast du hier doch auch zwei Abschiedsräume und die Möglichkeit der Kühlung", interessierte es Nina.

„Das ist total unterschiedlich, Nina. Immer so, wie die Angehörigen es wünschen. Paulus wollte damals, dass ich sie sofort zum Friedhof bringe. Also haben wir das auch so gemacht."

„Der Vater wollte das also so ...", überlegte Nina laut.

Ein Hüsteln von Thomas Kübler lenkte sie ab. Sie blickte zu ihm auf. Thomas starrte gedankenversunken auf den flachen Computer. Falten standen auf seiner Stirn. Nina konnte förmlich sehen, wie die kleinen Rädchen in seinem Kopf rotierten.

„Ist was?", erkundigte sie sich.

Thomas sah auf und drehte dann seinen Computer so, dass Nina und Henning darauf sehen konnten.

Nina hielt die Luft an. Auf dem Monitor war groß das Bild einer jungen blonden Frau zu sehen. Sie trug ein hübsches weißes Sommerkleid und saß mit übereinandergeschlagenen Beinen in einem Sessel.

„Sonja Ludovic hat gemodelt. Das Bild wurde im Januar 2014 für ein Modemagazin geschossen. Ich hab sie einfach mal im Netz gegoogelt", erklärte er und hustete dann.

Sie beugte sich vor, um besser sehen zu können.

„Das gibt es doch nicht. Laut den Aussagen der Feuerwehrleute hat sie genau so in dem Sessel gesessen, als die sie gefunden haben. Sogar das Kleid stimmt mit dem überein, das sie heute Morgen trug", staunte Nina nicht schlecht.

„Kannst du herausfinden, wer das Bild gemacht oder wer es ins Netz gestellt hat?", fiel ihr ein.

Thomas nickte, tippte kurz auf dem Gerät herum und meinte dann: „Das Bild wurde in einem Studio in Siegen-Eiserfeld gemacht. Blickfang Studio, der Fotograf heißt Olaf Pitzer. Er ist auch, wie es scheint, Betreiber der Website."

„Notier dir das mal. Vielleicht ist es nachher noch wichtig", wies sie ihn an, obwohl das sicher nicht nötig war. Thomas war, was diese Angelegenheiten betraf, sehr professionell und gewissenhaft. Anders als sie selbst. Nina verschusselte auch gerne schon mal etwas und konnte sich dafür so manches Mal am liebsten selbst in den Hintern treten. Zugeben würde sie es aber nicht.

„Siehst du, Nina, hab ich doch gesagt. Das ist der Beweis, dass es sich bei der Toten um Sonja Ludovic handelt", ereiferte sich Henning.

„Ist es nicht, Henning. Dieses Bild ist maximal ein Beweis dafür, dass jemand die Leiche so drapiert hat, damit sie aussieht wie das tote Model", versuchte sie ihm den Wind aus den Segeln zu nehmen.

Henning schnaufte.

„Quatsch, Nina. Ich hab die Sonja schon gekannt, als die noch so klein war. Sie ist es hundert pro", konterte er und deutete mit der Hand auf Höhe der Tischkante, wie groß beziehungsweise klein die Sonja mal gewesen war.

„Ist ja alles schön und gut, Henning. Aber das sind alles keine handfesten Beweise. Sonja Ludovic ist offiziell beerdigt worden ... zumindest ... bis wir das Gegenteil beweisen können."

Einen Moment sahen sie sich schweigend an.

„Wir könnten sie exhumieren ... oder vielmehr nachsehen, ob sie wirklich da auf dem Friedhof liegt", überlegte Thomas laut.

„Spinnst du? Wir können doch nicht einfach jemanden ausbuddeln ... nur weil ..." Sie sah zu Henning, der sie auffordernd anschaute, und schluckte dann den Rest des Satzes hinunter.

„Okay, war eine blöde Idee. Aber vielleicht wäre es hilfreich, wenn wir die DNA eines nahen Verwandten als Vergleichsprobe hätten. Eventuell von den Eltern oder Geschwistern", schlug Thomas nun vor.

Nina musste zugeben, dass dieser Gedanke gar nicht so schlecht war. Nur, wie sollten sie an die DNA der Verwandten herankommen? Einfach bei den Eltern klingeln und denen den Fall schildern, schied aus. Was sollten die dann denken. Der Schock für die armen Leute wäre sicher gewaltig. Und wenn sich dann nachher doch herausstellte, dass es sich nicht um Sonja, sondern um eine andere junge Frau handelte ... Das Ergebnis wäre sicherlich genauso fatal wie eine sinnlose Exhumierung.

„Sonjas Vater ist vor zwei Monaten an Krebs gestorben", unterbrach Henning ihre Gedankengänge.

Sie sah ihn an.

„Und was ist mit der Mutter?"

„Die ist auch schon lange tot. Sonja war da noch ein Baby. An die kann ich mich schon gar nicht mehr erinnern. Paulus Ludovic hat das Mädchen allein großgezogen, deshalb hat er sie ja auch öfter mal mit in die Firma gebracht. In den Ferien ist Sonja oft bei ihm im Lastwagen mitgefahren", wusste der Bestatter.

„Hatte sie Geschwister?", hakte Nina nach.

„Nee, Fehlanzeige. Das wüsste ich."

Nina lehnte sich zurück und fuhr sich mit den Fingern durch ihre langen, lockigen Haare. In ihrem Magen rumorte es. Sie musste jetzt erst einmal etwas essen.

„Okay. Ich würde sagen, wir vertagen das Ganze auf morgen und warten erst einmal ab, was die Gerichtsmediziner bei der Obduktion herausfinden. Es bringt nichts, hier weiter zu spekulieren", entschied sie.

*

Wenige Meter hinter dem Ortsschild von Ritterhude blitzte es am Straßenrand rot auf. Hans Peter Thiels Blick schweifte, während er gleichzeitig auf die Bremse trat, zum Tacho. Die Nadel zeigte knapp unter sechzig Stundenkilometer. Schnell überschlug er die Ungenauigkeit des Tachometers und die Toleranz der mobilen Geschwindigkeitsmessanlage. Er schätzte, dass er maximal fünf oder sechs Kilometer pro Stunde über den erlaubten fünfzig gefahren war. Nicht viel, aber dennoch ärgerlich. Er konnte sich nicht daran erinnern, wann er zuletzt einmal geblitzt worden war, da er ansonsten immer peinlich darauf achtete, die Geschwindigkeitsvorschriften akkurat einzuhalten. Dafür waren diese schließlich da. Wo käme man bloß hin, wenn jeder Verkehrsteilnehmer auf das Gas trat wie er wollte. Nein, es war gut so, wie es war. Dennoch hoffte er, dass ihn dieser Verstoß nicht mehr als zwanzig Euro kosten würde.

Vorschriftsmäßig fuhr er weiter und entdeckte bereits einige Hundert Meter weiter, in einer Parkbucht, einen Streifenwagen und zwei uniformierte Beamte. Der eine der beiden, ein noch junger Mann, winkte ihn mit der Kelle heraus, während sein älterer Kollege etwas versetzt bei dem Streifenwagen stand und ganz vorschriftsmäßig mit der Hand an der Waffe seinen Kollegen absicherte. Hans Peter kannte das nur zu gut. Man wusste als Polizist schließlich nie, wen man da gerade anhielt. Hans Peter stoppte den Wagen und ließ die Seitenscheibe heruntergleiten.

„Sie wissen, warum wir Sie anhalten?“, fragte ihn der Streifenbeamte mit der Kelle, ein Bürschlein von maximal Anfang zwanzig. Thiel hasste diese immer gleichen und recht dämlichen Fragen der ehemaligen Kollegen. Natürlich wusste er, warum sie ihn anhielten, und nuschelte deshalb ein wenig genervt.

„Ja, ja. Vermutlich haltet ihr zwei hier rechtschaffene Bürger an, weil ihr zu dumm für die Kripo oder den gehobenen Dienst wart.“

Er hörte, wie Inge auf dem Beifahrersitz die Luft einsog.

Der Polizeimeister mit dem einen kleinen, mickrigen blauen Stern auf der Schulter hingegen vergaß für einen Moment beinahe das Atmen und starrte Thiel an, als käme er von einem fremden Planeten. Doch das Erstaunen im Gesicht des Jüngelchens hielt nicht lange an, sondern wich nur Sekunden später einem bösen, schelmischen Grinsen.

„Aussteigen! Sofort!“, zischte er und sah dann zu seinem Kollegen, der einige Meter abseits stand und vermutlich kein Wort von dem, was Thiel sich gerade laut denkend in den nicht vorhandenen Bart genuschelt hatte, mitbekommen hatte.

Thiel löste den Gurt und öffnete die Tür.

„Das wird dich teuer zu stehen kommen, du alter seniler Sack“, beleidigte ihn der Jungspund nun.

Thiel lächelte. Er war also an einen kleinen Hitzkopf geraten. Das war gut. Wenn der jetzt glaubte, er könne ihn einschüchtern, dann war der auf dem falschen Dampfer. Nicht bei einer solchen Steilvorlage. Er griff in seine Jackentasche, zog die Schachtel mit den Zigaretten heraus und steckte sich in aller Ruhe einen der Glimmstängel an, während der Uniformierte seinen Kollegen, einen älteren Polizisten mit immerhin drei blauen Sternen auf der Schulterklappe, herbeiwinkte.

„Würden Sie das bitte noch einmal für meinen Kollegen wiederholen“, wies das Bürschlein ihn an, als der andere mit fragendem Blick neben ihm stand.

Thiel tat erstaunt und antwortete dann: „Natürlich, Herr Polizeimeister. Sie sagten gerade wortwörtlich zu mir: ‚Das wird dich teuer zu stehen kommen, du alter seniler Sack.‘“

Das Jüngelchen schnaufte.

„Das meinte ich nicht. Sie sollen nicht wiederholen, was ich gerade gesagt habe, sondern was Sie davor zu mir gesagt haben“, schrie er nun fast.

Thiel sah ihn gespielt entgeistert an. Sein Plan schien aufzugehen. Er hätte nicht geglaubt, so leichtes Spiel zu haben.

„Ich weiß nicht, was Sie meinen, Herr Polizeimeister. Ich habe doch noch gar nichts gesagt, sondern nur leise etwas vor mich hingeplappert. Vermutlich sinnloses Zeug. Keine Ahnung ... aber Sie müssen verzeihen, wir ältere Menschen tun so etwas schon einmal unbewusst", stellte er sich nun dumm, während er im Augenwinkel mit Genugtuung den entsetzten Blick des anderen wahrnahm. Das Verhalten des jungen Kollegen war dem Mann sichtlich peinlich. Das war gut, sogar sehr gut!

Das Gesicht des Jungen nahm indes die Farbe einer überreifen Tomate an. Es fehlten nur noch einige Tropfen, um das Fass nicht nur überlaufen zu lassen, sondern es sogar förmlich zum Explodieren zu bringen. Thiel griff nach seiner Brieftasche, entnahm ihr seinen Führerschein, den Fahrzeugschein und wie zufällig auch eine seiner alten, dienstlichen Visitenkarten, von denen er auch heute, beinahe vier Jahre nach seiner Pensionierung, noch immer welche bei sich trug. Dann hielt er den beiden alles zusammen hin. Der ältere Beamte, der bisher immer noch nichts gesagt hatte, griff danach und überflog den Führerschein. Als er die Visitenkarte entdeckte, hob er die Augenbrauen.

„Sie wissen ganz genau, was ich meine. Haben Sie eigentlich eine Ahnung, wie teuer Sie eine Beamtenbeleidigung kommen kann?", brüllte der kleine Wichtigtuer nun. Thiel lächelte gütig und sah auf das Namensschild des Jungen.

„Natürlich weiß ich das, Herr Polizeimeister Franke. Aber ich verstehe überhaupt nicht, was das Ganze hier soll", stellte er sich vollkommen unwissend.

„Was das soll? Glauben Sie eigentlich, Sie können mich verarschen, Sie ... Sie ..." – „Tobias, lass gut sein", fiel der Ältere ihm ins Wort. Die Hand des Mannes legte sich auf die Schulter des jungen Hitzkopfes. Mit der anderen reichte er Thiel die Papiere zurück.

„Entschuldigen Sie bitte meinen Kollegen, ... Herr Oberkommissar. Er hat das nicht so gemeint. Sie wissen ja, wie schnell Missverständnisse entstehen können."

Thiel nickte verständnisvoll und steckte den Führerschein wieder ein.

„Natürlich weiß ich das", gestand er, reichte dem Beamten seine Hand zum Abschied, warf die nur angerauchte Kippe in den Straßengraben und stieg dann, ohne den anderen weiter zu beachten, in seinen Fünfer BMW. Sein Blick fiel auf den Beifahrersitz, von dem Inge ihn amüsiert anlächelte. Hans Peter startete den Motor und war sich ziemlich sicher, dass der Mann, sobald er wieder im Streifenwagen saß, seine Daten überprüfen würde. Jetzt hatte er allerdings erst einmal damit zu tun, den kleinen Wichtigtuer zu beruhigen.

„Hans Peter, Hans Peter, das hätte aber auch ins Auge gehen können", sinnierte seine bessere Hälfte.

Hans Peter musste grinsen und wechselte geschickt das Thema.

„Sag mal, Inge, wie hieß die Straße in Bremen noch? Die, in der dieses Restaurant war?"

*

Als Nina und Klaus hinauf in den Westerwald zu Alex und Thomas fuhren, war es bereits halb elf Uhr am späten Vormittag. Ihr Magen knurrte immer noch. Der Fahrtwind, der durch die offenen Fenster des kleinen blauen Käfers ...

Im Verlag CW Niemeyer bereits erschienen ...

Nina Morettis erster Fall

Ein grausamer Mord erschüttert Betzdorf. In den Ruinen des verfallenen Lokschuppens wird die verstümmelte Leiche eines Geschäftsmannes gefunden. Ein heikler Fall für die junge Kommissarin Nina Moretti. Schnell wird klar, dass der Tote, der scheinbar ein Doppelleben führte, nicht nur Freunde in der Kleinstadt hatte. Führt die Spur ins Kölner Rotlichtmilieu? Oder sind doch nur Hass und Eifersucht im Spiel?

Micha Krämer. Tod im Lokschuppen
288 Seiten. Paperback. ISBN 978-3-8271-9522-7
E-Book 978-3-8271-9642-2 (Pdf)
978-3-8271-9842-6 (Epub)

Krimis finden Sie unter ...

Im Verlag CW Niemeyer bereits erschienen ...

Nina Morettis zweiter Fall

Der scheinbar natürliche Tod eines Betzdorfer Rentners wirft Fragen auf. Was hat die tote Krähe an der Volierentür im Garten des Mannes zu bedeuten? Ist es doch Mord? Nur Stunden später verschwindet ein Freund des Toten aus einem Altenheim. Eine Entführung?
Welches dunkle Geheimnis hüteten die beiden alten Männer?

Micha Krämer. Krähenblut
304 Seiten. Paperback. ISBN 978-3-8271-9521-0
E-Book 978-3-8271-9641-5 (Pdf)
978-3-8271-9841-9 (Epub)

www.niemeyer-buch.de

Im Verlag CW Niemeyer bereits erschienen ...

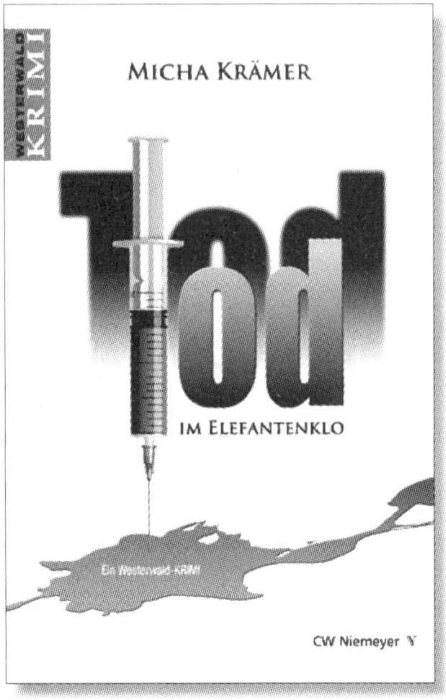

Nina Morettis dritter Fall

Schnell wird klar, woran Natascha Watzlaw gestorben ist, deren Leiche in der Betzdorfer Innenstadt gefunden wird. „KROK!" Eine Droge aus Russland, die ihre Konsumenten bei lebendigem Leib verfaulen lässt. Doch wer rammte der jungen Frau die Nadel mit der tödlichen Injektion in den Nacken? Richtig knifflig wird es für Kommissarin Nina Moretti, als der Lebensgefährte einer Kollegin tot aufgefunden wird.

Micha Krämer. Tod im Elefantenklo
288 Seiten. Paperback. ISBN 978-3-8271-9520-3
E-Book 978-3-8271-9634-7 (Pdf)
978-3-8271-9834-1 (Epub)

Krimis finden Sie unter ...

Im Verlag CW Niemeyer bereits erschienen ...

Nina Morettis vierter Fall

Ist es wirklich ein Unfall, bei dem der Rentner Doktor Wilbert ums Leben kam? Warum beherbergte der Mann in seinem Keller Giftschlangen? Die Leiche einer jungen Frau wird gefunden. Todesursache: der Biss einer Kobra! Die Signatur des Mörders „el toro“ lässt die Kommissarin aufhorchen. Hat der Künstler Mario el Toro mehr mit den Morden zu tun oder ist er Opfer einer Intrige?

Micha Krämer. el toro
360 Seiten. Paperback. ISBN 978-3-8271-9523-4
E-Book 978-3-8271-9651-4 (Pdf)
978-3-8271-9851-8 (Epub)

www.niemeyer-buch.de

Im Verlag CW Niemeyer bereits erschienen ...

Nina Morettis fünfter Fall

Es wird eng für Oberkommissarin Nina Moretti. Nach einem Konzert wird die Leiche einer jungen Frau auf der Damentoilette entdeckt. Das Kuriose: Die Tür ist von Innen verschlossen. Auf den ersten Blick deuten alle Spuren und Zeugenaussagen auf Nina selbst als Mörderin hin. Kann sie ihren Hals aus der Schlinge ziehen? Für ihren Lebensgefährten Klaus Schmitz steht der wahre Schuldige fest. Auf eigene Faust jagt er den Spion, den die GEMA beauftragt zu haben scheint.

Micha Krämer. GEMA TOD
320 Seiten. Paperback. ISBN 978-3-8271-9524-1
E-Book 978-3-8271-9655-2 (Pdf)
978-3-8271-9855-6 (Epub)

Krimis finden Sie unter ...

Im Verlag CW Niemeyer bereits erschienen ...

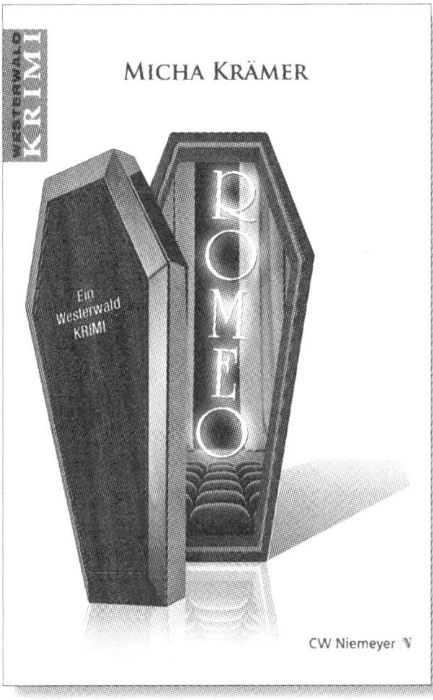

Nina Morettis sechster Fall

Die Aufführung von Romeo und Julia in der Betzdorfer Stadthalle ist ein voller Erfolg. Als der letzte Vorhang fällt, ahnt niemand, dass dies tatsächlich das Ende des jungen Romeo ist, dessen Leiche am nächsten Morgen in dem Sarg der Bühnenrequisite gefunden wird.
Kommissarin Nina Moretti wird schnell klar, dass der junge Schauspieler, der Sohn eines neapolitanischen Paten, nicht nur Freunde besaß. Auch die Vergangenheit ihrer eigenen Familie scheint sie einzuholen. Ist Antonio, der smarte Commissario aus Neapel, wirklich der Mann, für den er sich ausgibt?

Micha Krämer. Romeo
416 Seiten. Paperback. ISBN 978-3-8271-9525-8
E-Book 978-3-8271-9664-4 (Pdf)
978-3-8271-9862-4 (Epub)

www.niemeyer-buch.de

Im Verlag CW Niemeyer bereits erschienen ...

Nina Morettis siebter Fall

Starb der Mann in dem roten Weihnachtsmannkostüm eines natürlichen Todes? Bereits einen Tag nach Einäscherung der Leiche bekommt Oberkommissarin Nina Moretti ein anonym verschicktes Paket. Der Inhalt, ein Finger und ein Büschel Haare des Verstorbenen. War der nette ältere Herr aus der Hippiekommune wirklich der, für den er sich ausgab? War er in den Siebzigern gar ein V-Mann des Verfassungsschutzes?

Micha Krämer. Tod in Rot
384 Seiten. Paperback. ISBN 978-3-8271-9526-5
E-Book 978-3-8271-9676-7 (Pdf)
978-3-8271-9876-1 (Epub)

Krimis finden Sie unter ...

Im Verlag CW Niemeyer bereits erschienen ...

Wer ihre richtigen Eltern sind, weiß Lena nicht. Eines Tages erhält sie einen Brief vom Anwalt ihres verstorbenen Großvaters. Der alte Mann hat ihr einen Hof hinterlassen. Gemeinsam mit ihrem Adoptivvater Max zieht sie in den Westerwald. Schnell wird klar, dass nicht nur das alte Gemäuer eine dunkle Vergangenheit hat. Im Dorf trifft sie auf eine Mauer des Schweigens. Wer waren ihre Eltern? Was geschah in der Nacht, als ihre Mutter starb? Unheimliche Gestalten schleichen nachts durch den Wald hinter dem Hof.

Micha Krämer. Über deine Höhen
272 Seiten. Paperback. ISBN 978-3-8271-9571-5
E-Book 978-3-8271-9637-8 (Pdf)
978-3-8271-9837-2 (Epub)

www.niemeyer-buch.de

Im Verlag CW Niemeyer bereits erschienen ...

Fiete Hansen wird tot in seinem Gewächshaus unter den Radieschen gefunden. Bestattet in einem Friesennerz! Und als ob das nicht schon schlimm genug wäre, entdeckt Oma Pusch am Strand von Neuharlingersiel ein paar Gummistiefel, die mit den Sohlen aus dem Wasser ragen. Der Tote steckt kopfüber im Watt. Auch er trägt einen Friesennerz. Die Botschaft des Mörders? Oma Pusch ist alarmiert. Mit ihrer Freundin Rita kommt sie einer unglaublichen Geschichte auf die Spur. Der Täter wähnt sich bis zuletzt in Sicherheit - ein Trugschluss ...

Nané Lénard. FriesenNerz
320 Seiten. Paperback. ISBN 978-3-8271-9441-1
E-Book 978-3-8271-9692-7 (Pdf)
978-3-8271-9892-1 (Epub)

Krimis finden Sie unter ...
www.niemeyer-buch.de